*2011*年
银行业从业人员资格认证考试

个人贷款

押题预测试卷
与 精讲解析

立恒金融培训机构
编著

中国宇航出版社
·北京·

内 容 简 介

本书以银行业从业人员资格认证考试大纲和教材为依据,以历年真题为范本,以考试重点和难点为主线,融合最新考情,力求实现精准预测、难度适宜、解析详尽、高度保真的目标,是广大读者考前临门一脚、真实大练兵、顺利通过考试的必备书籍。

图书在版编目(CIP)数据

个人贷款押题预测试卷与精讲解析/立恒金融培训机构

编著. —北京:中国宇航出版社,2011.4

(2011年银行业从业人员资格认证考试)

ISBN 978 - 7 - 80218 - 932 - 4

Ⅰ.①个…　Ⅱ.①立…　Ⅲ.①个人 - 贷款 - 中国 - 从业

人员 - 资格认证 - 解题　Ⅳ.①F832.479 - 44

中国版本图书馆 CIP 数据核字(2011)第 031536 号

策划编辑 董 琳	**封面设计** 邓 博		
责任编辑 李 立	**责任校对** 华 蕾		

出 版
发 行 中国宇航出版社

地 址 北京市阜成路 8 号　　**邮 编** 100830	**版 次**	2011 年 4 月第 1 版
（010）68768548		2011 年 4 月第 1 次印刷
网 址 www.caphbook.com/ www.caphbook.com.cn	**开 本**	1/16
经 销 新华书店	**规 格**	787×1092
发行部 （010）68371900　　（010）88530478（传真）	**印 张**	12.5
（010）68768541　　（010）68767294（传真）	**字 数**	269 千字
零售店 读者服务部　　北京宇航文苑	**书 号**	ISBN 978 - 7 - 80218 - 932 - 4
（010）68371105　　（010）62529336	**定 价**	26.00 元
承 印 三河市君旺印装厂		

本书如有印装质量问题,可与发行部联系调换

序　言

考前模拟训练是巩固知识、迅速提高应试能力的有效手段。可以这样讲，选择一本优秀的模拟试题，认真演练分析，对于顺利通过考试将起到事半功倍的作用。

为了满足参加2011年中国银行业从业人员资格认证考试广大考生的需要，我们精心编写了这套"2011年银行业从业人员资格认证考试预测押题试卷与精讲解析"丛书，包括《公共基础》、《个人理财》、《风险管理》、《公司信贷》和《个人贷款》5个分册。

本套丛书与同类辅导资料相比，具有以下鲜明的特色：

精准预测。银行业从业人员资格认证考试已经形成了比较稳定的考点和难点，凸显考点、分析难点，对于考生掌握必备知识、摸清命题规律、提高考试通过率是至关重要的。我们对即将进行的考试进行了精准的预测，编制了这几套试题。该试题结合了编者对历次考试重点的分析及对最新考情的理解，能够帮助读者少走弯路、把握重点、顺利通过考试。

深度解析。一本好的教辅书不应该只是裁判，更应该是教练。只给答案，不讲原因是很多考试书的一大缺陷。做完题后，仅核对答案，不分析原因，不力求改正，做题的效果将大打折扣。知其然更要知其所以然，才能达到模拟训练的目的，迅速提升考试成绩。本套丛书除给出标准答案、考点出处之外，还对试题进行了深入浅出、简明扼要的精讲解析。这对于发挥模拟试卷的功能，提高读者的应试能力至为关键。

高度保真。要通过模拟考试提高应试能力，其前提就是模拟试卷的形式和实质的双重保真。形式保真是指题型、题量、各章内容分布、考试时间与真实考试基本一致。实质保真就是试题的特点、难度、考点分布与真实考试基本一致。高度保真的模拟试题有利于考生在复习完成后对掌握的知识作全面的检查和梳理，查缺补漏，是考生考前的最后一次检验。

对于本套丛书的编写尽管我们已经殚精竭虑，但由于水平有限，时间紧迫，不周之处在所难免，希望大家谅解。我们的联系电话是13681387472，电子邮箱是 suoxh@126.com，欢迎大家交流探讨，我们一定竭诚为您解答。

最后，对一贯支持我们的广大读者朋友和对本书的出版作出努力的朋友一并表示感谢。

作者

2011年4月于中央财经大学

目 录

▶2011年银行业从业人员资格认证考试

《个人贷款》
押题预测试卷（一）

一、单项选择题（共90题，每题0.5分。在以下各小题所给出的4个选项中，只有1个选项符合题目要求，请将正确选项的代码填入括号内）

1. 个人教育贷款签约的操作风险不包括（　　　　）。
A. 合同凭证预签无效　　　　　B. 合同制作不合格
C. 未对合同签署人及签字进行核实　　D. 未按规定保管借款合同

2. 公积金个人住房贷款实行（　　　）的原则。
A. 存贷结合、先存后贷、零借整还和贷款担保
B. 存贷结合、先存后贷、整借零还和贷款担保
C. 存贷结合、先贷后存、零借整还和贷款担保
D. 存贷结合、先贷后存、整借零还和贷款担保

3. 商业住房贷款实行的原则不包括（　　　）。
A. 财政贴息　　B. 部分自筹　　C. 有效自保　　D. 按期偿还

4. 除（　　　）外，其他都是决定整个市场长期内在吸引力的因素。
A. 相关行业竞争者　　　　　B. 潜在的新竞争者
C. 替代产品　　　　　　　　D. 客户选择能力

5. 下面说法正确的是（　　　）。
A. 个人征信系统所收集的个人信用信息中的个人基本信息中，不包括个人身份
B. 个人征信系统所收集的个人信用信息中的个人基本信息中，不包括破产记录
C. 个人征信系统所收集的个人信用信息中的个人基本信息中，不包括居住信息
D. 个人征信系统所收集的个人信用信息中的个人基本信息中，不包括职业信息

6. 公积金个人住房贷款中，一般购买普通商品房、经济适用房的，贷款额度最高不超过所购买住房总价款的（　　　）。
A. 50%　　　　B. 60%　　　　C. 70%　　　　D. 80%

7. 在个人住房贷款业务中，关于借款人主体资格的阐述，正确的是 （　　　）。

A. 未成年人的监护人可以以未成年人的名义申请贷款

B. 未成年人的监护人不得以未成年人的名义申请贷款

C. 未成年人不可以作为购房人购买房屋

D. 未成年人可以以贷款的方式购买房屋

8. 下列关于个人经营类贷款的说法，不正确的是 （　　　）。

A. 发放对象为从事合法生产经营的个人

B. 可分为个人经营专项贷款和个人经营流动资金贷款

C. 相对个人住房贷款，个人经营类贷款风险更容易控制

D. 借款人可将该贷款用于定向购买商用房

9. 下列不属于个人经营专项贷款的是 （　　　）。

A. 某银行的个人工程机械按揭贷款　　　B. 某银行的个人投资经营贷款

C. 某银行的个人商用房贷款　　　　　　D. 某银行的个人商铺贷款

10. 下列关于商业助学贷款受理的说法，不正确的是 （　　　）。

A. 商业助学贷款申请人应填写申请表，并按银行要求提交相关申请材料

B. 借款人所在学校应对借款人提交的申请表及申请材料进行初审

C. 如果借款申请人提交材料不完整，贷款受理人应要求申请人补齐材料

D. 经初审符合要求后，贷款受理人应将借款申请表及申请材料交给贷前调查人进行贷前调查

11. 以下关于市场细分策略的说法，错误的是 （　　　）。

A. 集中策略指银行选择一个子市场作为目标市场

B. 集中策略的特点是目标集中，并尽全力试图准确击中要害

C. 集中策略的优点是能集中精力、集中资源于某个子市场，营销效果更明显

D. 集中策略通常为大型银行所采取

12. 银行市场环境分析包括宏观环境分析、微观环境分析、资源分析及实力分析，其中实力分析不包括 （　　　）。

A. 竞争对手的实力与策略　　　　　　　B. 特殊政策

C. 市场地位　　　　　　　　　　　　　D. 高层管理能力

13. "商品房销售贷款合作协议"中，在借款人购买房屋没有办好抵押登记之前，由（　　　　）提供阶段性或全程担保。

A. 开发商　　　　B. 商业银行　　　　C. 借款人　　　　D. 房屋中介

14. 当银行只有一种或很少几种产品，或产品营业方式大致相同，或银行把业务职能当作市场营销的主要功能时，应采取（　　　　）形式。

A. 区域型营销组织　　　　　　　　B. 市场型营销组织

C. 产品型营销组织　　　　　　　　D. 职能型营销组织

15. 最常见的个人贷款营销渠道不包括（　　　　）。

A. 合作单位营销　　B. 直接代理营销　　C. 网点机构营销　　D. 网上银行营销

16. 依据客户拥有的产品类型，对客户的资产、负债、年龄组和职业等进行认真分析研究，推断他们可能需要的产品，然后分析判断他们购买每个产品的可能性，最后推算出客户购买后银行可能的盈利，属于（　　　　）。

A. 分层营销策略　　B. 交叉营销策略　　C. 产品差异策略　　D. 差异性策略

17. 根据著名管理学家迈克尔·波特的竞争战略理论，（　　　　）的目的是用情感打动客户的心，把客户长期留住。

A. 产品差异策略　　　　　　　　　B. 情感营销策略

C. 大众营销策略　　　　　　　　　D. 交叉营销策略

18. 社会存款的增加或者减少一般不受（　　　　）因素的影响。

A. 利率　　　　　B. 物价水平　　　　C. 收入状况　　　　D. 汇率

19. 个人耐用消费品贷款的贷款期限一般为（　　　　）。

A. 半年以内，最长不超过2年　　　　B. 1年以内，最长不超过2年

C. 1年以内，最长不超过3年　　　　D. 2年以内，最长不超过3年

20. 在个人住房贷款的业务操作中，采取的最主要的担保方式为（　　　　）。

A. 质押　　　　　B. 抵押　　　　　C. 担保　　　　　D. 信用

21. 国家助学贷款的贷款对象不包括（　　　　）。

A. 北京市普通高等学校中经济确实困难的全日制本科生

B. 天津市普通高等学校中经济确实困难的在职研究生

C. 上海市普通高等学校中经济确实困难的全日制高职生

D. 广东省普通高等学校中经济确实困难的全日制研究生

22. 对于仅提供保证担保方式的个人住房贷款，贷款的额度一般不得超过所购住房价值的（　　　　）。

A. 80%　　　　　　　　B. 70%　　　　　　　　C. 60%　　　　　　　　D. 50%

23. 下岗失业人员小额担保贷款非微利项目的小额担保贷款（　　　　）。

A. 不享受财政贴息　　　　　　　　　　　B. 享受财政半额贴息

C. 享受财政全额贴息　　　　　　　　　　D. 视具体情况而定

24. 个人汽车贷款受理和调查的风险不包括（　　　　）。

A. 借款申请人户籍所在地不在贷款银行所在地区

B. 担保物不易变现

C. 不以履约保证保险的投保资格调查为依据，造成重复调查

D. 抵押物的权属证明材料有涂改现象

25. 个人质押贷款的特点不包括（　　　　）。

A. 贷款风险高　　　B. 办理时间短　　　C. 操作流程短　　　D. 质物范围广泛

26. 下列关于汽车经销商在个人汽车贷款中的欺诈行为的说法，正确的是（　　　　）。

A. 一车多贷是汽车经销商对购车人的欺诈行为

B. 在一车多贷的过程中，汽车经销商一般使用真实的购车资料

C. 虚报车价会给购车人造成经济损失

D. 虚假车行是指经销商在没有依法获得营业执照的情况下，开设汽车销售点

27. 对于由住房置业担保公司提供担保的个人住房贷款，贷款的额度可以达到所购住房价值的（　　　　）。

A. 80%　　　　　　　　B. 70%　　　　　　　　C. 60%　　　　　　　　D. 50%

28. 个人汽车贷款的特征不包括（　　　　）。

A. 是汽车金融服务领域的主要内容之一

B. 业务办理不是由商业银行独立完成

C. 营销渠道单一

D. 风险管理难度相对较大

29. 下列关于商用房贷款期限调整的说法，不正确的是（   ）。

A. 期限调整包括延长期限和缩短期限

B. 借款人缩短还款期限无须向银行提出申请

C. 借款人申请调整期限的贷款应无拖欠利息

D. 展期之后，全部贷款期限不得超过银行规定的最长期限

30. 贷款受理和调查中的风险不包括（   ）。

A. 借款申请人的主体资格不符合银行相关规定

B. 借款申请人所提交的材料不真实、不合法

C. 借款申请人的担保措施不足额或无效

D. 审批人对借款人的资格审查不严

31. （   ）作为信用指标体系的第 2 部分，是记录个人经济行为、反映个人偿债能力和偿债意愿的重要信息。

A. 个人身份信息   B. 居住信息

C. 个人职业信息   D. 信用交易信息

32. 个人汽车贷款发放前应落实的贷款发放条件不包括（   ）。

A. 确保借款人首付款已全额支付或到位

B. 需要办理保险、公证等手续的，有关手续已经办理完毕

C. 经销商已开出汽车销售发票

D. 对采取抵押担保方式的贷款，落实贷款抵押手续

33. 使用公积金个人住房贷款购买普通商品住房的，贷款额度最高不超过所购住房总价的（   ）。

A. 60%   B. 70%   C. 80%   D. 90%

34. 借款人需要调整借款期限的前提条件不包括（   ）。

A. 贷款未到期   B. 无欠息

C. 无拖欠本金，本期本金已归还   D. 信用记录良好

35. 对于一手房个人住房贷款，商业银行最主要的合作单位是（   ）。

A. 保险公司   B. 房产经纪公司

C. 房地产开发商   D. 房屋产权交易

36. 以下属于无担保流动资金贷款的是（　　　　）。
A. 中国银行的"幸福时贷"
B. 中国建设银行的"幸福时贷"
C. 中国农业银行的"幸福时贷"
D. 花旗银行的"幸福时贷"

37. 小王申请将原住房抵押贷款转为个人抵押授信贷款，在他办理住房抵押贷款时确定的房屋价值为 70 万元。原住房抵押贷款剩余本金为 32 万元，现经评估机构核定的抵押房产价值为 60 万元，对应的抵押率为 50% 则小王（　　　　）。
A. 可获得的抵押授信贷款最大额度为 60 万元
B. 可获得的抵押授信贷款最大额度为 30 万元
C. 可获得的抵押授信贷款最大额度为 32 万元
D. 不能获得抵押授信贷款

38. 个人汽车贷款的借款人若要申请展期，须在贷款全部到期之前，提前（　　　　）天提出展期申请。
A. 10
B. 15
C. 20
D. 30

39. 对于二手房个人住房贷款，商业银行最主要的合作单位是（　　　　）。
A. 保险公司
B. 房产经纪公司
C. 房地产开发商
D. 房屋产权交易所

40. 个人耐用消费品贷款期限一般在（　　　　）年以内，最长为（　　　　）年（含）。
A. 1；5
B. 2；5
C. 1；3
D. 2；3

41. 借款人向贷款人提出借款申请，贷款人自收到贷款申请及符合要求的资料之日起，应在（　　　　）内向借款人正式答复。
A. 1 周
B. 2 周
C. 3 周
D. 4 周

42. 下列关于贷款风险分类的说法，不正确的是（　　　　）。
A. 贷款风险分类指按规定的标准和程序对贷款资产进行分类
B. 贷款风险分类一般是指进行定性分类
C. 贷款风险分类应遵循不可拆分原则
D. 贷款分正常、关注、次级、可疑和损失 5 类

43. 银行的个人贷款的客户年龄应当在（　　　　）。
A. 16～65 周岁之间
B. 16～60 周岁之间
C. 18～65 周岁之间
D. 18～60 周岁之间

44. 商用房贷款信用风险的主要内容不包括（　　　）。

A. 借款人还款能力发生变化　　　　B. 借款人还款意愿发生变化

C. 商用房出租情况发生变化　　　　D. 保证人还款能力发生变化

45. 抵押担保方式的个人住房贷款在审核借款人担保材料时，不应调查（　　　）。

A. 抵押物的合法性　　　　B. 抵押物未来价值的变化

C. 抵押人对抵押物占有的合法性　　　　D. 抵押物价值与存续状况

46. 采用追随式定位方式的银行（　　　）。

A. 在市场上占有极大的份额　　　　B. 产品创新优势

C. 反应速度快和营销网点广泛　　　　D. 资产规模中等

47. 以下关于下岗失业人员小额担保贷款的说法，不正确的是（　　　）。

A. 非微利项目的小额担保贷款不享受财政贴息

B. 下岗失业人员小额担保贷款的利率在央行规定的同期贷款利率基础小幅上浮

C. 微利项目的小额担保贷款享受财政贴息

D. 逾期、延长期限内的小额担保贷款不享受财政贴息

48. 下列关于个人汽车贷款原则的说法，不正确的是（　　　）。

A. "设定担保"指借款人申请个人汽车贷款需提供有效担保，如已购住房抵押

B. "设定担保"指借款人申请个人汽车贷款需提供有效担保，如所购汽车抵押

C. "分类管理"指按照贷款所购车辆种类和用途的不同，对个人汽车贷款设定不同的贷款条件

D. "特定用途"指个人汽车贷款专项用于借款人购买其说明的汽车品牌和车型，不能用于购买其他汽车品牌或车型

49. 反映红利能力的指标不包括（　　　）。

A. 销售净利润　　B. 资本周转率　　C. 成本费用率　　D. 资产净利率

50. 在个人住房贷款业务中，贷款审批环节的主要业务风险控制点不包括（　　　）。

A. 未按独立公正原则审批

B. 不按权限审批贷款，使得贷款超授权发放

C. 审批人员对应审查的内容审查不严，导致向不符合条件的借款人发放贷款

D. 与借款人签订的合同无效

51. 下列关于公积金个人住房不良贷款催收的说法，正确的是（　　　　）。

A. 承办银行不得接受公积金管理中心委托，对不良贷款进行催收

B. 逾期 90 天以内的贷款，催款方一般选择短信、电话或信函的方式催收

C. 贷款一旦逾期未还，催款方一般会立即给借款人发出"提前还款通知书"，要求借款人提前偿还全部借款

D. 贷款一旦逾期未还，催款方一般会立即和借款人就抵押物的处置达成协议

52. 钢铁厂向银行贷款，当地公立医院（　　　　）提供担保。

A. 可以

B. 不可以

C. 只要银行接受就可以

D. 有相应的财产能力就可以

53. 提供担保方式的个人住房贷款期限不超过（　　　　）年的贷款，贷款额度不得超过所购住房价值的（　　　　）。

A. 5；50%　　　　B. 5；60%　　　　C. 10；50%　　　　D. 10；60%

54. 关于个人贷款业务格式条款的说法，正确的是（　　　　）。

A. 借款人通常是格式条款的提供方

B. 格式条款一般对当事人不产生约束力

C. 格式条款与非格式条款发生冲突时，应当采用格式条款

D. 格式条款与非格式条款不一致时，应采用非格式条款

55. 中国人民银行征信管理部门应当在收到个人异议申请的（　　　　）个工作日内将异议申请转交征信服务中心，征信服务中心应当在接到异议申请的（　　　　）个工作日内进行内部核查。

A. 2；2　　　　B. 2；5　　　　C. 5；5　　　　D. 5；10

56. 助学贷款的期限最长不得超过（　　　　）。

A. 10 年　　　　B. 6 年　　　　C. 7 年　　　　D. 8 年

57. 下列关于国家助学贷款偿还的说法，不正确的是（　　　　）。

A. 借款学生自取得毕业证书之日（以毕业证书签发日期为准）起，次月 1 日（含 1 日）开始归还贷款利息

B. 提前离校的借款学生办理离校手续之日的下月 1 日起自付贷款利息

C. 休学的借款学生复学，次月 1 日起恢复财政贴息

D. 借款学生毕业后申请出国留学的，应主动通知经办银行并一次性还清贷款本息

58. 借款人以自己所购自用住房作贷款抵押物的，必须将住房价值的（　　　　）用于贷款抵押。

A. 50%
B. 80%
C. 90%
D. 全额

59. 专项贷款不包括（　　　　）。

A. 个人商用房贷款
B. 个人经营设备贷款
C. 个人家用房贷款
D. 设备贷款

60. 个人经营专项贷款的主要还款来源是（　　　　）。

A. 借款人从其他融资渠道获得的现金
B. 借款人的证券投资收益
C. 借款人经营产生的现金流
D. 借款人出售生产设备所得资金

61. 以下各项中，不属于贷款或信用卡的逾期记录与实际不符的异议类型的是（　　　　）。

A. 他人冒用或盗用个人身份获取信贷或信用卡
B. 贷款按约定由单位或担保公司或其他机构代偿，但它们没有及时到银行还款造成逾期
C. 个人办理的信用卡从来没有使用过因欠年费而造成逾期
D. 个人不清楚银行确认逾期的规则

62. 个人经营类贷款的特征不包括（　　　　）。

A. 贷款期限相对较短
B. 贷款用途单一
C. 影响因素复杂
D. 风险控制难度较大

63. 借款合同的变更，必须达到的要求是（　　　　）。

A. 经借贷双方协商同意，并依法签订变更协议
B. 经贷款方相关人员研究，通知借款人
C. 借款人向中国人民银行申请，银行同意后通知贷款方
D. 借款人有变更意向，并向贷款方申明

64. 商业银行在二手房贷款业务中最主要的合作单位是（　　　　）。

A. 房地产公司
B. 房地产经纪公司
C. 国家行政机关
D. 国家房屋管理部门

65．以下说法不正确的是（　　　　）。

A．个人住房装修贷款期限一般为 1～3 年，最长不超过 5 年（含 5 年）

B．有的银行规定个人住房装修贷款金额不超过人民币 20 万元

C．个人耐用消费品贷款期限一般在 1 年以内，最长为 3 年（含 3 年）

D．女性个人耐用消费品贷款期限不得超过 60 岁

66．银行市场定位的步骤（　　　　）。

A．识别重要性——制作定位图——定位选择——执行定位

B．识别重要性——定位选择——制定定位图——执行定位

C．定位选择——识别重要性——制定定位图——执行定位

D．定位选择——制定定位图——识别重要性——执行定位

67．一次还本付息法的特点不包括（　　　）。

A．利随本清

B．一般适用于期限在 1 年以内（含 1 年）的贷款

C．一般适用于期限在 1 年以上的贷款

D．个人经营类贷款中的流动资金贷款往往采用到期一次还本付息法

68．父子打兔的故事带给我们的启示是（　　　　）。

A．没有市场细分　　　　　　　　B．市场细分不充分

C．没有盯住目标市场　　　　　　D．没有进行市场选择

69．《汽车贷款管理办法》于（　　　）颁布。

A．1993 年　　　　B．1997 年　　　　C．1998 年　　　　D．2004 年

70．市场环境分析的基本方法是（　　　）。

A．WSOT 法　　　B．SOTW 法　　　C．SWOT 法　　　D．SOWT 法

71．银行对合作单位准入审查的内容不包括（　　　　）。

A．企业法人营业执照　　　　　　B．税务登记证明

C．合作单位员工素质　　　　　　D．会计报表

72．花旗银行在金融产品创新的基础上，寻找新的竞争武器，为不同目标市场提供不同金融产品，能够提供多达 500 种金融产品给客户，成为银行（　　　）的成功典范。

A．市场定位　　　　B．市场细分　　　　C．选择目标市场　　　D．专业化

73. 以下各选项中，不是个人信用贷款的借款人需要具备的基本条件的是（　　　　）。

A. 在中国境内有固定住所，有当地城镇常住户口，具有完全民事行为能力的中国公民

B. 有正当且有稳定经济收入的良好职业，具有按期偿还贷款本息的能力

C. 遵纪守法，没有违法行为及不良信用记录

D. 提供银行认可的有效质物作质押担保

74. 贷款审批环节主要业务风险控制点不包括（　　　　）。

A. 审批人员对应审查的内容审查不严，导致向不符合条件的借款人发放贷款

B. 不按权限审批贷款，使得贷款超授权发放

C. 未建立贷后监控检查制度，未对重点贷款使用情况进行跟踪检查

D. 未按独立公正原则审批

75. 小李以原住房抵押贷款的抵押住房设定第 2 顺序抵押授信贷款，现经评估机构核定的抵押房产价值为 80 万元，对应的抵押率为 50%，原住房抵押贷款余额为 20 万元，额度项下未清偿贷款余额为 5 万元，则小李现在的可用贷款余额为（　　　）万元。

A. 40　　　　　　B. 20　　　　　　C. 15　　　　　　D. 5

76. 关于个人汽车贷款展期的说法，正确的是（　　　）。

A. 可以不限展期次数但是展期期限不能超过 1 年

B. 只可以展期一次且展期期限不能超过 1 年

C. 可以不限展期次数且展期可以长于 1 年

D. 只可以展期一次但展期可以长于 1 年

77. 如果个人对异议处理结果仍然有异议，个人可以通过以下 3 个步骤进行处理。①向中国人民银行征信管理部门反映。②向法院提起诉讼，借助法律手段解决。③向当地中国人民银行征信管理部门申请在个人信用报告上发表个人声明。个人声明是当事人对异议处理结果的看法和认识，中国人民银行征信中心只保证个人声明是由本人发布的，不对个人声明内容本身的真实性负责。它们正确的排列顺序是（　　　）。

A. ②①③　　　　　　　　　　B. ③①②

C. ②①③　　　　　　　　　　D. ②③①

78. 有担保流动资金贷款的贷后与档案管理，不属于需要特别关注的是（　　　）。

A. 项目进展情况的检查　　　　　B. 企业财务经营状况的检查

C. 借款人情况的检查　　　　　　D. 日常走访企业

79. 以下财产不可以抵押的是（　　　）。
A. 抵押人所有的债券　　　　　　　　B. 抵押人所有的房屋
C. 抵押人所有的土地使用权　　　　　D. 抵押人所有的交通运输工具

80. 中国人民银行征信管理部门应当在收到个人异议申请的（　　　）内将异议申请转交征信服务中心。
A. 2 个工作日　　　B. 7 个工作日　　　C. 10 个工作日　　　D. 15 个工作日

81. 下列关于个人汽车贷款合同填写、审核和签订的说法，不正确的是（　　　）。
A. 在签订有关合同文本前，贷款发放人应履行充分告知义务
B. 合同填写并经银行填写人员复核无误后，贷款发放人应负责与借款人、担保人签订合同
C. 同笔贷款的合同填写人与合同复核人可以为同一人
D. 对以共有财产抵押担保的，贷款发放人应要求抵押物共有人当面签署个人汽车借款抵押合同

82. 商用房贷款操作风险的防控措施不包括（　　　）。
A. 降低贷前调查深度　　　　　　　　B. 加强贷款用途的审查
C. 合理确定贷款额度　　　　　　　　D. 加强抵押物管理

83. 产生个人征信异议的原因不包括（　　　）。
A. 个人的基本信息发生了变化，但个人没有及时将变化后的信息提供给商业银行等数据报送机构，影响了信息的更新
B. 数据报送机构数据信息录入错误或信息更新不及时，使个人信用报告所反映的内容有误
C. 技术原因造成数据处理出错
D. 他人盗用（冒用）个人身份获取贷款或信用卡，由此产生的信用记录已为被盗用者（被冒用者）所知

84. 借款人申请商业助学贷款，须具备的条件不包括（　　　）。
A. 具有中华人民共和国国籍，并持有合法身份证件
B. 家庭经济确实困难，无法支付正常完成学业所需的基本费用
C. 必要时提供其法定代理人同意申请贷款的书面意见
D. 必要时提供有效的担保

85. 下列属于个人流动资金贷款的是（　　　　）。

A. 某银行的个人商用房贷款　　　　B. 某银行的个人商铺贷款

C. 某银行的个人工程机械按揭贷款　　D. 某银行的个人投资经营贷款

86. 企业信用程度的标志是（　　　　）。

A. 企业会计报表　　　　　　　　　　B. 企业营业执照

C. 企业资信等级　　　　　　　　　　D. 企业担保情况

87. 在商业助学贷款中，贷款银行无权停止发放尚未使用的贷款和提前收回贷款本息的情形有（　　　　）。

A. 借款人拒绝或阻挠贷款银行监督检查贷款使用情况

B. 借款人死亡而无继承人或遗赠人

C. 借款人受监禁以致影响债务清偿

D. 借款人对其他债务有违约行为

88. 下列商业助学贷款贷后检查内容属于担保情况检查的是（　　　　）。

A. 借款人是否按期足额归还贷款

B. 有无发生可能影响借款人还款能力的突发事件

C. 借款人的住所、联系电话有无变动

D. 抵押物的保险单是否按合同约定续保

89. 在一手个人住房交易时，在借款人购买的房屋没有办好抵押登记之前，有（　　　　）提供阶段性或全程担保。

A. 经纪公司　　　　　　　　　　　　B. 有担保能力的第三人

C. 开发商　　　　　　　　　　　　　D. 借款人

90. 下列因素与决定整个市场的长期内在吸引力无关的是（　　　　）。

A. 相关行业竞争者　　　　　　　　　B. 潜在的新竞争者

C. 替代产品　　　　　　　　　　　　D. 客户选择能力

二、多项选择题（共40题，每题1分。在以下各小题所给出的5个选项中，至少有1个选项符合题目要求，请将正确选项的代码填入括号内）

1. 中国银行业营销人员按层级分类，可分为（　　　　）。

A. 营销决策人员　　　　　　　　　　B. 公司业务经理

C. 营销主管人员　　　　　　　　D. 营销员

E. 资金业务经理

2. 属于"直客式"个人贷款营销模式特点的是（　　　　）。

A. 房价折扣　　　　　　　　　　B. 部分税费可以减免

C. 保险、律师和公证一站式服务　D. 各类费用减免优惠

E. 就近选择办理网点

3. 个人信用贷款贷前调查的内容包括（　　　　）。

A. 申请人是否为独生子女　　　　B. 申请人是否为贷款银行关系人

C. 申请人是否有不良信用记录　　D. 申请人是否有固定联系方式

E. 贷款用途是否真实

4. 银行市场的微观环境是指（　　　　）。

A. 信贷资金的供求状况　　　　　B. 银行内部拥有资源

C. 银行同业竞争对手的实力与策略　D. 银行自身实力

E. 客户的信贷需求和信贷动机

5. 个人贷款的贷款要素包括（　　　　）。

A. 担保方式　　　　　　　　　　B. 贷款利率

C. 贷款期限　　　　　　　　　　D. 贷款对象

E. 贷款额度

6. 申请个人信用贷款时，借款人需要提供的材料包括（　　　　）。

A. 个人填写的贷款申请审批表　　B. 个人征信记录证明

C. 本人收入证明　　　　　　　　D. 个人职业证明

E. 信息评级表中所涉及的项目资料

7. 根据《中华人民共和国物权法》，可作为质押物的有（　　　　）。

A. 房屋　　　　　　　　　　　　B. 电脑

C. 汽车　　　　　　　　　　　　D. 自行车

E. 债券

8. 一般来说，银行对具有担保性质的合作机构的准入需要考虑（　　　　）。

A. 注册资金是否达到一定规模

B. 是否具有一定的信贷担保经验

C. 资信状况是否达到银行规定的要求

D. 是否具备符合担保业务要求的人员配置、业务流程和系统支持

E. 公司及主要经营者是否存在不良信用记录、违法涉案行为

9. 个人住房贷款贷后检查的内容包括（　　　　）。

A. 对借款人的检查

B. 对抵押物的检查

C. 对质押权利的检查

D. 对开发商和项目以及合作机构的检查

E. 对保证人的检查

10. 在个人住房贷款中，质押担保的法律风险主要是（　　　　）。

A. 质押股票的价值波动风险

B. 质押物的合法性

C. 对于无处分权的权利进行质押

D. 非为被监护人利益以其所有权利进行质押

E. 以非法所得、不当所得的权利进行质押

11. 公积金个人住房贷款具有以下特点（　　　　）。

A. 互助性

B. 普遍性

C. 利率高

D. 期限长

E. 利率低

12. 个人住房贷款贷后管理的风险包括（　　　　）。

A. 未对重点贷款使用情况进行跟踪检查

B. 房屋他项权证办理不及时

C. 逾期贷款催收不及时，造成贷款损失

D. 未按规定保管借款合同，造成合同损毁

E. 未对借款人经营情况及抵押物价值、用途等变动情况进行持续跟踪监测

13. 从银行的利益出发，应当审查每笔个人住房贷款的（　　　　）。

A. 完整性

B. 合规性

C. 可行性

D. 有效性

E. 经济性

14. 在个人住房贷款中，个人住房贷款的合同有效性风险包括（   ）。
   A. 未签订合同
   B. 合同格式条款无效
   C. 未履行法定提示义务
   D. 格式条款解释前后矛盾
   E. 格式条款与非格式条款不一致

15. 合作机构管理的风险防控措施包括（   ）。
   A. 加强贷前调查，切实核查经销商的资信状况
   B. 按照银行的相关要求，严格控制合作担保机构的准入
   C. 动态监控合作担保机构的经营管理情况、资金实力和担保能力，及时调整其担保额度
   D. 实时监控担保方是否保持足额的保证金
   E. 严格按照履约保证保险有关规定拟定合作协议，约定履约保证保险的办理、出险理赔、免责条款等事项

16. 在个人住房贷款中，保证担保的法律风险主要表现在（   ）。
   A. 未明确连带责任保证，追索的难度大
   B. 未明确保证期间或保证期间不明
   C. 保证人保证资格有瑕疵或缺乏保证能力
   D. 借款人互相提供保证
   E. 公司、企业的分支机构为个人提供保证

17. 以下各项中，属于流动资金贷款的是（   ）。
   A. 中国银行的个人商用房贷款
   B. 中国银行的个人投资经营贷款
   C. 中国建设银行的个人助业贷款
   D. "幸福时贷"个人无担保贷款
   E. "现贷派"个人无担保贷款

18. 个人住房贷款的信用风险成因包括（   ）。
   A. 贷款经办人员的违规操作
   B. 借款人还款能力下降
   C. 借款人还款意愿下降
   D. 房屋价格上升
   E. 市场利率上升

19. 个人住房贷款业务部门负责组织的报批材料有（   ）。
   A. 个人信贷业务报批材料清单
   B. 个人信贷业务申报审批表
   C. 个人住房借款申请书

D. 个人住房贷款调查审查表

E. 个人住房贷款办法及操作规程规定需提供的材料

20. 银行营销组织模式有（　　　　）。

A. 职能型营销组织　　　　　　　　B. 产品型营销组织

C. 市场型营销组织　　　　　　　　D. 区域型营销组织

E. 业务型营销组织

21. 在个人汽车贷款的贷前调查中，应重点调查的内容有（　　　　）。

A. 材料的一致性　　　　　　　　　B. 借款人身份

C. 贷款审批人的审批意见　　　　　D. 借款用途

E. 担保情况

22. 以下属于个人汽车贷款合作机构带来的风险是（　　　　）。

A. 不法分子为骗贷成立虚假车行

B. 保证保险的责任限制造成风险缺口

C. 保险公司依法解除保险合同

D. 保险公司以"免责条款"拒绝承担保险责任

E. 借款人伪造申报材料骗取贷款

23. 在商用房贷款中，银行面临的合作机构风险是（　　　　）。

A. 开发商不具备房地产开发主体资格的风险

B. 估值机构带来的欺诈风险

C. 地产经纪带来的欺诈风险

D. 开发项目五证虚假或不全

E. 律师事务所带来的欺诈风险

24. 商业助学贷款借款人、担保人的违约行为包括（　　　　）。

A. 借款人未按合同规定及时足额偿还贷款本息

B. 借款人未按合同规定的用途使用贷款

C. 抵押物因毁损价值明显减少，借款人按贷款银行要求重新落实抵押

D. 抵押人未经贷款银行书面同意擅自出租抵押物

E. 抵押人未经贷款银行同意为抵押物购买保险并以贷款银行为第一受益人

25. 个人汽车贷款的贷后与档案管理包括（　　　）。

A. 贷款回收　　　　　　　　　　B. 合同变更

C. 贷后检查　　　　　　　　　　D. 不良贷款管理

E. 贷后档案管理

26. 一般情况下，银行对个人汽车贷款提前还款的基本约定包括（　　　）。

A. 借款人应向银行提交提前还款申请书

B. 借款人的贷款账户未拖欠本息及其他费用

C. 银行按规定计收违约金

D. 借款人在提前还款前应归还当期的贷款本息

E. 银行退还提前还款前已收取的提前还款额对应的利息

27. 商业助学贷款贷前调查的内容包括（　　　）。

A. 借款申请填写内容是否与相关证明材料一致

B. 借款人身份证明是否真实

C. 申请人的信用记录是否良好

D. 采取抵押担保方式的，调查抵押物是否为银行认可的抵押财产

E. 采取质押担保方式的，调查质物的价值

28. 商业助学贷款贷前调查完成后，银行经办人应对（　　　）提出意见或建议。

A. 是否同意贷款　　　　　　　　B. 贷款额度

C. 贷款期限　　　　　　　　　　D. 贷款利率

E. 还款方式

29. 商业助学贷款的贷款审批人审批的内容包括（　　　）。

A. 借款申请人资格是否具备

B. 借款用途是否合规

C. 借款人提供的贫困证明是否真实

D. 申请借款的额度是否符合有关贷款办法和规定

E. 报批贷款的风险防范措施是否合规有效

30. 银行把握借款人还款能力风险还存在相当大的难度，主要存在（　　　）原因。

A. 国内尚未建立完善的个人财产登记制度与个人税收登记制度

B. 全国性的个人征信系统还有待进一步完善

C. 银行很难从整体上把握借款人的资产与负债状况并作出恰当的信贷决策

D. 国内失信惩戒制度尚不完善

E. 对主动作假或协助作假的行为尚缺乏有力的惩戒措施

31. 若商业助学贷款的借款人、担保人在贷款期间发生违约行为，贷款银行可采取的措施是（　　　）。

A. 要求限期纠正违约行为

B. 在原贷款利率基础上加收利息

C. 要求更换担保人

D. 向借款人就读的公立大学追偿

E. 定期在公开报刊及有关媒体上公布违约人姓名、身份证号码及违约行为

32. 下列关于商业助学贷款偿还的说法，正确的是（　　　）。

A. 借款人要求提前还款的，需提前 10 个工作日向贷款银行提出申请

B. 商业助学贷款的偿还原则是先收息、后收本，全部到期、利随本清

C. 对存在拖欠本息的借款人，应要求其先归还拖欠贷款本息，之后才予以受理提前还款业务

D. 借款人如不能在合同规定期限内按期偿还本金，应提前向贷款银行申请展期，每笔贷款至多可以展期两次

E. 在合同履行期间，信贷要素需要变更的，应当经当事人各方协商同意，并签订相应变更协议

33. 商用房贷款，审核放款通知，业务部门在接到放款通知书后，对其（　　　）进行审查。

A. 真实性　　　　　　　　　　B. 合法性

C. 合理性　　　　　　　　　　D. 完整性

E. 针对性

34. 商用房借款合同的变更与解除情况包括（　　　）。

A. 借款合同依法需要变更或解除的，必须经借贷双方协商同意，协商未达成之前借款合同继续有效

B. 需办理抵（质）押变更登记的，还应到原抵（质）押登记部门办理变更抵（质）押登记手续及其他相关手续

C. 保证人失去保证能力或保证人破产、分立、合并等情况

D. 借款人在还款期限内死亡、宣告死亡、宣告失踪

E. 借款人丧失民事行为能力

35. 下列关于个人信用贷款的贷款对象的说法，正确的是（　　　　）。

　A. 在中国境内有固定住所、有当地城镇常住户口、具有完全民事行为能力的中国公民

　B. 有正当且有稳定经济收入的良好职业，具有按期偿还贷款本息的能力

　C. 遵纪守法，没有违法行为及不良信用记录

　D. 在贷款银行开立有个人结算账户

　E. 各行另行规定的其他条件

36. 下列关于商用房贷款流程的说法，正确的是（　　　　）。

　A. 贷前调查人需要提出是否同意贷款的明确意见

　B. 贷前调查人需要提出贷款利率方面的建议

　C. 贷款审查人负责对贷前调查人提交的材料进行合规性审查

　D. 贷款审查人需要对贷前调查人提交的面谈记录以及贷前调查的内容是否完整进行审查

　E. 贷款审批人应根据审查情况签署审批意见

37. 贷款的签约流程包括（　　　　）。

　A. 填写合同　　　　　　　　　　　B. 审核合同

　C. 签订合同　　　　　　　　　　　D. 落实贷款发放条件

　E. 出账前审核

38. 个人征信异议产生的主要原因包括（　　　　）。

　A. 个人的基本信息发生了变化，个人没有及时更新

　B. 数据报送机构数据信息录入错误

　C. 工作人员原因造成数据处理出错

　D. 他人盗用信用卡

　E. 个人忘记曾经与数据报送机构有过经济交易

39. 商用房贷款采取质押担保方式的，贷前调查人的调查内容应包括（　　　　）。

　A. 质押权利的合法性

　B. 权利凭证上的所有人与出质人是否为同一人

　C. 出质人是否有处分有价证券的权利

　D. 质物共有人是否同意质押

　E. 质物的价值是否与贷款金额相匹配

40. 商业助学贷款贷前调查完成后，银行经办人应对（　　　　）提出意见或建议。

A. 是否同意贷款　　　　　　　　B. 贷款额度

C. 贷款期限　　　　　　　　　　D. 贷款利率

E. 划款方式

三、判断题（共 15 题，每题 1 分。请判断以下各小题的对错，正确的用√表示，错误的用×表示）

1. 客户还款方式一旦确定，就不得变更。（　　　　）

2. 银行的产品可以细分时，营销组织应当采取市场性营销组织。（　　　　）

3. 个人住房贷款的计息、结息方式由央行确定。（　　　　）

4. 归还商业助学贷款在借款人离校 6 个月后开始，贷款须按年分次偿还。（　　　　）

5. 一笔借款合同可以选择多种还款方式。（　　　　）

6. 公积金个人住房贷款利率相对较低。（　　　　）

7. 商用房贷款回收的原则是先收息、后收本，全部到期、利随本清。（　　　　）

8. 贷款档案主要包括借款人相关资料和贷后管理相关资料，应为资料的原件。（　　　　）

9. 有担保流动资金贷款的合作机构主要是担保机构。（　　　　）

10. 个人耐用消费品贷款的起点一般为人民币 2 万元，最高额不得超过去 100 万元。（　　　　）

11. 个人对信用报告有异议时，可以直接向人民银行征信中心提出个人信用报告的异议申请。（　　　　）

12. 贷款的合同填写人与合同审查人不得为同一人。（　　　　）

13. 在个人住房贷款中，对已利用贷款购买住房又申请购买第 2 套（含）以上住房

的，首付比例不得低于30%。(　　　　)

14. 到当地中国人民银行征信管理部门申请异议处理属于对个人信用报告中其他基本信息有异议的处理。(　　　)

15. 对于已利用商业银行贷款购买首套自住房的家庭，如其人均收入低于当地平均水平，再次向商业银行申请住房贷款的，可比照首套自住房政策执行。(　　　　)

答案速查与精讲解析（一）

答案速查

一、单项选择题

1. D	2. B	3. A	4. A	5. B	6. D	7. C	8. C	9. B
10. B	11. D	12. A	13. A	14. D	15. B	16. B	17. B	18. D
19. C	20. B	21. B	22. D	23. A	24. C	25. A	26. B	27. B
28. C	29. B	30. D	31. D	32. C	33. C	34. D	35. C	36. D
37. D	38. D	39. B	40. C	41. C	42. A	43. C	44. C	45. B
46. D	47. B	48. D	49. B	50. D	51. B	52. B	53. A	54. D
55. A	56. A	57. C	58. D	59. C	60. C	61. A	62. B	63. A
64. B	65. D	66. A	67. C	68. C	69. D	70. C	71. C	72. B
73. D	74. C	75. C	76. B	77. B	78. C	79. A	80. A	81. C
82. A	83. D	84. B	85. D	86. C	87. A	88. D	89. C	90. A

二、多项选择题

1. ACD	2. ABCDE	3. BCDE	4. ACE	5. ABCDE
6. ABCDE	7. BCDE	8. ABCDE	9. ABCDE	10. BCDE
11. ABDE	12. ABCDE	13. BCE	14. BCDE	15. ABCDE
16. ABCDE	17. BCDE	18. BCE	19. ABCE	20. ABCD
21. ABDE	22. ABCD	23. ABCDE	24. ABD	25. ABCDE
26. ABCD	27. ABCDE	28. ABCDE	29. ABDE	30. ABCDE
31. ABCE	32. BCE	33. ABD	34. ABCDE	35. ABCDE
36. ABCDE	37. ABC	38. ABCDE	39. ABCDE	40. ABCDE

三、判断题

1. ×	2. √	3. ×	4. ×	5. ×	6. √	7. ×	8. ×
9. √	10. ×	11. √	12. √	13. ×	14. ×	15. ×

精讲解析

一、单项选择题

1.【解析】D　个人教育贷款签约和发放中的风险点主要包括：①合同凭证预签无效、合同制作不合格、合同填写不规范、未对合同签署人及签字（签章）进行核实。②在发放条件不齐全的情况下发放贷款，如贷款未经审批或是审批手续不全，各级签字（签章）不全；未按规定办妥相关评估、公证等事宜。③未按规定的贷款额度、贷款期限、贷款的担保方式、结息方式、计息方式、还款方式、适用利率、利率调整方式和发放方式等发放贷款，导致错误发放贷款和贷款错误核算。

2.【解析】B　公积金个人住房贷款是住房公积金使用的中心内容。公积金个人住房贷款实行"存贷结合、先存后贷、整借零还和贷款担保"的原则。

3.【解析】A　商业住房贷款利息不享受财政贴息。

4.【解析】A　有5种力量决定整个市场或其中任何一个细分市场长期的内在吸引力，分别是同行业竞争者、潜在的新竞争者、替代产品、客户选择能力和中央银行。相关行业竞争者不会对银行内在吸引力造成影响。

5.【解析】B　个人征信系统所收集的个人信用信息中的个人基本信息包括个人身份、配偶身份、居住信息、职业信息、年收入等，以及每一种信息所获取的时间。破产记录属于个人信用信息中的其他信息。

6.【解析】D　公积金个人住房贷款的最高额度按当地住房公积金管理部门的有关规定执行，单笔贷款额度不能超过当地住房公积金管理中心规定的最高贷款额度。一般购买普通商品住房、经济适用房的，贷款额度最高不超过所购买住房总价款的80%；购买集资建造住房（房改房）的，贷款额度最高不超过所购买住房总价款的90%；购买二手房的，贷款额度最高不超过所购买住房总价款的70%；用有价证券质押贷款的，贷款额度最高不超过有价证券票面额度的90%；建造、翻建大修住房的，贷款额度不超过所需费用的60%。

7.【解析】C　根据我国现行法律规定，未成年人可作为购房人购买房屋，但需由其监护人作为法定代理人进行代理。至于未成年人能否申请个人住房贷款的问题，中国人民银行《个人住房贷款管理办法》第4条规定，贷款对象应是具有完全民事行为能力的自然人。按照上述规定，未成年人作为无民事行为能力人或限制行为能力人，不能以贷款方式购买房屋。银行不宜办理房屋唯一产权人为未成年人的住房贷款申请，而应该由未成年人及其法定监护人共同申请。

8.【解析】C　个人经营类贷款业务与个人住房贷款和个人汽车贷款等在贷款流程、风险管理等方面存在较大的差异，在一定程度上类似于中小企业贷款，其业务经营管理的复杂程度更高。因此，各银行一般只在经济环境好，市场潜力大，管理水平高，资产质量好，且个人贷款不良率较低的分支机构中挑选办理个人经营类贷款的经营机构。由此可见，个人经营类贷款仍处于摸索尝试的阶段。

9.【解析】B　专项贷款主要包括个人商用房贷款（以下简称商用房贷款）和个人经营设备贷款（以下简称设备贷款）。商用房贷款是指银行向个人发放的用于定向购买或租赁商用房所需资金的贷款，如中国银行的个人商用房贷款，交通银行的个人商铺贷款。目前，商用房贷款主要用于商铺（销售商品或提供服务的场所）贷款。设备贷款是指银行向个人发放的，用于购买或租赁生产经营活动中所需设备的贷款，如光大银行的个人工程机械按揭贷款。

10.【解析】B　A项贷款受理人应要求商业助学贷款申请人填写申请表，并按银行要求提交相关申请材料。B项贷款受理人应对借款申请人提交的借款申请表及申请材料进行初审，主要审查借款申请人的主体资格及借款申请人所提交材料的完整性与规范性。C项如果借款申请人提交材料不完整或不符合材料要求规范，应要求申请人补齐材料或重新提供有关材料；如果不予受理，应退回贷款申请并向申请人说明原因。D项经初审符合要求后，贷款受理人应将借款申请表及申请材料交由贷前调查人进行贷前调查。

11.【解析】D　集中策略的方法通常使用于资源不多的中小银行。

12.【解析】A　竞争对手的实力与策略属于微观环境分析的范畴。

13.【解析】A　"商品房销售贷款合作协议"中由银行向购买该开发商房屋的购房者提供个人住房贷款，借款人用所购住房作抵押，在借款人购买房屋没有办好抵押登记之前，由开发商提供阶段性或全程担保。

14.【解析】D　当银行只有一种或很少几种产品，或产品营业方式大致相同，或银行把业务职能当作市场营销的主要功能时，采取职能型营销组织形式最为有效。

15.【解析】B　最常见的个人贷款营销渠道有合作单位营销、网点机构营销和网上银行营销3种。

16.【解析】B　交叉营销策略步骤为：依据客户拥有的产品类型，对客户的资产、负债、年龄组和职业等进行认真分析研究，推断他们可能需要的产品，然后分析判断他们购买每个产品的可能性，最后推算出客户购买后银行可能的盈利。

17.【解析】B　情感营销的目的是用情感打动客户的心，把客户长期留住。

18.【解析】D　社会存款的增加或减少一般直接受利率、物价水平和收入状况的影响。

19.【解析】C　个人耐用消费品贷款的贷款期限一般为1年以内，最长不超过3年。将至退休年龄的借款人借款期限不得超过退休年龄。因此选C。

20.【解析】B　个人住房贷款可实行抵押、质押和保证3种方式。在业务操作中，采取的担保方式以抵押担保为主，在未实行抵押登记之前，普遍采用抵押加阶段性保证的方式。

21.【解析】B　国家助学贷款的贷款对象是中华人民共和国境内的（不含香港特别行政区和澳门特别行政区、台湾地区）普通高等学校中经济确实困难的全日制本专科生（含高职生）、研究生和第二学士学位学生。不包括在职研究生。

22.【解析】D　一般来说，仅提供保证担保方式的，只适用于贷款期限不超过 5 年（含 5 年）的贷款，其贷款额度不得超过所购（建造、大修）住房价值的 50%。而由住房置业担保公司提供保证的，其贷款期限放宽至 15 年，且贷款额度可以达到其购买房产价值的 70%。

23.【解析】A　非微利项目的小额担保贷款，不享受财政贴息；微利项目小额担保贷款，享受财政全额贴息，但逾期、延长期限内不贴息。

24.【解析】C　个人汽车贷款受理和调查环节的风险点主要在以下几个方面：①借款申请人的主体资格是否符合银行个人汽车贷款管理办法的相关规定，包括是否具有完全民事行为能力；户籍所在地是否在贷款银行所在地区；是否有稳定、合法的收入来源，有按期偿还本息的能力等。②借款申请人所提交的材料是否真实、合法，包括借款人、保证人、抵押人和出质人的身份证件是否真实、有效；抵（质）押物的权属证明材料是否真实，有无涂改现象；借款人提供的直接划拨账户是否是借款人本人所有的活期储蓄账户等。③借款申请人的担保措施是否足额、有效，包括担保物所有权是否合法、真实、有效；担保物共有人或所有人授权情况是否核实；担保物是否容易变现，同区域同类型担保物价值的市场走势如何；贷款额度是否控制在抵押物价值的规定比率内；抵押物是否由贷款银行认可的评估机构评估；第三方保证人是否具备保证资格和保证能力等。

25.【解析】A　个人质押贷款的特点：①贷款风险较低，担保方式相对安全。②时间短、周转快。③操作流程短。④质物范围广泛。

26.【解析】B　汽车经销商的欺诈行为主要包括：①一车多贷。汽车经销商同购车人相互勾结，以同一套购车资料向多家银行申请贷款，而这一套购车资料是完全真实的。②甲贷乙用。③虚报车价。经销商和借款人相勾结，采取提高车辆合同价格、签订与实际买卖的汽车型号不相同的购车合同等方式虚报车价，并以该价格向银行申请贷款，致使购车人实质上以零首付甚至负首付形式购买汽车。④冒名顶替。⑤全部造假。⑥虚假车行。不法分子注册成立经销汽车的空壳公司，在无一辆现货汽车可卖的情况下，以无抵押贷款为诱惑，吸引居民办理个人汽车贷款，并达到骗贷骗保的目的。

27.【解析】B　一般来说，仅提供保证担保方式的，只适用于贷款期限不超过 5 年（含 5 年）的贷款，其贷款额度不得超过所购（建造、大修）住房价值的 50%。而由住房置业担保公司提供保证的，其贷款期限放宽至 15 年，且贷款额度可以达到其购买房产价值的 70%。

28.【解析】C　个人汽车贷款的特征包括：①在汽车产业和汽车市场发展中占一席之地；②与汽车市场的多种行业机构有密切联系；③风险管理难度相对较大。

29.【解析】B　借款人缩短还款期限属于提前还款，须提前向银行提出申请。

30.【解析】D　贷款受理和调查中的风险包括借款人的主体资格是否符合银行相关规定；借款人所提交的材料是否真实、合法；借款人的担保措施是否足额、有效。

31.【解析】D　题中说法符合信用交易信息定义。

32.【解析】C 贷款发放前，应落实有关贷款发放条件。其主要包括以下条件：①确保借款人首付款已全额支付或到位；②需要办理保险、公证等手续的，有关手续已经办理完毕；③对采取抵（质）押和抵押加阶段性保证担保方式的贷款，要落实贷款抵（质）押手续；④对自然人作为保证人的，应明确并落实履行保证责任的具体操作程序。

33.【解析】C 公积金个人住房贷款的单笔贷款额度不能超过当地住房公积金管理中心规定的最高贷款额度，一般购买普通商品住房、经济适用房的，贷款额度最高不超过所购买住房总价款的80%。

34.【解析】D 借款期限调整，指延长或缩短期限，借款人须向银行递交期限调整申请书，具备以下条件：贷款未到期；无欠息；无拖欠本金，本期本金已归还。

35.【解析】C 商业性个人一手住房贷款中较为普遍的贷款营销方式是银行与房地产开发商合作的方式。

36.【解析】D 无担保流动资金贷款是指银行向个人发放的、无须担保的用于满足生产经营流动资金需求的信用贷款，如渣打银行的"现贷派"个人无担保贷款，花旗银行的"幸福时贷"个人无担保贷款。

37.【解析】D 抵押住房的价值须由银行认可的评估机构进行评估。将原住房抵押贷款转为抵押授信贷款的，如抵押住房价值无明显减少，可根据原办理住房抵押贷款时确定的房屋价值确定抵押住房价值。贷款额度计算公式：贷款额度＝抵押房产价值×对应的抵押率。因此贷款额度＝60×50%＝30（万元）。如经贷款银行核定的贷款额度小于原住房抵押贷款剩余本金的，不得转为抵押授信贷款。因为30万元小于原住房抵押贷款剩余金（32万元），所以小王不能获得抵押授信贷款。

38.【解析】D 借款人应按合同约定的计划按时还款，如果确实无法按照计划偿还贷款，可以申请展期。借款人须在贷款全部到期之前，提前30天提出展期申请。

39.【解析】B 二手个人住房贷款合作单位。银行最主要的合作单位是房地产经纪公司，两者之间是贷款产品的代理人与被代理人的关系。

40.【解析】C 个人耐用消费品贷款期限一般在1年以内，最长为3年（含3年）。将至退休年龄的借款人，贷款期限不得超过退休年限（一般女性为55岁，男性为60岁）。

41.【解析】C 根据《中国人民银行个人住房贷款管理办法》借款人向贷款人提出借款申请，贷款人自收到贷款申请及符合要求的资料之日起，应在3周内向借款人正式答复。

42.【解析】A 贷款风险分类指按规定的标准和程序对贷款资产进行分类。贷款风险分类一般先进行定量分类，即先根据借款人连续违约次（期）数进行分类，再进行定性分类，即根据借款人违约性质和贷款风险程度对定量分类结果进行必要的修正和调整。贷款风险分类应遵循不可拆分原则，即一笔贷款只能处于一种贷款形态，而不能同时处于多种贷款形态。贷款形态分正常、关注、次级、可疑和损失5类。

43.【解析】C 银行一般要求个人贷款客户至少需要满足以下基本条件：①具有完

全民事行为能力的自然人，年龄在18（含）至65周岁（含）之间；②具有合法有效的身份证明及婚姻状况证明等；③遵纪守法，没有违法行为，具有良好的信用记录；④具有稳定的收入来源和按时足额偿还贷款本息的能力；⑤具有还款意愿；⑥贷款具有真实的使用用途等。

44.【解析】C　商用房贷款信用风险的主要内容包括：借款人还款能力发生变化、借款人还款意愿发生变化以及保证人还款能力发生变化。

45.【解析】B　审核抵押担保材料具体应作以下调查：抵押物是否属于法律规定且银行认可的抵押财产范围，抵押人对抵押物占有的合法性、抵押物价值与存续状况。

46.【解析】D　如银行资产规模中等、分支机构不多，往往采用追随方式效仿主导银行的营销手段的地位.

47.【解析】B　下岗失业人员小额担保贷款的利率执行央行规定的同期贷款利率。

48.【解析】D　个人汽车贷款实行"设定担保，分类管理，特定用途"的原则。其中，"设定担保"指借款人申请个人汽车贷款需提供所购汽车抵押或其他有效担保；"分类管理"指按照贷款所购车辆种类和用途的不同，对个人汽车贷款设定不同的贷款条件；"特定用途"指个人汽车贷款专项用于借款人购买汽车，不允许挪作他用。

49.【解析】B　资本周转率表示的是净资产与长期负债的比率，反映企业的偿债能力。

50.【解析】D　贷款审批环节主要业务风险控制点为：①未按独立公正原则审批；②不按权限审批贷款，使得贷款超授权发放；③审批人员对应审查的内容审查不严，导致向不符合条件的借款人发放贷款。与借款人签订的合同无效属于贷款签约和发放中的风险。

51.【解析】B　承办银行应根据公积金管理中心的委托要求，协助公积金管理中心对不良贷款进行催收，及时向公积金管理中心报告情况。如果借款人违反了借款合同的约定而没有及时、足额地偿还贷款本息，贷款银行一般采取的催收措施为：①逾期90天以内的，选择短信、电话和信函等方式进行催收。②如果借款人超过90天不履行还款义务，会给借款人发出"提前还款通知书"，有权要求借款人提前偿还全部借款，并支付逾期期间的罚息。③如果在"提前还款通知书"确定的还款期限届满时，仍未履行还款义务，将就抵押物的处置与借款人达成协议。④逾期180天以上，将对拒不还款的借款人提起诉讼，对抵押物进行处置；处分抵押物所得价款用于偿还贷款利息、罚金及本金。

52.【解析】B　国家机关、学校、幼儿园、医院等以公益为目的的事业单位、社会团体不能担任保证人。当地公立医院属于以公益为目的的事业单位。

53.【解析】A　提供保证担保方式的，一般只适用于贷款期限不超过5年（含）的贷款，贷款额度不得超过所购（建造、大修）住房价值的50%。

54.【解析】D　依据《合同法》第41条规定办理，即"格式条款与非格式条款不一致的，应当采用非格式条款"，所以D选项正确。

55.【解析】A　中国人民银行征信管理部门应当在收到个人异议申请的2个工作日内将异议申请转交征信服务中心。征信服务中心应当在接到异议申请的2个工作日内进行内部核查。商业银行应当在接到核查通知的10个工作日内向征信服务中心做出核查情况的书面答复。征信服务中心收到商业银行重新报送的更正信息后，应当在2个工作日内对异议信息进行更正。

56.【解析】A　根据新国家助学贷款法，助学贷款必须在6年内还清，最长不得超过10年；原助学贷款法规定还款期限一般为8年。

57.【解析】C　借款学生自取得毕业证书之日（以毕业证书签发日期为准）起，下月1日（含1日）开始归还贷款利息，并可以选择在毕业后的24个月内的任何一个月开始偿还贷款本息，但原则上不得延长贷款期限，所以A项正确。提前离校的借款学生办理离校手续之日的下月1日起自付贷款利息，所以B项正确。休学的借款学生复学当月恢复财政贴息，所以C项错误。借款学生毕业后申请出国留学的，应主动通知经办银行并一次性还清贷款本息，经办银行应及时为其办理还款手续，所以D项正确。

58.【解析】D　借款人以自己所购自用住房作贷款抵押物的，必须将住房价值的全额用于贷款抵押。

59.【解析】C　专项贷款是指银行向个人发放的用于定向购买或租赁商用房和机械设备的贷款，其主要还款来源是由经营产生的现金流。主要包括个人商用房贷款和个人经营设备贷款。

60.【解析】C　专项贷款是指银行向个人发放的用于定向购买或租赁商用房和机械设备，且其主要还款来源是由经营产生的现金流获得的贷款。

61.【解析】A　认为贷款或信用卡的逾期记录与实际不符的异议，包括个人贷款按约定由单位或担保公司等机构代为偿还，但代偿者没有及时还款造成逾期；信用卡从来没有使用过，欠费逾期；个人不清楚银行确认逾期的规则，无意中逾期。

62.【解析】B　个人经营类贷款的最大特点就是适用面广，它可以满足不同层次的私营企业主的融资需求，且银行审批手续相对简便。个人经营类贷款主要有以下几个特征：①贷款期限相对较短；②贷款用途多样，影响因素复杂；③风险控制难度较大。

63.【解析】A　借款合同的变更，必须经借贷双方协商同意，并依法签订变更协议；在签订协议前，变更前的合同仍有效。

64.【解析】B　对于二手个人住房贷款，商业银行最主要的合作单位是房地产经纪公司，两者之间其实是贷款产品的代理人与被代理人的关系。资信度高、规模大的经纪公司具备稳定的二手房成交量，经手的房贷业务量也相应较大，往往能与银行建立起固定的合作关系。一家经纪公司通常是几家银行二手房贷款业务的代理人，银行也会寻找多家公司作为长期合作伙伴。

65.【解析】D　女性耐用消费品的贷款期限不得超过55岁，不得超过其退休年限。

66.【解析】A　银行市场定位战略建立在对竞争对手和客户需求分析的基础上。也就是说，银行在确立市场定位战略之前，首先应该明确竞争对手是谁，竞争对手的定位战略是什么，客户构成及其对竞争对手的评价。具体地说，银行个人贷款产品的市场定位过程包括识别重要属性、制作定位图、定位选择和执行定位4个步骤。

67.【解析】C　到期一次还本付息法又称期末清偿法，指借款人在贷款到期日还清贷款本息，利随本清。一般适用于期限在1年以内（含1年）的贷款。

68.【解析】C　父子打兔的故事启发我们，有些银行做营销看上去总是忙忙碌碌，不停地四处盲目奔跑，弄得精疲力竭，结果却什么也没有得到，就是因为没有盯住目标市场。

69.【解析】D　2004年8月，中国人民银行、中国银监会联合颁布了《汽车贷款管理办法》。

70.【解析】C　银行主要采用SWOT分析方法对其内外部环境进行综合分析。其中，"S"（Strength）表示优势，"W"（Weak）表示劣势，"O"（Opportunity）表示机遇，"T"（Threat）表示威胁。SWOT分析法就是按上述的4个方面对银行所处的内外部环境进行分析，并结合机遇与威胁的可能性和重要性，制定出切合银行实际的经营目标和战略。

71.【解析】C　合作单位准入的审查内容：经国家工商行政管理机关核发的企业法人营业执照；税务登记证明；会计报表；企业资信等级；开发商的债权债务和为其他债权人提供担保的情况；企业法人代表的个人信用程度和领导班子的决策能力。

72.【解析】B　所谓市场细分，就是营销者通过市场调研，根据整体市场上顾客需求的差异性，以影响顾客需求和欲望的某些因素为依据，把某一产品的市场整体划分为若干个消费者群的市场分类过程。花旗银行的上述做法符合市场细分的定义。

73.【解析】D　个人信用贷款不需要担保。

74.【解析】C　贷款审批环节主要业务风险控制点为：①未按独立公正原则审批；②不按权限审批贷款，使得贷款超授权发放；③审批人员对应审查的内容审查不严，导致向不符合条件的借款人发放贷款。未建立贷后监控检查制度、未对重点贷款使用情况进行跟踪检查属于贷后与档案管理中的风险。

75.【解析】C　有效期内某一时点借款人的可用贷款额度是核定的贷款额度与额度项下未清偿贷款余额之差。可用贷款额度根据贷款额度及已使用贷款的情况确定，其中以银行原住房抵押贷款的抵押住房设定第二顺序抵押授信贷款的，可用贷款余额是核定的贷款额度与原住房抵押贷款余额、额度项下未清偿贷款余额之差。所以小李可用贷款余额 = $80 \times 50\% - 20 - 5 = 15$（万元）。

76.【解析】B　个人汽车贷款只可以展期一次且展期期限不能超过1年。

77.【解析】B　如果个人对异议处理结果仍然有异议，个人可以通过以下3个步骤进行处理：第一步，向当地中国人民银行征信管理部门申请在个人信用报告上发表个人声明。个人声明是当事人对异议处理结果的看法和认识，中国人民银行征信中心只保证个人声明是由本人发布的，不对个人声明内容本身的真实性负责。第二步，向中国人民银行征信管理部门反映。第三步，向法院提起诉讼，借助法律手段解决。

78.【解析】C　有担保流动资金贷款的贷后与档案管理中应特别关注：日常走访企业；企业财务经营状况的检查；项目进展情况的检查。

79.【解析】A　根据《中华人民共和国担保法》（简称《担保法》）的规定，BCD所说内容均可以抵押，此外下列财产可以抵押：抵押人依法有权处分的国有的机器、交通运输工具和其他财产、抵押人依法承包并经发包方同意抵押的荒山、荒沟、荒丘、荒滩等荒地的土地使用权；及依法可以抵押的其他财产。

80.【解析】A　异议管理办法的相关规定。

81.【解析】C　贷款发放人应根据审批意见确定应使用的合同文本并填写合同，在签订有关合同文本前，应履行充分告知义务，告知借款人、保证人等合同签约方关于合同内容、权利义务、还款方式以及还款过程中应当注意的问题等，所以A选项正确。合同填写并复核无误后，贷款发放人应负责与借款人（包括共同借款人）、担保人（抵押人、出质人、保证人）签订合同，所以B选项正确。合同填写完毕后，填写人员应及时将有关合同文本移交合同复核人员进行复核。同笔贷款的合同填写人与合同复核人不得为同一人，所以C选项错误。对采取抵押担保方式的，应要求抵押物共有人当面签署个人汽车借款抵押合同，所以D选项正确。

82.【解析】A　商用房贷款操作风险的防控措施包括：①提高贷前调查深度。②加强真实还款能力和贷款用途的审查。③合理确定贷款额度。④加强抵押物管理。⑤强化贷后管理。⑥完善授权管理。严格执行对单个借款人的授信总量审批权，控制个人授信总量风险。对以实际借款人及其关系人多人名义申请贷款，用于购买同一房产的，按单个借款人适用审批权限。

83.【解析】D　产生异议的主要原因包括以下几种：一是个人的基本信息发生了变化，但个人没有及时将变化后的信息提供给商业银行等数据报送机构，影响了信息的更新；二是数据报送机构数据信息录入错误或信息更新不及时，使个人信用报告所反映的内容有误；三是技术原因造成数据处理出错；四是他人盗用或冒用个人身份获取贷款或信用卡，由此产生的信用记录不为被盗用者（被冒用者）所知；五是个人忘记曾经与数据报送机构有过经济交易（如已办信用卡、贷款），因而误以为个人信用报告中的信息有错。

84.【解析】B　借款人申请商业助学贷款，须具备贷款银行要求的下列条件：①具有中华人民共和国国籍，并持有合法身份证件；②应无不良信用记录，不良信用等行为评价标准由贷款银行制定；③必要时须提供有效的担保；④必要时须提供其法定代理人同意申请贷款的书面意见；⑤贷款银行要求的其他条件。家庭经济确实困难，无法支付正常完成学业所需的基本费用是国家助学贷款须具备的条件。

85.【解析】D　流动资金贷款是指银行向从事合法生产经营的个人发放的、用于满足个人控制的企业（包括个体工商户）生产经营流动资金需求的贷款。流动资金贷款按照有无担保的贷款条件分为有担保流动资金贷款和无担保流动资金贷款。个人投资经营贷款属于有担保流动资金贷款。个人商用房贷款、个人商铺贷款和个人工程机械按揭贷款均属于个人经营专项贷款。

86.【解析】C　企业资信等级是企业信用程度的形象标志。

87.【解析】A　借款人、担保人因发生下列特殊事件而不能正常履行偿还贷款本息时，贷款银行有权采取停止发放尚未使用的贷款和提前收回贷款本息等措施。①借款人、担保人（自然人）死亡或宣告死亡而无继承人或遗赠人或宣告失踪而无财产代管人；②借款人、担保人（自然人）破产、受刑事拘留、监禁，以致影响债务清偿的；③担保人（非自然人）经营和财务状况发生重大的不利变化或已经法律程序宣告破产，影响债务清偿或丧失了代为清偿债务的能力；④借款人、担保人对其他债务有违约行为或因其他债务的履行，影响贷款银行权利实现的。

88.【解析】D　贷后检查的主要内容包括借款人情况检查和担保情况检查两个方面，借款人是否按期足额归还贷款、有无发生可能影响借款人还款能力的突发事件和借款人的住所、联系电话有无变动属于对借款人进行贷后检查的内容。抵押物的保险单是否按合同约定续保属于对担保情况进行检查的内容。

89.【解析】C　目前，商业性个人一手住房贷款中较为普遍的贷款营销方式是银行与房地产开发商合作的方式。这种合作方式是指房地产开发商与贷款银行共同签订"商品房销售贷款合作协议"，由银行向购买该开发商房屋的购房者提供个人住房贷款，借款人用所购房屋作抵押，在借款人购买的房屋没有办好抵押登记之前，由开发商提供阶段性或全程担保。

90.【解析】A　有5种力量决定整个市场或其中任何一个细分市场长期的内在吸引力，分别是同行业竞争者、潜在的新竞争者、替代产品、客户选择能力和中央银行。相关行业竞争者不会对银行内在吸引力造成影响。

二、多项选择题

1.【解析】ACD　中国银行业营销人员按层级分类，可分为营销决策人员，营销主管人员和营销员；按业务分可分为公司业务经理、资金业务经理和零售业务经理。

2.【解析】ABCDE　除以上所述还可以防止假按揭。

3.【解析】BCDE　个人信用贷款贷前调查的内容包括：①贷款银行要核实借款人所提供的资料是否齐全，是否具有真实性、合法性、有效性；要告知借款人须承担的义务与违约后果；要到借款人单位或居住地双人上门调查核实情况，与借款人进行见面谈话。②调查人要调查借款申请人是否具有当地户口、当地固定住所和固定联系方式；要调查申请人是否有正当职业，是否为贷款银行董事、监事、管理人员、信贷业务人员及其近亲属等关系人。③要通过查询人民银行个人信用信息基础数据库，调查和核实借款申请人是否有不良信用记录。通过查询贷款银行个人资信等级评定系统、个人金融业务资料、个人消费信贷管理资料等，核实借款人在贷款银行的资产负债情况和资信状况，综合考察借款人对贷款银行的贡献度。④要调查贷款用途是否真实，是否符合国家法律、法规及有关政策规定。⑤要核验收入证明，调查借款人及其家庭成员收入来源是否稳定，是否具备按时偿还贷款本息的能力。

4.【解析】ACE　BD 属于银行内部环境，微观环境属于银行外部环境。

5.【解析】ABCDE　除此之外还有还款方式。

6.【解析】ABCDE　申请个人信用贷款时，借款人需要提供的材料包括：①申请个人信用贷款，需要填写贷款申请审批表；②个人征信记录证明；③借款人本人及家庭成员的收入证明、个人职业证明、居住地址证明等信用评级表中所涉及的项目资料；④其他各行规定的条件。

7.【解析】BCDE　作为质物的必须是动产，BCDE 均是《物权法》规定可以作为质物的内容。

8.【解析】ABCDE　一般来说，对具有担保性质的合作机构的准入需要考虑以下几个方面：①注册资金是否达到一定规模；②是否具有一定的信贷担保经验；③资信状况是否达到银行规定的要求；④是否具备符合担保业务要求的人员配置、业务流程和系统支持；⑤公司及主要经营者是否存在不良信用记录、违法涉案行为等。

9.【解析】ABCDE　以上均属于个人住房贷款贷后检查的内容。

10.【解析】BCDE　质押担保目前主要是权利质押，较多的是存单、保单、国债、收费权质押。主要风险在于：①质押物的合法性；②对于无处分权的权利进行质押；③非为被监护人利益以其所有权利进行质押；④非法所得、不当得利所得的权利进行质押等。

11.【解析】ABDE　ABDE 均属于公积金个人住房贷款的特点。

12.【解析】ABCDE　个人住房贷款贷后管理的风险包括：①未建立贷后监控检查制度，未对重点贷款使用情况进行跟踪检查；②房屋他项权证办理不及时；③逾期贷款催收不及时，不良贷款处置不力，造成贷款损失；④未按规定保管借款合同、担保合同等重要贷款档案资料，造成合同损毁，他项权利证书未按规定进行保管，造成他项权证遗失，他项权利灭失；⑤只关注借款人按月还款情况，在还款正常的情况下，未对其经营情况及抵押物价值、用途等变动情况进行持续跟踪监测。

13.【解析】BCE　贷款审批人依据银行各类个人住房贷款办法及相关规定，结合国家宏观调控政策或行业投向政策，从银行利益出发审查每笔个人住房贷款业务的合规性、可行性及经济性。

14.【解析】BCDE　法律上，只有有效的合同才会受到法律保护，才能对合同各方产生法律上的约束力。无效合同自始无效，不产生法律效力。在个人住房贷款中，个人住房贷款的合同有效性风险包括：①格式条款无效。②未履行法定提示义务的风险。③格式条款解释风险。④格式条款与非格式条款不一致的风险。

15.【解析】ABCDE　以上均属于合作机构管理的风险防控措施。

16.【解析】ABCDE　保证担保的法律风险主要表现在：①未明确连带责任保证，追索的难度大；②未明确保证期间或保证期间不明；③保证人保证资格有瑕疵或缺乏保证能力；④借款人互相提供保证无异于发放信用贷款；⑤公司、企业的分支机构为个人提供保证；⑥公司、企业职能部门、董事、经理越权对外提供保证等。

17.【解析】BCDE　A选项属于商用房贷款。

18.【解析】BCE　借款人的还款能力与还款意愿对银行个人住房贷款的安全有着至关重要的作用，借款人的信用风险主要表现为还款能力风险和还款意愿风险两个方面。①还款能力风险。我国目前执行的个人住房贷款中的浮动利率制度，使借款人承担了相当大比率的利率风险，这就导致了借款人在利率上升周期中出现贷款违约的可能性加大。②还款意愿风险。还款意愿是指借款人对偿还银行贷款的态度。在还款能力确定的情况下，借款人还可能故意欺诈，通过伪造的个人信用资料骗取银行的贷款，从而产生还款意愿风险。

19.【解析】ABCE　贷款审查人审查完毕后，应对贷前调查人提出的调查意见和贷款建议是否合理、合规等在"个人住房贷款调查审批表"上签署审查意见，连同申请材料、面谈记录等一并送交贷款审批人进行审批。个人住房贷款业务部门负责报批材料的组织。报批材料具体包括"个人信贷业务报批材料清单"、"个人信贷业务申报审批表"、"个人住房借款申请书"，以及个人住房贷款办法及操作规程规定需提供的材料等。

20.【解析】ABCD　E不是银行营销的组织模式。

21.【解析】ABDE　贷前调查人在调查申请人基本情况、贷款用途和贷款担保等情况时，应重点调查以下内容：①材料一致性的调查。贷前调查人应认真审核贷款申请材料，以保证借款申请填写内容与相关证明材料一致；相关证明材料副本（复印件）内容与正本一致，并需由贷前调查人验证正本后在副本（复印件）上盖章签名证实。②借款人身份、资信、经济状况和借款用途的调查。③担保情况的调查。

22.【解析】ABCD　E选项属于信用风险的内容。

23.【解析】ABCDE　商用房贷款合作机构风险主要包括：①开发商不具备房地产开发的主体资格、开发项目五证虚假或不全；②估值机构、地产经纪和律师事务所等联合借款人欺诈银行骗贷。

24.【解析】ABD　在签订"商业助学贷款借款合同"时，应对借款人、担保人的违约行为作出规定。借款人、担保人必须严格履行"商业助学贷款借款合同"项下的各项条款。如发生下列情况之一，均构成违约行为：①借款人未能或拒绝按"商业助学贷款借款合同"的条款规定，及时足额偿还贷款本息和应支付的其他费用；②借款人和担保人未能履行有关合同所规定的义务，包括借款人未按"商业助学贷款借款合同"规定的用途使用贷款；③借款人拒绝或阻挠贷款银行监督检查贷款使用情况的；④借款人和担保人在有关合同中的陈述与担保发生重大失实，或提供虚假文件资料，或隐瞒重要事实，已经或可能造成贷款损失；⑤抵押物受毁损导致其价值明显减少或贬值，以致全部或部分失去了抵押价值，足以危害贷款银行利益，而借款人未按贷款银行要求重新落实抵押、质押或保证；

⑥抵押人、出质人未经贷款银行书面同意擅自变卖、赠与、出租、拆迁、转让、重复抵（质）押或以其他方式处置抵（质）押物；⑦借款人、担保人在贷款期间的其他违约行为。

25.【解析】ABCDE　个人汽车贷款的贷后与档案管理是指贷款发放后到合同终止前对有关事宜的管理，包括贷款的回收、合同变更、贷后检查、不良贷款管理及贷后档案管理5个部分。

26.【解析】ABCD　提前还款是指借款人具有一定偿还能力时，主动向贷款银行提出部分或全部提前偿还贷款的行为。提前还款包括提前部分还本和提前结清两种方式，借款人可以根据实际情况决定采取提前还款的方式。对于提前还款银行一般有以下基本约定：①借款人应向银行提交提前还款申请书；②借款人的贷款账户未拖欠本息及其他费用；③提前还款属于借款人违约，银行将按规定计收违约金；④借款人在提前还款前应归还当期的贷款本息。

27.【解析】ABCDE　贷前调查人在调查申请人基本情况和贷款用途等情况时，应重点调查以下内容：一是材料一致性的调查。二是借款人身份、资信、经济状况和借款用途的调查。三是担保情况调查。①采取抵押担保方式的，应调查抵押物的合法性（包括调查抵押物是否属于《担保法》和《物权法》及其司法解释规定且银行认可、能够办理抵押登记的商业助学贷款的抵押财产范围）、抵押人对抵押物占有的合法性和抵押物价值与存续状况。②采取质押担保方式的，应调查质押权利的合法性、出质人对质押权占有的合法性和质押权利条件（包括调查质物的价值、期限等要素是否与贷款金额、期限相匹配，质物共有人是否同意质押）。

28.【解析】ABCDE　贷前调查完成后，银行经办人应对调查结果进行整理、分析，提出是否同意贷款的明确意见及贷款额度、贷款期限、贷款利率、担保方式、还款方式、划款方式等方面的建议，并形成对借款申请人还款能力、还款意愿以及其他情况等方面的调查意见，连同申请资料和面谈记录等一并送贷款审核人员进行贷款审核。

29.【解析】ABDE　贷款审批人依据商业助学贷款办法及相关规定，从银行利益出发审查每笔商业助学贷款的合规性、可行性及经济性。贷款审批人应对以下内容进行审查：①借款申请人资格和条件是否具备；②借款用途是否真实、合规；③借款人提供材料的完整性、有效性及合法性；④申请借款的额度、期限等是否符合有关贷款办法和规定；⑤贷前调查人的调查意见、对借款人资信状况的评价分析以及提出的贷款建议是否准确、合理；⑥对报批贷款的主要风险点及其风险防范措施是否合规有效；⑦其他需要审查的事项。借款人提供的贫困证明是否真实属于贷款受理和调查的内容。

30.【解析】ABCDE　以上选项均为导致银行把握借款人还款能力存在很大风险的原因。

31.【解析】ABCE　借款人、担保人在贷款期间发生任何违约事件，贷款银行可采取以下任何一项或全部措施：①要求限期纠正违约行为；②要求增加所减少的相应价值的抵

（质）押物，或更换担保人；③停止发放尚未使用的贷款；④在原贷款利率基础上加收利息；⑤提前收回部分或全部贷款本息；⑥定期在公开报刊及有关媒体上公布违约人姓名、身份证号码及违约行为；⑦向保证人追偿；⑧依据有关法律及规定处分抵（质）押物；⑨向仲裁机关申请仲裁或向人民法院起诉。

32.【解析】BCE　借款人要求提前还款的，应提前30个工作日向贷款银行提出申请，所以A选项错误。贷款偿还的原则是先收息、后收本，全部到期、利随本清，所以B选项正确。对借款人申请提前还款的，经办人应核实确认借款人在贷款银行有无拖欠贷款本息。对存在拖欠本息的，应要求借款人先归还拖欠贷款本息后，才予以受理提前还款业务，所以C选项正确。每笔贷款只可以展期一次，展期的原则按《贷款通则》规定执行，所以D选项错误。在合同履行期间，信贷要素需要变更的，应当经当事人各方协商同意，并签订相应变更协议，所以E选项正确。

33.【解析】ABD　商用房放款前要进行出账前审核，审核放款通知的真实性、合法性和完整性。

34.【解析】ABCDE　借款合同为合意合同，因此其设立、变更及终止均要合同双方协商同意，另外抵押、质押的变更均要到原登记部门进行变更登记；保证人不再符合条件可协商处理；一方死亡或丧失民事行为能力可以解除或变更合同。因此，以上说法均正确。

35.【解析】ABCDE　题中选项都是个人信用贷款的贷款对象必须要符合的条件。

36.【解析】ABCDE　贷前调查完成后，贷前调查人应对调查结果进行整理、分析，填写"个人住房贷款调查审批表"，提出是否同意贷款的明确意见及贷款额度、贷款期限、贷款利率、担保方式、还款方式、划款方式等方面的建议，并形成对借款申请人还款能力、还款意愿、担保情况以及其他情况等方面的调查意见，连同申请资料等一并送交贷款审核人员进行贷款审核。贷款审查人负责对借款申请人提交的材料进行合规性审查，对贷前调查人提交的"个人住房贷款调查审批表"、面谈记录以及贷前调查的内容是否完整进行审查。贷款审批人应根据审查情况签署审批意见。

37.【解析】ABC　DE属于贷款的发放流程。

38.【解析】ABCDE　以上都是个人征信异议产生的主要原因。

39.【解析】ABCDE　针对采取质押担保方式的，应调查以下内容：①质押权利的合法性。包括调查出质人出具的质物是否在银行个人住房贷款办法规定的范围内，是否有伪造迹象。各银行对可以用于个人住房贷款质押的权利凭证规定不尽相同，但大都接受以下权利凭证为质物。②出质人对质押权利占有的合法性。包括调查权利凭证上的所有人与出质人是否为同一人，出质人是否具有处分有价证券的权利。③质押权利条件。包括调查质物的价值、期限等要素是否与贷款金额、期限相匹配，质物共有人是否同意质押。

40.【解析】ABCDE　商业助学贷款贷前调查完成后，银行经办人应对调查结果进行分析整理，对是否同意贷款、贷款额度、贷款期限、贷款利率、划款方式、担保方式等方面提出建议，并形成对借款人还款意愿和还款能力的评价，连同申请材料和面谈记录一起交给审核人员。

三、判断题

1. 【解析】 ×　客户可以根据自己的需求和还款能力，与贷款方进行协商确定。

2. 【解析】 √　当每个不同市场有不同偏好的消费群体，可采用此种营销组织结构。每个不同市场有不同偏好的消费群体，便可以根据消费者的不同偏好对产品进行细分。

3. 【解析】 ×　个人住房贷款的计息、结息方式由借贷双方协商确定。

4. 【解析】 ×　归还贷款在借款人离校后次月开始，贷款可按月、按季或按年分次偿还，利随本清，也可在贷款到期时一次性偿还。

5. 【解析】 ×　一笔借款合同只能选择一种还款方式，合同签订后，未经双方协商同意，不得变更。

6. 【解析】 √　因为公积金个人住房贷款属于政策性贷款，因此说法正确。

7. 【解析】 ×　先收息、后收本，全部到期、利随本清是商用助学贷款的回收原则。

8. 【解析】 ×　贷款档案应为原件也可以是有法律效力的复印件。

9. 【解析】 √　与商用房贷款不同，有担保流动资金贷款的合作机构主要是担保机构。

10. 【解析】 ×　个人耐用消费品贷款的起点一般为2 000元，最高额不超过2万元。

11. 【解析】 √　个人信用报告有异议时，可以向所在地的人民银行分支行征信管理部门或直接向人民银行征信中心提出个人信用报告的异议申请，个人需出示本人身份证原件、提交身份证复印件。

12. 【解析】 √　根据职责分离原则，同笔贷款的合同填写人与合同审查人不得为同一人。

13. 【解析】 ×　个人住房贷款中，对购买首套自住房且套型建筑面积在90平方米以下的，贷款的发放额度一般是按拟购（建造、大修）住房价格扣除其不低于价款20%的首期付款后的数量来确定；对购买首套自住房且套型建筑面积在90平方米以上的，贷款首付款比例不得低于30%；对已利用贷款购买住房又申请购买第2套（含）以上住房的，贷款首付比例不得低于40%。

14. 【解析】 ×　到当地中国人民银行征信管理部门申请异议处理属于对个人信用报告中本信息有异议的处理。

15. 【解析】 ×　对于已利用银行贷款购买首套自住房的家庭，如其人均住房面积低于当地平均水平，再次向商业银行申请住房贷款的，可比照首套自住房贷款政策执行，但借款人应当提供当地房地产管理部门依据房屋登记信息系统出具的家庭住房总面积查询结果。当地人均住房平均水平以统计部门公布上年度数据为准。其他均按第2套房贷执行。

▶2011 年银行业从业人员资格认证考试

《个人贷款》
押题预测试卷（二）

一、单项选择题（共 90 题，每题 0.5 分。在以下各小题所给出的 4 个选项中，只有 1 个选项符合题目要求，请将正确选项的代码填入括号内）

1. 以下各项中，贷款对象与其他 3 项不同的是（　　　　）。
   A. 商用房贷款
   B. 有担保流动资金贷款
   C. 设备贷款
   D. 无担保流动资金贷款

2. 个人住房贷款的流程包括（　　　　）。
   A. 受理和调查——签约和发放——审查与审批——贷后与档案管理
   B. 受理和调查——审查与审批——签约和发放——贷后与档案管理
   C. 审查与审批——受理和调查——签约和发放——贷后与档案管理
   D. 审查与审批——签约和发放——受理和调查——贷后与档案管理

3. （　　　　）作为信用指标体系的第 2 部分，是记录个人经济行为、反映个人偿债能力和偿债意愿的重要信息。
   A. 个人身份信息
   B. 居住信息
   C. 个人职业信息
   D. 信用交易信息

4. 以所购商用房（通常要求借款人拥有该商用房的产权）作抵押的，由（　　　　）决定是否有必要与开发商签订商用房回购协议。
   A. 借款人
   B. 开发商
   C. 国家法律
   D. 贷款银行

5. 商业银行按照（　　　　）可以分为个人贷款和公司贷款。
   A. 贷款额度
   B. 还款方式
   C. 主体类型
   D. 担保方式

6. 商用房贷款申请人填写申请书，需要提交的相关材料不正确的是（　　　　）。
   A. 涉及抵押或质押担保的，需提供抵押物或质押权利的权属证明文件和有处分权人同意抵（质）押的书面证明以及贷款银行认可部门出具的抵押物估价证明
   B. 已支付所购或所租商用房价款 30% 首付款的证明

C. 涉及保证担保的，需保证人出具同意提供担保的书面承诺，并提供能证明保证人保证能力的证明材料

D. 借款人或开发商向贷款银行提供的证明商用房手续齐全、项目合法的资料

7. 2004 年颁布的《汽车贷款管理办法》与 1998 年颁布的《汽车消费贷款管理办法（试点办法）》的不同点包括（   ）。

A. 调整了贷款人主体范围　　　　　　B. 细化了借款人类型

C. 减少了贷款购车的品种　　　　　　D. 扩大了贷款购车的品种

8. （   ）应该是国内最早开办的个人贷款产品。

A. 质押贷款　　　　B. 抵押贷款　　　　C. 抵押授信贷款　　D. 信用贷款

9. （   ）是借款人以合法有效、符合银行规定条件的质物出质，向银行申请取得一定金额的人民币贷款，并按期归还贷款本息的个人贷款业务。

A. 个人质押贷款　　　　　　　　　　B. 个人抵押贷款

C. 个人抵押授信贷款　　　　　　　　D. 个人信用贷款

10. 个人征信系统所收集的个人信用信息中的个人基本信息，不包括（   ）。

A. 个人身份　　　　B. 破产记录　　　　C. 居住信息　　　　D. 职业信息

11. （   ）是不以赢利为目的，带有较强的政策性。

A. 自营个人住房贷款　　　　　　　　B. 个人经营类贷款

C. 个人消费额贷款　　　　　　　　　D. 公积金个人住房贷款

12. 最早开办个人住房贷款业务的商业银行是（   ）。

A. 中国银行　　　　　　　　　　　　B. 中国农业银行

C. 中国建设银行　　　　　　　　　　D. 中国工商银行

13. 以下各项中，不属于个人经营类贷款主要特征的是（   ）。

A. 贷款期限相对较短　　　　　　　　B. 贷款用途多样，影响因素复杂

C. 风险较大　　　　　　　　　　　　D. 风险控制难度较大

14. 下列关于个人住房贷款业务的说法，正确的是（   ）。

A. 集资建房不能申请住房贷款

B. 个人住房贷款不包含人民币贷款

C. 个人住房贷款不包含购买商品房的贷款

D. 个人住房贷款包含购房和购车的组合贷款

15. 设备贷款以可设定抵押权的房产作为抵押物的，贷款最高额不得超过经贷款银行认可的抵押物价值的（　　　）。

A. 50%
B. 70%

C. 90%
D. 根据保证人信用等级确定

16. 到期一次还本法适用于（　　　）的贷款。

A. 期限在 1 年以内
B. 期限在 10 年以上

C. 收入不稳定
D. 自身财务规划能力较强的客户

17. 个人征信系统录入流程，不包括的一项是（　　　）。

A. 数据录入
B. 数据报送和整理

C. 数据聚合
D. 数据获取

18. 以下各项中，不属于个人信用贷款特点的是（　　　）。

A. 贷款额度小
B. 贷款期限短

C. 准入条件严格
D. 贷款风险较低

19. 个人征信查询系统内容中的居住信息，不包括（　　　）。

A. 证件信息　　　B. 工作单位姓名　　　C. 邮政编码　　　D. 居住状况

20. 在二手个人住房交易时，在借款人购买的房屋没有办好抵押登记之前，由（　　　）提供阶段性或全程担保。

A. 经纪公司
B. 有担保能力的第三人

C. 开发商
D. 借款人

21. 在购买健身器材时申请的贷款属于（　　　）。

A. 个人耐用消费品贷款
B. 设备贷款

C. 个人消费额度贷款
D. 流动资金贷款

22. 期限在 1 年以内的贷款实行（　　　）利率政策。

A. 按月调整利息
B. 按季调整利息

C. 按合同利率调整利息
D. 利息随法定利率变动而变动

23．二手车贷款的贷款期限不得超过（　　　　）。

A．1年　　　　　B．3年　　　　　C．5年　　　　　D．7年

24．当银行只有一种或几种产品时，营销组织应当采取（　　　）营销组织。

A．职能型　　　　B．产品型　　　　C．市场型　　　　D．区域型

25．设备贷款必须提供担保，保证人是法人的，不属于必备条件的是（　　　　）。

A．工商行政管理部门核准登记并办理年检手续

B．独立核算，自负盈亏

C．有健全的管理机构和财务管理制度

D．保证人与借款人不得为夫妻关系或家庭成员

26．客户的信贷需求包含3种形态，其中不包括（　　　　）。

A．已实现需求　　B．待实现需求　　C．已开发需求　　D．待开发需求

27．以下不属于个人消费贷款的是（　　　　）。

A．个人汽车贷款　B．个人教育贷款　C．个人住房贷款　D．个人医疗贷款

28．下列关于个人住房贷款分类的说法，正确的是（　　　　）。

A．按照资金来源划分，个人住房贷款包括新建房个人住房贷款、公积金个人住房贷款和个人住房组合贷款

B．按照住房交易形态划分，个人住房贷款可分为个人再交易住房贷款、自营性个人住房贷款和个人住房转让贷款

C．按照贷款利率的确定方式划分，个人住房贷款可分为固定利率贷款和浮动利率贷款

D．按照住房交易形态划分，个人住房贷款包括自营性个人住房贷款、公积金个人住房贷款和个人住房组合贷款

29．贷款期限在1年以内（含1年）的贷款，应当采取（　　　）还款方式。

A．等额本息还款法　　　　　　　B．等额本金还款法

C．等比累进还款法　　　　　　　D．一次还本付

30．个人住房贷款利率原则为个人住房贷款的利率按商业性贷款利率执行，实行（　　　　）。

A．上限放开，下限管理　　　　　B．上限放开，下限放开

C. 上限管理，下限管理　　　　　　　　　　D. 上限管理，下限放开

31. 借款人以所购自用住房作为个人住房贷款抵押物的，必须将住房价值的（　　　　）用于贷款抵押。

  A. 60%　　　　　　　B. 80%　　　　　　　C. 90%　　　　　　　D. 100%

32. 个人住房贷款贷前调查中，属于项目审查的是（　　　　）。

  A. 企业法人营业执照

  B. 开发商债权债务

  C. "国有土地使用权证"和"商品房销售许可证"审查

  D. 开发商从事房地产建筑和销售的资格认定

33. 《个人住房贷款管理办法》规定，个人住房贷款的对象不包括（　　　　）。

  A. 年满 18 周岁的，具有完全民事行为能力的中国公民

  B. 不在大陆居住的，具有完全民事行为能力的港澳台居民

  C. 在中国境内居住，具有完全民事行为能力的外国人

  D. 未满 18 周岁，但与其监护人能共同提供偿还贷款能力证明的自然人

34. 关于个人住房贷款质押担保，不正确的说法是（　　　　）。

  A. 质押物可以是国库券、国家重点建设债券、金融债券、企业债券等

  B. 贷款额度最高不超过质押权利凭证票面价值的 70%

  C. 以凭证式国债为质押的，贷款期限最长不超过凭证式国债的到期日

  D. 用不同期限的多张凭证式国债作质押时，以距离到期日最近者确定贷款期限

35. 下列关于商业银行的政策风险的说法，不正确的是（　　　　）。

  A. 政策风险指政府政策或法律变化时给银行带来的风险，属于非系统性风险

  B. 政策性风险可能对购房人资格的政策性和购房人资格造成政策性限制

  C. 抵押品也可能存在政策性风险

  D. 由于政策性风险来自银行外部，单一行业、单一银行无法避免

36. 个人汽车贷款的贷款对象必须要满足的条件为（　　　　）。

  A. 中华人民共和国公民　　　　　　　　B. 具有稳定的合法收入

  C. 年满 18 周岁　　　　　　　　　　　　D. 能够支付贷款银行规定的首期付款

37. 使用个人汽车贷款所购汽车为商用车时，贷款额度不得超过所购汽车价格的（　　　）。
　A. 80%　　　　　B. 70%　　　　　C. 60%　　　　　D. 50%

38. 个人住房贷款中，对购买首套自住房且套型建筑面积在 90 平方米以下的，贷款首付款比例不得低于（　　　）。
　A. 10%　　　　　B. 20%　　　　　C. 30%　　　　　D. 40%

39. 有担保流动资金贷款的利率不得低于中国人民银行规定的同期同档次利率的（　　　）倍。
　A. 1 倍　　　　　B. 1.1 倍　　　　　C. 1.2 倍　　　　　D. 2 倍

40. 以下各项不属于专项贷款的是（　　　）。
　A. 中国银行的个人商用房贷款　　　　B. 中国银行的个人投资经营贷款
　C. 交通银行的个人商铺贷款　　　　　D. 个人工程机械按揭贷款

41. （　　　）反映的是个人的就业情况、工作经历、职业、单位所属行业、职称、年收入等信息。
　A. 个人身份信息　　B. 居住信息　　C. 个人职业信息　　D. 信用交易信息

42. 专项贷款最主要的还款来源是（　　　）。
　A. 经营产生的现金流　　　　　　　　B. 拍卖其抵押物或质押物得到的现金
　C. 再贷款取得的现金　　　　　　　　D. 融资获得的现金

43. 《个人信用信息基础数据库管理暂行办法》的实施时间为（　　　）。
　A. 2005 年 6 月 6 日　　　　　　　　B. 2005 年 6 月 16 日
　C. 2005 年 10 月 1 日　　　　　　　　D. 2005 年 10 月 11 日

44. 当银行的产品可以细分时，营销组织应当采取（　　　）。
　A. 职能型营销组织　　　　　　　　　B. 产品型营销组织
　C. 市场型营销组织　　　　　　　　　D. 区域型营销组织

45. 个人征信系统所收集的个人信用信息中的特殊信息，不包括（　　　）。
　A. 破产记录　　　　　　　　　　　　B. 与个人经济生活相关的法院判决等信息
　C. 职业信息　　　　　　　　　　　　D. 信用报告查询信息

46. 二手车是指从办理完机动车注册登记手续到规定报废年限（　　　　）进行所有权变更并依法办理过户手续的汽车。

    A. 半年之前　　　　B. 1 年之前　　　　C. 2 年之前　　　　D. 3 年之前

47. 在全国范围内的市场上开展业务的银行，其营销组织应当采取（　　　　）。

    A. 职能型营销组织　　　　　　　　B. 产品型营销组织

    C. 市场型营销组织　　　　　　　　D. 区域型营销组织

48. 流动资金贷款是指银行向（　　　　）用于满足个人控制的企业（包括个体工商户）生产经营流动资金需求的贷款。

    A. 从事生产经营的个人发放的　　　　B. 从事合法生产经营的个人发放的

    C. 从事特殊生产经营的个人发放的　　　D. 从事合法特殊生产经营的个人发放的

49. 设备贷款必须提供担保，保证人是自然人的，不需要具备的条件为（　　　　）。

    A. 具有当地常住户口和固定住址

    B. 保证人与借款人不得为夫妻关系或家庭成员

    C. 有可靠的代偿能力，并且在贷款银行处存有一定数额的保证金

    D. 有健全的管理机构和财务管理制度

50. 《汽车消费贷款管理办法（试点办法）》于（　　　　）颁布。

    A. 1993 年　　　　B. 1997 年　　　　C. 1998 年　　　　D. 2004 年

51. 使用个人汽车贷款所购汽车为二手车时，贷款额度不得超过所购汽车价格的（　　　　）。

    A. 80%　　　　B. 70%　　　　C. 60%　　　　D. 50%

52. 对以"商住两用房"名义申请商用房贷款的，贷款额度不超过（　　　　）。

    A. 40%　　　　B. 50%　　　　C. 55%　　　　D. 60%

53. 个人抵押授信贷款中，借款人一次性地向银行申请好办理个人抵押授信贷款手续，取得授信额度，此额度的有效期间一般为（　　　　）。

    A. 半年内　　　　B. 1 年内　　　　C. 3 年内　　　　D. 5 年内

54. 借款人申请无担保流动资金贷款，须具备的条件中不正确的是（　　　　）。

    A. 具有完全民事行为能力，且年龄在 18~60 周岁之间的自然人

B. 具有当地常住户口或有效居留身份

C. 具有正当的职业和稳定的经济收入，具有按期偿还贷款本息的能力

D. 个人信用为借款人单位所评定认可

55. （　　　）是全面记录个人信用活动、反映个人信用状况的文件，是征信机构把依法采集的信息，依法进行加工整理，最后依法向合法的信息查询人提供的个人信用历史记录。

A. 个人信用征信　　B. 个人征信系统　　C. 个人信用报告　　D. 个人征信报告

56. 个人征信查询系统内容中的个人职业信息，不包括（　　　）。

A. 就业情况　　　　B. 工作经历　　　　C. 职业　　　　D. 居住状况

57. 渣打银行的"现贷派"、花旗银行的"幸福时贷"属于（　　　）贷款。

A. 个人消费额度贷款　　　　　　　B. 个人教育贷款

C. 专项贷款　　　　　　　　　　　D. 流动资金贷款

58. 关于申请商用房贷款需要具备的条件，说法错误的是（　　　）。

A. 必须先付清不低于所购或所租的商用房全部价款40%以上的首期付款

B. 与开发商签订购买或租赁商用房的合同或协议

C. 提供经贷款银行认可的有效担保

D. 当前无不利的相关民事纠纷和刑事案件责任

59. 中国人民银行决定最低首付款比例为（　　　）。

A. 10%　　　　　　B. 20%　　　　　　C. 30%　　　　　　D. 40%

60. （　　　）还款方式的利息是逐月递减的。

A. 等额本息还款法　　　　　　　　B. 等额本金还款法

C. 等比累计还款法　　　　　　　　D. 等额累进还款法

61. （　　　）年2月，中国人民银行颁布了《关于开展个人消费信贷的指导意见》。

A. 1990　　　　　　B. 1996　　　　　　C. 1999　　　　　　D. 2000

62. 对于二手房个人住房贷款，商业银行最主要的合作单位是（　　　）。

A. 保险公司　　B. 房产经纪公司　　C. 房地产开发商　　D. 房屋产权交易所

63. （　　　　）不属于个人住房贷款的特点。
　　A. 贷款金额大，期限长　　　　　　　　B. 贷款利率高，偿还风险小
　　C. 已抵押为前提建立的借贷关系　　　　D. 风险因素类似，风险具有系统性的特点

64. 一手个人住房交易时，在借款人购买的房屋没有办好抵押登记之前，由（　　　　）提供阶段性或全程担保。
　　A. 经纪公司　　　　　　　　　　　　　B. 有担保能力的第三人
　　C. 开发商　　　　　　　　　　　　　　D. 借款人

65. 我国最早开办、规模最大的个人贷款产品是（　　　　）。
　　A. 个人住房贷款　　　　　　　　　　　B. 个人汽车贷款
　　C. 个人经营类贷款　　　　　　　　　　D. 个人机械设备贷款

66. 刚刚开始经营或刚刚进入市场的银行应当采取（　　　　）的定位选择。
　　A. 主导式定位　　　B. 追随式定位　　　C. 联合式定位　　　D. 补缺式定位

67. 商用房贷款的还款方式，比较常用的不包括（　　　　）。
　　A. 等额本息还款法　　　　　　　　　　B. 等额本金还款法
　　C. 一次偿还本金法　　　　　　　　　　D. 一次还本付息法

68. 中国银行凭证式国债质押贷款额度起点为（　　　　）元，贷款最高限额应不超过质押权利凭证面额的（　　　　）。
　　A. 5 000；80%　　　　　　　　　　　　B. 5 000；90%
　　C. 10 000；80%　　　　　　　　　　　D. 10 000；90%

69. 借款1万元，利率为3.87%，贷款期限为20年，采用等额本息还款法，每月需要还（　　　　）元
　　A. 62.01　　　　　　B. 59.92　　　　　　C. 58.03　　　　　　D. 56.32

70. 采用第三方保证方式申请商用房贷款的，第三方提供的保证应为（　　　　）。
　　A. 可撤销的承担连带责任的部分额度有效担保
　　B. 不可撤销的承担非连带责任的全额有效担保
　　C. 不可撤销的承担连带责任的全额有效担保
　　D. 不可撤销的承担连带责任的部分额度有效担保

71. （　　　）贷款具有较强政策性，且贷款额度受到限制。

A. 公积金个人住房贷款　　　　　B. 个人教育贷款

C. 专项贷款　　　　　　　　　　D. 个人医疗贷款

72. 在个人抵押授信贷款中，关于贷后检查的说法，不正确的是（　　　）。

A. 对正常贷款可采取抽查的方式不定期进行

B. 对关注类贷款可采取抽查的方式不定期进行

C. 每半年至少进行一次贷后检查

D. 对次级、可疑、损失类贷款采取全面检查的方式

73. 个人征信系统所收集的个人信用信息的信用交易信息，不包括（　　　）。

A. 银行信贷信用信息汇总　　　　B. 信用卡汇总信息

C. 准贷记卡汇总信息　　　　　　D. 配偶身份

74. （　　　）不是个人信用贷款的借款人需要具备的基本条件。

A. 在中国境内有固定住所，有当地城镇常住户口，具有完全民事行为能力的中国公民

B. 有正当且有稳定经济收入的良好职业，具有按期偿还贷款本息的能力

C. 遵纪守法，没有违法行为及不良信用记录

D. 提供银行认可的有效质物作质押担保

75. 个人住房贷款的下限利率水平为相应期限档次贷款基准利率的（　　　）倍。

A. 0.5 倍　　　　B. 0.7 倍　　　　C. 0.9 倍　　　　D. 1 倍

76. "随心还"和"气球贷"属于（　　　）还款方式。

A. 等额本息还款法　　　　　　　B. 等比累进还款法

C. 组合还款法　　　　　　　　　D. 等额累进还款法

77. 最先开展个人汽车贷款业务的银行是（　　　）。

A. 中国银行　　　B. 中国农业银行　　C. 中国建设银行　　D. 中国工商银行

78. 下列有关于有担保流动资金贷款的利率的说法，不正确的是（　　　）。

A. 贷款期限在 1 年以内（含 1 年）的，实行合同利率，遇法定利率调整不分段计息

B. 贷款期限在 1 年以内（含 1 年）的，合同期内遇法定利率调整时可采用固定利率的方式

C. 贷款期限在 1 年以上的，合同期内遇法定利率调整时可在合同期内按月、按季、按年调整

D. 贷款期限在 1 年以上的，合同期内遇法定利率调整时可采用固定利率的方式

79. （　　　　）率先在国内开办个人贷款业务。

A. 中国银行
B. 中国工商银行
C. 中国建设银行
D. 中国农业银行

80. 下列不属于个人汽车贷款原则的是（　　　　）。

A. 设定担保　　　B. 分类管理　　　C. 特定用途　　　D. 不限用途

81. 自营性个人住房贷款不适用于（　　　　）。

A. 个人在县城购买住房
B. 个人租赁商业用房
C. 个人大修住房
D. 个人建造住房

82. 银行对合作单位准入审查的内容不包括（　　　　）。

A. 企业法人营业执照
B. 税务登记证明
C. 合作单位员工素质
D. 会计报表

83. 以下各项中，贷款利率锁定的是（　　　　）。

A. 商用房贷款
B. 有担保流动资金贷款
C. 设备贷款
D. 无担保流动资金贷款

84. 规模很小的银行应当采取（　　　　）的定位选择。

A. 主导式定位
B. 追随式定位
C. 联合式定位
D. 补缺式定位

85. 个人信用贷款贷款期限超过 1 年的，采取（　　　　）的还款方式。

A. 按月付息，按月还本
B. 按月付息，按季还本
C. 按月付息，一次还本
D. 按季付息，一次还本

86. 个人住房装修贷款的贷款期限一般为（　　　　）。

A. 1 ~ 2 年，最长不超过 3 年
B. 1 ~ 2 年，最长不超过 5 年
C. 1 ~ 3 年，最长不超过 5 年
D. 1 ~ 5 年，最长不超过 5 年

87. 当银行具有多种产品时，营销组织应当采取（　　　　）。

A. 职能型营销组织　　　　　　　　B. 产品型营销组织

C. 市场性营销组织　　　　　　　　D. 区域性营销组织

88. 个人住房贷款真正快速发展的标志是（　　　　）。

A. 1992 年银行部门出台了住房抵押贷款的相关管理办法

B. 1985 年中国建设银行开展住房贷款业务

C. 1995 年《个人住房担保贷款管理试行办法》的颁布

D. 1998 年《个人住房贷款管理办法》的颁布

89. 企业租赁商用房所申请的贷款属于（　　　）。

A. 经营性个人住房贷款　　　　　　B. 个人消费贷款

C. 个人经营类贷款　　　　　　　　D. 担保贷款

90. （　　　）不属于个人征信系统的社会功能。

A. 随着该系统的建设和完善，通过对个人重要经济活动的影响和规范，逐步形成诚实守信、遵纪守法、重合同讲信用的社会风气

B. 推动社会信用体系建设

C. 提高社会诚信水平，促进文明社会建设

D. 帮助商业银行等金融机构控制信用风险

二、多项选择题（共 40 题，每题 1 分。在以下各小题所给出的 5 个选项中，至少有 1 个选项符合题目要求，请将正确选项的代码填入括号内）

1. 《个人信用信息基础数据库管理暂行办法》主要内容包括（　　　）。

A. 明确信用数据库是中国人民银行组织商业银行建立的全国统一的个人信用信息共享平台

B. 规定了个人信用信息保密原则

C. 规定了个人信用数据库采集个人信用信息的范围和方式、数据库使用用途等

D. 规定了个人信用信息的客观性原则

E. 规定了个人获取本人信用报告的途径和异议处理方式

2. 个人经营类贷款包括（　　　）。

A. 个人经营专项贷款　　　　　　　B. 个人医疗贷款

C. 自营性个人住房贷款　　　　　　D. 个人经营流动资金贷款

E. 个人消费贷款

3. 个人抵押授信贷款的贷款对象需满足（　　　）条件。

A. 具有完全民事行为能力、年满 18 周岁的自然人

B. 借款申请人有当地常住户口或有效居留身份

C. 借款申请人有按期偿还所有贷款本息的能力

D. 借款申请人无不良信用和不良行为记录

E. 各行自行规定的其他条件

4. 各银行为使得个人贷款办理便利，采取了（　　　）的措施。

A. 简化贷款业务手续　　　　　　　B. 增加营业网点

C. 提高服务质量　　　　　　　　　D. 改进服务手段

E. 增加服务人员

5. 在贷款受理和调查中的操作风险是（　　　）。

A. 借款申请人的主体资格是否符合银行个人汽车贷款管理办法的相关规定

B. 借款申请人所提交的材料是否真实、合法

C. 借款申请人的担保措施是否足额、有效

D. 业务不合规，业务风险与效益不匹配

E. 不按权限审批贷款，使得贷款超授权发放

6. 个人贷款的特征是（　　　）。

A. 品种多，用途广　　　　　　　　B. 贷款便利

C. 利率低　　　　　　　　　　　　D. 还款方式灵活

E. 期限长

7. 银行进行市场环境分析具有（　　　）的意义。

A. 把握宏观形势　　　　　　　　　B. 掌握微观情况

C. 发现商业机会　　　　　　　　　D. 规避市场风险

E. 降低投资风险

8. 个人征信系统所收集的个人信用信息包括（　　　）等各类信息。

A. 个人基本信息　　　　　　　　　B. 信用交易信息

C. 特殊交易　　　　　　　　　　　D. 特别记录

E. 客户本人声明

9. 个人抵押授信贷款中，抵押率根据（　　　）等因素确定。

A. 抵押房产的房龄　　　　　　　　B. 当地房地产价格水平

C. 房地产价格走势　　　　　　　　D. 抵押物变现情况

E. 抵押人信用度

10. 申请个人汽车贷款可以使用（　　　）的担保方式。

A. 质押　　　　　　　　　　　　　B. 房地产抵押

C. 第三方保证　　　　　　　　　　D. 以贷款所购车辆作抵押

E. 购买个人汽车贷款履约保证保险

11. 个人质押贷款中，经办人员接到客户提出的质押贷款申请后，应对质物的（　　　）进行调查。

A. 合法性　　　　　　　　　　　　B. 有效性

C. 合理性　　　　　　　　　　　　D. 真实性

E. 正确性

12. 借款人申请有担保流动资金贷款，须具备银行要求的（　　　）条件。

A. 无不良资信记录和行为记录

B. 借款人具有合法有效的身份证明如居民身份证、户口簿等

C. 借款人年满18周岁，男性年龄一般不超过55周岁，女性年龄一般不超过50周岁

D. 借款人原则上为其经营企业的主要所有人

E. 具有稳定的职业和家庭基础，具有按时偿还贷款本息的能力

13. 设备贷款必须提供担保，担保方式有（　　　）。

A. 抵押、质押和保证任意一种　　　B. 抵押、质押和保证任意两种

C. 经销商担保的担保方式　　　　　D. 厂家回购的担保方式

E. 个人信用担保

14. 以下属于经济和技术环境的是（　　　）。

A. 外汇政策　　　　　　　　　　　B. 政治对经济的影响

C. 法律建设　　　　　　　　　　　D. 政府的各项经济政策

E. 外汇汇率

15. 个人质押贷款的贷后与档案管理主要包括（　　　）方面。

A. 档案管理　　　　　　　　　　　B. 贷后检查

C. 贷款本息回收　　　　　　　　　　D. 贷款要素变更

E. 贷后事项

16. 个人住房贷款的特点是（　　　　）。

A. 贷款利率高，偿还风险小　　　　B. 风险具有系统性

C. 贷款金额大，期限长　　　　　　D. 以抵押为前提建立的借贷关系

E. 风险较低

17. 对个人住房贷款楼盘项目的审查包括（　　　　　　）。

A. 对开发商资信的审查　　　　　　B. 对开发商员工素质的审查

C. 对项目本身的审查　　　　　　　D. 对开发商的债权债务的调查

E. 对项目的实地考察

18. 客户信贷需求包括（　　　　　　）。

A. 已实现需求　　　　　　　　　　B. 待实现需求

C. 已开发需求　　　　　　　　　　D. 待开发需求

E. 客户特殊需求

19. 下列属于个人住房贷款的是（　　　　　　）。

A. 个人购买商铺　　　　　　　　　B. 个人在农村建房

C. 个人在城镇购买房屋　　　　　　D. 个人大修理房屋

E. 个人租赁商铺

20. 个人汽车贷款的特点是（　　　　）。

A. 在汽车产业和汽车市场发展中占有一席之地

B. 与汽车市场的多种行业机构具有密切关系

C. 与其他行业联系不大

D. 风险管理难度相对较大

E. 风险管理较为简单

21. 银行市场分析应当做到的"四化"包括（　　　　）。

A. 经常化　　　　　　　　　　　　B. 系统化

C. 流程化　　　　　　　　　　　　D. 科学化

E. 制度化

22. 个人住房贷款贷前咨询的方式有（   ）。

A. 现场咨询   B. 电话银行

C. 窗口咨询   D. 网上银行

E. 业务宣传手册

23. 以质押方式申请担保流动资金贷款的，质押权利范围包括（   ）等。

A. 定期储蓄存单   B. 凭证式国债

C. 股票   D. 记账式国债

E. 个人寿险保险单

24. 设备贷款必须提供担保，保证人是法人的，应当同时具备（   ）的条件。

A. 工商行政管理部门核准登记并办理年检手续

B. 独立核算，自负盈亏

C. 有健全的管理机构和财务管理制度

D. 有代偿能力

E. 无重大债权债务纠纷

25. 个人贷款业务的开展对金融机构的意义是（   ）。

A. 可以给商业银行带来新的收入来源   B. 可以满足城乡居民的有效消费需求

C. 可以帮助银行分散风险   D. 可以帮助商业银行调整信贷结构

E. 发展地方经济

26. 客户可以通过（   ）办理个人贷款业务。

A. 营业网点   B. 网上银行

C. 金融超市   D. 个人贷款服务中心

E. 声讯电话

27. 个人贷款的贷款要素包括（   ）。

A. 贷款对象   B. 贷款利率

C. 贷款期限   D. 担保方式

E. 贷款额度

28. 个人征信系统的经济功能主要体现在（   ）。

A. 帮助商业银行等金融机构控制信用风险，维护金融稳定

B. 扩大信贷范围，促进经济增长

C. 改善经济增长结构，促进经济可持续发展

D. 推动社会信用体系建设

E. 提高社会诚信水平

29. 银行在进行营销决策前首先对（　　　　）进行调查分析。

A. 客户需求　　　　　　　　　　　B. 竞争对手实力

C. 金融市场变化　　　　　　　　　D. 宏观经济环境

E. 其他银行利率

30. 个人征信系统数据的直接使用者，包括（　　　　）。

A. 商业银行

B. 数据主体贸易伙伴

C. 数据主体本人

D. 金融监督管理机构

E. 以及司法部门等其他政府机构

31. 对项目的合法性审查包括（　　　　）。

A. 对项目申请的合法性调查　　　　B. 对项目融资的合法性调查

C. 对项目开发的合法性调查　　　　D. 对项目完成的合法性调查

E. 对项目销售的合法性调查

32. 以下属于个人贷款的特征是（　　　　）。

A. 贷款品种多　　　　　　　　　　B. 贷款便利

C. 还款方式灵活　　　　　　　　　D. 贷款用途广

E. 贷款需要抵押或担保

33. 下列哪些单位或组织不能作为保证人（　　　　）。

A. 国家机关　　　　　　　　　　　B. 儿童医院

C. 海尔集团生产部　　　　　　　　D. 清华附中

E. 青岛啤酒集团

34. 个人住房贷款按住房交易形态可以划分为（　　　　）。

A. 新建个人住房贷款　　　　　　　B. 自营性个人住房贷款

C. 个人再交易住房贷款　　　　　　D. 个人住房组合贷款

E. 公积金个人住房贷款

35. 有效期内某一时点借款人的可用贷款额度是由（　　　　）决定的。

A. 借款人希望得到的贷款数额　　　　B. 抵押物价值

C. 核定的贷款额度　　　　　　　　　D. 已使用的贷款总额

E. 未清偿贷款余额

36. 下列属于个人汽车贷款受理和调查环节操作风险的风险点是（　　　　）。

A. 借恶意欺诈、骗贷和贷款后恶意转移资产逃废债务

B. 借款申请人的主体资格不符合银行个人汽车贷款管理办法的相关规定

C. 担保物共有人或所有人授权情况未核实

D. 银行对借款人主体资格的调查往往流于形式，没有严格执行"面谈"制度

E. 贷款额度没有控制在抵押物价值的规定比率内

37. 以下各项中，属于专项贷款的是（　　　　）。

A. 中国银行的个人商用房贷款　　　　B. 中国建设银行的个人助业贷款

C. 交通银行的个人商铺贷款　　　　　D. 个人工程机械按揭贷款

E. "现贷派"个人无担保贷款

38. 个人征信系统信息来源主要包括（　　　　）。

A. 客户通过银行办理贷款业务

B. 客户通过银行办理信用卡业务

C. 客户通过银行办理担保业务

D. 个人标准信用信息基础数据库通过与公安部系统对接

E. 个人标准信用信息基础数据库通过与信息产业部系统对接

39. 公积金个人住房贷款的特点有（　　　　）。

A. 互助性　　　　　　　　　　　　　B. 普遍性

C. 合法性　　　　　　　　　　　　　D. 利率低

E. 期限长

40. 下列选项中，属于开展个人贷款业务对于宏观经济有积极意义的是（　　　　）。

A. 为实现城乡居民的有效消费需求、极大地满足广大消费者的购买欲望起到了融资的作用

B. 对启动、培育和繁荣消费市场起到了催化和促进的作用

C. 扩大内需，推动生产，支持国民经济持续、快速、健康和稳定发展

D. 带动众多相关产业的发展

E. 提高信贷资产质量、增加经营效益

三、判断题（共 15 题，每题 1 分。请判断以下各小题的对错，正确的用√表示，错误的用×表示）

1. 有担保流动资金贷款的受理时，对于有共同申请人的，必须要求担保责任大的申请人提交有关申请材料。（   ）

2. 如果个人委托代理人提出异议申请，代理人须提供委托人（个人自己）和代理人的身份证复印件、委托人的个人信用报告、具有法律效力的授权委托书。（   ）

3. 借款人申请有担保流动资金贷款，借款人原则上为其经营企业的全部所有人，且所经营的企业具有一定的盈利能力。（   ）

4. 对贷款客户的定位仅仅是为了个人贷款产品营销的需要。（   ）

5. 个人汽车贷款在采取抵押担保时，只需调查抵押物的合法性。（   ）

6. 商业银行的股份制改革推动了个人消费信贷的蓬勃发展。（   ）

7. 商业银行仅提供人民币个人住房贷款，不提供外币个人住房贷款。（   ）

8. 如果当地房地产市场价格出现重大波动，贷款银行应对抵押房产价值进行重新评估，并根据评估后的价值重新确定贷款额度。（   ）

9. 若采用不同期限的多张凭证式国债作质押，以最后到期债券的到期日确定贷款期限。（   ）

10. 个人消费额度贷款可以随时向银行申请使用。（   ）

11. 定向购买或租赁商用房要申请个人住房贷款。（   ）

12. 银行通常每年要进行个人信用评级，根据信用评级确定个人信用贷款的展期。（   ）。

13. 当银行只有一种或几种产品时，营销组织应当采取产品型营销组织。（   ）

14. 只有中国公民才可以申请个人汽车贷款。（   ）

15. 名誉权可以作为质物出质。（   ）

答案速查与精讲解析（二）

答案速查

一、单项选择题

1. A	2. B	3. D	4. D	5. C	6. B	7. C	8. A	9. A
10. B	11. D	12. C	13. C	14. D	15. B	16. A	17. C	18. D
19. A	20. A	21. A	22. C	23. B	24. A	25. D	26. C	27. C
28. C	29. D	30. A	31. D	32. C	33. B	34. B	35. A	36. D
37. B	38. B	39. B	40. B	41. C	42. A	43. C	44. C	45. A
46. B	47. D	48. B	49. D	50. C	51. D	52. C	53. B	54. D
55. C	56. D	57. D	58. A	59. B	60. A	61. C	62. B	63. B
64. C	65. A	66. B	67. C	68. B	69. B	70. C	71. A	72. C
73. D	74. D	75. B	76. C	77. C	78. B	79. C	80. D	81. B
82. C	83. D	84. D	85. A	86. C	87. B	88. D	89. C	90. D

二、多项选择题

1. ABCD	2. AD	3. ABCDE	4. ABCD	5. ABC
6. ABD	7. ABCD	8. ABCDE	9. ABCD	10. ABCDE
11. BD	12. ABDE	13. ABCD	14. ADE	15. ABCD
16. BCD	17. ACE	18. ABD	19. CD	20. ABD
21. ABDE	22. ABCDE	23. ABDE	24. ABCDE	25. AC
26. ABCD	27. ABCDE	28. ABC	29. ABC	30. ACDE
31. CE	32. ABCD	33. ABCD	34. BDE	35. CE
36. BCDE	37. ACD	38. ABCDE	39. ABDE	40. ABCDE

三、判断题

1. ×	2. ×	3. ×	4. ×	5. ×	6. ×	7. ×	8. √
9. ×	10. ×	11. ×	12. √	13. ×	14. ×	15. ×	

精讲解析

一、单项选择题

1. 【解析】A 以上贷款均属于个人经营类贷款。个人经营类贷款是指银行向从事合法生产经营的个人发放的，用于定向购买或租赁商用房、机械设备，以及用于满足个人控制的企业（包括个体工商户）生产经营流动资金需求和其他合理资金需求的贷款。本题的最佳答案是A选项。

2. 【解析】B 个人住房贷款业务操作流程包括贷款的受理和调查、审查和审批、签约和发放以及贷后与档案管理4个环节。个人住房贷款操作流程中的各环节相对独立但关系密切，无论哪个环节出现问题，都将对其他环节造成影响。本题的最佳答案是B选项。

3. 【解析】D 信用交易信息作为信用指标体系的第2部分，是记录个人经济行为、反映个人偿债能力和偿债意愿的重要信息。根据人民银行公布的《个人信用信息基础数据库管理暂行办法》，个人信贷交易信息是指商业银行提供的自然人在个人贷款、信用卡等信用活动形成的交易记录，在《个人信用报告》中，信用交易信息分为信用汇总信息和信用明细信息。其中涵盖了信用卡与贷款的明细、特殊交易、个人结算账户信息、查询记录等情况。本题的最佳答案是D选项。

4. 【解析】D 申请商用房贷款，借款人须提供一定的担保措施，包括抵押、质押和保证等，还可以采取履约保证保险的方式。采用抵押方式申请商用房贷款的，借款双方必须签订书面"抵押合同"，用于抵押的财产需要估价的，可以由贷款银行进行评估，也可委托贷款银行认可的资产评估机构进行估价，在抵押期间，借款人未经贷款银行同意，不得转移、变卖或再次抵押已被抵押的财产。以所购商用房（通常要求借款人拥有该商用房的产权）作抵押的，由贷款银行决定是否有必要与开发商签订商用房回购协议。本题的最佳答案是D选项。

5. 【解析】C 个人贷款业务属于商业银行贷款业务的一部分。在商业银行，个人贷款业务是以主体特征为标准进行贷款分类的一种结果，即借贷合同关系的一方主体是银行，另一方主体是个人；另一种为公司贷款，它的借贷合同关系的一方主体是银行，另一方主体是公司。本题的最佳答案是C选项。

6. 【解析】B 贷款受理人应要求商用房贷款申请人填写借款申请书，并按银行要求提交相关申请材料。对于有共同申请人的，应同时要求共同申请人提交有关申请材料。申请材料清单如下：①合法有效的身份证件，包括居民身份证、户口簿或其他有效身份证件；②贷款银行认可的借款人还款能力证明材料，包括收入证明材料和有关资产证明等；③营业执照及相关行业的经营许可证；④购买或租赁商用房的合同、协议或其他有效文件；⑤借款人或开发商向贷款银行提供的证明商用房手续齐全、项目合法的资料；⑥涉及抵押或质押担保的，需提供抵押物或质押权利的权属证明文件和有处分权人（包括财产共有人）同意抵（质）押的书面证明（也可由财产共有人在借款合同、抵押合同上直接签字），以及贷款银行认可部门出具的抵押物估价证明；⑦涉及保证担保的，需保证人出具同意提供担保的书面承诺，并提供能证明保证人保证能力的证明材料；⑧已支付所购或所租商用房价款规定比例首付款的证明；⑨贷款银行要求提供的其他文件、证明和资料。本题的最佳答案是B选项。

7.【解析】C　为了营造一个更加公平、规范的市场竞争环境，2004年8月，中国人民银行、中国银监会联合颁布了《汽车贷款管理办法》。《汽车贷款管理办法》在贷款人、借款人范围，车贷首付比例和年限等关键问题上，都与1998年的《汽车消费贷款管理办法（试点办法）》有很大不同，主要有以下几点：首先，调整了贷款人主体范围。其次，细化了借款人类型。最后，扩大了贷款购车的品种。另外，《汽车贷款管理办法》还明确规定，购车人在购买二手车时也可以申请贷款。本题的最佳答案是C选项。

8.【解析】A　个人质押贷款是借款人以合法有效、符合银行规定条件的质物出质，向银行申请取得一定金额的人民币贷款，并按期归还贷款本息的个人贷款业务。从严格意义上说，个人质押贷款并非一种贷款产品，而是贷款的一种担保方式。质押贷款应该是国内最早开办的个人贷款产品，早在20世纪80年代末，国内就已经有银行开办此项业务。本题的最佳答案是A选项。

9.【解析】A　个人质押贷款是借款人以合法有效、符合银行规定条件的质物出质，向银行申请取得一定金额的人民币贷款，并按期归还贷款本息的个人贷款业务。个人抵押贷款是各商业银行最普遍的个人贷款产品之一，它是指贷款银行以自然人或第三人提供的、经贷款银行认可的、符合规定条件的财产作为抵押物而向个人发放的贷款。个人抵押授信贷款是指借款人将本人或第三人（限自然人）的物业抵押给银行，银行按抵押物评估值的一定比率为依据，设定个人最高授信额度的贷款。个人信用贷款是商业银行向个人发放的无须提供特别担保的人民币贷款。本题的最佳答案是A选项。

10.【解析】B　个人征信系统所收集的个人信用信息包括个人基本信息、信用交易信息、特殊交易、特别记录、客户本人声明等各类信息。其中个人基本信息包括个人身份、配偶身份、居住信息、职业信息等，个人的职务、职称、年收入也都有详细记录，同时每一种信息都标明了获取时间。本题的最佳答案是B选项。

11.【解析】D　公积金个人住房贷款也称委托性住房公积金贷款，是指由各地住房公积金管理中心运用个人及其所在单位缴纳的住房公积金，委托商业银行向购买、建造、翻建或大修自住住房的住房公积金缴存人以及在职期间缴存住房公积金的离退休职工发放的专项住房贷款。该贷款不以营利为目的，实行"低进低出"的利率政策，带有较强的政策性，贷款额度受到限制。因此，它是一种政策性个人住房贷款。本题的最佳答案是D选项。

12.【解析】C　20世纪80年代中期，作为首批住房体制改革的试点城市，烟台、蚌埠两市分别成立了住房储蓄银行，开始发放住房贷款。此外，中国建设银行也于1985年开办了住宅储蓄和住宅贷款业务，成为国内最早开办住房贷款业务的国有商业银行。本题的最佳答案是C选项。

13.【解析】C　个人经营类贷款的最大特点就是适用面广，它可以满足不同层次的私营企业主的融资需求，且银行审批手续相对简便。个人经营类贷款主要有以下几个特征：①贷款期限相对较短。个人经营类贷款主要用于满足借款人购买机械设备或临时性流动资金需求，因此，贷款期限一般较短，通常为3~5年。②贷款用途多样，影响因素复杂。个人消费贷款主要用于个人消费，盲目性较低，而个人经营类贷款用于借款人购买设备或用于企业的生产经营，受宏观环境、行业景气程度、企业本身经营状况等不确定因素影响较多。因此，贷款用途多样，影响因素复杂。③风险控制难度较大。个人经营类贷款除了对借款人自身情况加以了解外，银行还需对借款人经营企业的运作情况详细了解，并对该企业资金运作情况加以控制，以保证贷款不被挪作他用。因此，个人经营类贷款的风险控制难度更大。本题的最佳答案是C选项。

14.【解析】D　20世纪80年代中期，随着我国住房制度改革、城市住宅商品化进程加快和金融体系的变革，为适应居民个人住房消费需求，中国建设银行率先在国内开办了个人住房贷款业务，随之各商业银行相继在全国范围内全面开办该业务，迄今为止已有20多年的历史。目前，各商业银行的个人住房贷款规模不断扩大，由单一的个人购买房改房贷款，发展到开办消费性的个人住房类贷款，品种齐全，便于选择，既有针对购买房改房、经济适用住房、参加集资建房的住房贷款，也有针对购买商品房的住房贷款；既有向在住房一级市场上购买住房的个人发放的住房贷款，也有向在住房二级市场购买二手房的个人发放的二手房（再交易）住房贷款；既有委托性个人住房贷款，也有自营性个人住房贷款，以及两者结合的组合贷款；既有人民币个人住房贷款，也有外币个人住房贷款；既有单纯的购房贷款，也有购房与购车、购房与装修等组合贷款；还有"转按"、"加按"等个人住房贷款的衍生品种。本题的最佳答案是D选项。

15.【解析】B　设备贷款的额度最高不得超过借款人购买或租赁设备所需资金总额的70%，且最高贷款额度不得超过200万元，具体按以下情况分别掌握：①以贷款银行认可的质押方式申请贷款的，贷款最高额不得超过质物价值的90%；②以可设定抵押权的房产作为抵押物的，贷款最高额不得超过经贷款银行认可的抵押物价值的70%；③以第三方保证方式申请贷款的，银行根据保证人的信用等级确定贷款额度。本题的最佳答案是B选项。

16.【解析】A　各商业银行的个人贷款产品有不同的还款方式可供借款人选择，如到期一次还本付息法、等额本息还款法、等额本金还款法、等比累进还款法、等额累进还款法及组合还款法等多种方法。客户可以根据自己的收入情况，与银行协商，转换不同的还款方法。到期一次还本付息法又称期末清偿法，指借款人需在贷款到期日还清贷款本息，利随本清。此种方式一般适用于期限在1年以内（含1年）的贷款。本题的最佳答案是A选项。

17.【解析】C　个人征集系统录入流程包括：①数据录入。商业银行在贷款发放后，各机构录入人员按照借款人提交的申请资料，在录入系统中进行信息录入。录入资料包括借款申请书、借款合同、购房信息等。②数据报送和整理。商业银行应当遵守中国人民银行发布的个人信用数据库标准及其有关要求，准确、完整、及时地向个人信用数据库报送个人信用信息。③数据获取。个人征信系统通过专线与商业银行等金融机构系统端口相连，并通过商业银行的内联网系统实现个人信用信息定期由各金融机构提供给个人征信系统，汇总后，金融机构实现资源共享。本题的最佳答案是C选项。

18.【解析】D　个人信用贷款的特点有：①准入条件严格。银行对个人信用贷款的借款人一般有严格的规定，需要经过严格审查。②贷款额度小。个人信用贷款额度较小，最高不超过100万元。对于信用卡来说，有的额度甚至只有1 000元。③贷款期限短。个人信用贷款主要根据个人信用记录和个人信用评级确定贷款额度和贷款期限，而个人信用记录和个人信用评级时刻都在变化，因此需要时时跟踪个人的信用变化状况，根据个人信用状况对贷款期限进行相关调整，相对其他产品而言，个人信用贷款期限较短。本题的最佳答案是D选项。

19.【解析】A　个人征信系统所收集的个人信用信息包括个人基本信息、信用交易信息、特殊交易、特别记录、客户本人声明等各类信息。个人基本信息包括个人身份、配偶身份、居住信息、职业信息等，个人的职务、职称、年收入也都有详细记录，同时每一种信息都标明了获取时间。其中，居住信息涵盖了被查询者的工作单位姓名、邮政编码、居住状况等信息情况。本题的最佳答案是A选项。

20.【解析】A　个人住房贷款可实行抵押、质押和保证3种担保方式。贷款银行可根据借款人的具体情况，采用一种或同时采用几种贷款担保方式。在个人住房贷款业务中，采取的担保方式以抵押担保为主，在未实现抵押登记前，普遍采取抵押加阶段性保证的方式。抵押加阶段性保证人必须是借款人所购住房的开发商或售房单位，且与银行签订"商品房销售贷款合作协议书"。在一手房贷款中，在房屋办妥抵押登记前，一般由开发商承担阶段性保证责任，而在二手房贷款中，一般由中介机构或担保机构承担阶段性保证的责任。借款人、抵押人、保证人应同时与贷款银行签订抵押加阶段性保证借款合同。在所抵押的住房取得房屋所有权证并办妥抵押登记后，根据合同约定，抵押加阶段性保证人不再履行保证责任。本题的最佳答案是A选项。

21.【解析】A　个人耐用消费品贷款是指银行向个人发放的、用于购买大额耐用消费品的人民币担保贷款。所谓耐用消费品通常是指价值较大、使用寿命相对较长的家用商品，包括除汽车、住房外的家用电器、电脑、家具、健身器材、乐器等。设备贷款是指银行向个人发放的、用于购买或租赁生产经营活动中所需设备的贷款，如光大银行的个人工程机械按揭贷款。个人消费额度贷款是指银行向个人发放的用于消费的、可在一定期限和额度内循环使用的人民币贷款。流动资金贷款是指银行向从事合法生产经营的个人发放的、用于满足个人控制的企业（包括个体工商户）生产经营流动资金需求的贷款。本题的最佳答案是A选项。

22.【解析】C　个人贷款的利率按中国人民银行规定的同档次贷款利率和浮动利率

执行，可根据贷款产品的特性，在一定的区间内浮动。一般来说，贷款期限在1年以内（含1年）的实行合同利率，遇法定利率调整不分段计息，执行原合同利率；贷款期限在1年以上的，合同期内遇法定利率调整时，可由借贷双方按商业原则确定，可在合同期间按月、按季、按年调整，也可采用固定利率的确定方式。本题的最佳答案是C选项。

23. 【解析】B 个人汽车贷款的贷款期限（含展期）不得超过5年，其中，二手车贷款的贷款期限（含展期）不得超过3年。本题的最佳答案是B选项。

24. 【解析】A 银行营销组织模式选择有以下4种：①职能型营销组织。当银行只有一种或很少几种产品，或者银行产品的营业方式大致相同，或者银行把业务职能当作市场营销的主要功能时，采取这种组织形式最为有效。②产品型营销组织。对于具有多种产品且产品差异很大的银行，应该建立产品型组织，即在银行内部建立产品经理或品牌经理的组织制度。③市场型营销组织。当产品的市场可加以划分，即每个不同分市场有不同偏好的消费群体，可以采用这种营销组织结构。在这种结构中，一名市场副行长管理几名市场开发经理，后者的主要职能是负责制订所辖市场的长期计划或年度计划，并分析市场新动向和新需求。这种组织结构由于是按照不同客户的需求安排的，因而有利于银行开拓市场，加强业务的开展。④区域型营销组织。在全国范围内的市场上开展业务的银行可采用这种组织结构，即将业务人员按区域情况进行组织。该结构包括：一名负责全国业务的经理，若干名区域经理和地区经理。本题的最佳答案是A选项。

25. 【解析】D 设备贷款必须提供担保，保证人是法人的，应当同时具备下列条件：①工商行政管理部门核准登记并办理年检手续；②独立核算，自负盈亏；③有健全的管理机构和财务管理制度；④有代偿能力；⑤在贷款银行开立基本存款账户或一般存款账户；⑥无重大债权债务纠纷。保证人为自然人的，应当具备下列条件：①具有当地常住户口和固定住址；②具有稳定的职业和经济收入；③有可靠的代偿能力，并且在贷款银行处存有一定数额的保证金；④保证人与借款人不得为夫妻关系或家庭成员。本题的最佳答案是D选项。

26. 【解析】C 客户的信贷需求包括3种形态，分别是已实现的需求、待实现的需求和待开发的需求。本题的最佳答案是C选项。

27. 【解析】C 根据产品用途的不同，个人贷款产品可以分为个人住房贷款、个人消费贷款和个人经营类贷款等。个人消费贷款是指银行向个人发放的用于消费的贷款。个人消费贷款是借助商业银行的信贷支持，以消费者的信用及未来的购买力为贷款基础，按照银行的经营管理规定，对个人发放的用于家庭或个人购买消费品或支付其他与个人消费相关费用的贷款。个人消费贷款包括：个人汽车贷款、个人教育贷款、个人耐用消费品贷款、个人消费额度贷款、个人旅游消费贷款和个人医疗贷款等。本题的最佳答案是C选项。

28. 【解析】C 个人住房贷款是指贷款人向借款人发放的用于购买自用普通住房的贷款。①按照资金来源划分，个人住房贷款包括自营性个人住房贷款、公积金个人住房贷款和个人住房组合贷款。②按照住房交易形态划分，个人住房贷款可分为新建房个人住房贷款、个人再交易住房贷款和个人住房转让贷款。③按照贷款利率的确定方式划分，个人住房贷款可分为固定利率贷款和浮动利率贷款。本题的最佳答案是 C 选项。

29. 【解析】D　各商业银行的个人贷款产品有不同的还款方式可供借款人选择。如到期一次还本付息法、等额本息还款法、等额本金还款法、等比累进还款法、等额累进还款法及组合还款法等多种方法。客户可以根据自己的收入情况，与银行协商，转换不同的还款方法。①到期一次还本付息法。到期一次还本付息法又称期末清偿法，指借款人须在贷款到期日还清贷款本息，利随本清。此种方式一般适用于期限在 1 年以内（含 1 年）的贷款。②等额本息还款法。等额本息还款法是指在贷款期内每月以相等的额度平均偿还贷款本息。③等额本金还款法。等额本金还款法是指在贷款期内每月等额偿还贷款本金，贷款利息随本金逐月递减。④等比累进还款法。借款人在每个时间段以一定比例累进的金额（分期还款额）偿还贷款，其中每个时间段归还的金额包括该时间段应还利息和本金，按还款间隔逐期归还，在贷款截止日期前全部还清本息。⑤等额累进还款法。等额累进还款法与等比累进还款法类似，不同之处就是将在每个时间段约定还款的"固定比例"改为"固定额度"。⑥组合还款法。组合还款法是一种将贷款本金分段偿还，根据资金的实际占用时间计算利息的还款方式。本题的最佳答案是 D 选项。

30. 【解析】A　个人住房贷款利率原则：个人住房贷款的利率按商业性贷款利率执行，上限放开，实行下限管理。

31. 【解析】D　借款人以所购自用住房作为个人住房贷款抵押物的，必须将住房价值的 100% 用于贷款抵押。住房价值抵押时不能被分割成比例，必须一次性地全部抵押。

32. 【解析】C　企业法人营业执照和开发商债权债务审查属于开发商资信调查；"国有土地使用权证"和"商品房销售许可证"审查属于项目审查；开发商从事房地产建筑和销售的资格认定属于项目实地考察。

33. 【解析】B　《个人住房贷款管理办法》规定，个人住房贷款对象为具有完全民事行为能力的自然人。银行不宜办理房屋唯一产权人为未成年人的住房贷款申请，而应该由未成年人和其法定监护人共同申请，故 D 选项正确。B 选项答案中的港澳台居民如果不在大陆居住，是不能申请个人住房贷款申请的，故选择选项 B。

34. 【解析】B　质押是指由借款人或者第三方提供权属证明进行抵押。题中关于质押物和凭证式国债质押的说法都是正确的，但质押的最高贷款额度为质押物的市场价值的 90%。

35. 【解析】A　政策风险是指由于政府的金融政策或相关法律、法规发生重大变化而导致的市场变动给商业银行带来的风险。由于政策风险来自银行业外部，因此单一银行无法避免，属于个人住房贷款中的系统性风险之一。

36. 【解析】D　个人汽车贷款的消费对象不一定为中华人民共和国公民，在中华人民共和国境内连续居住 1 年以上（含 1 年）的港、澳、台居民及外国人也可申请；不一定要具有稳定的合法收入，具有足够偿还贷款本息的个人合法资产也可以，不一定要年满18周岁。

37.【解析】B　使用个人汽车贷款所购车辆为自用车的，贷款额度不得超过所购汽车价格的80%；所购车辆为商用车的，贷款额度不得超过所购汽车价格的70%；所购车辆为二手车的，贷款额度不得超过借款人所购汽车价格的50%。汽车价格，对于新车是指汽车实际成交价格与汽车生产商公布价格中两者的低者；对于二手车是指汽车实际成交价格与贷款银行认可的评估价格中两者的低者。上述成交价格均不得含有各类附加税、费及保费等。本题的最佳答案是B选项。

38.【解析】B　商业银行应提请借款人按诚实守信原则，在住房贷款合同中如实填写所贷款项用于购买第几套住房的相关信息。对购买首套自住房且套型建筑面积在90平方米以下的，贷款首付款比例（包括本外币贷款，下同）不得低于20%；对购买首套自住房且套型建筑面积在90平方米以上的，贷款首付款比例不得低于30%；对已利用贷款购买住房、又申请购买第2套（含）以上住房的，贷款首付款比例不得低于40%，贷款利率不得低于中国人民银行公布的同期同档次基准利率的1.1倍，而且贷款首付款比例和利率水平应随套数增加而大幅度提高，具体提高幅度由商业银行根据贷款风险管理相关原则自主确定，但借款人偿还住房贷款的月支出不得高于其月收入的50%。本题的最佳答案是B选项。

39.【解析】B　有担保流动资金贷款的利率不得低于中国人民银行规定的同期同档次利率的1.1倍，具体利率水平由贷款银行根据贷款风险管理相关原则自主确定。贷款期限在1年以内（含1年）的，实行合同利率，遇法定利率调整不分段计息；贷款期限在1年以上的，合同期内遇法定利率调整时，可由借贷双方按商业原则确定，可在合同期内按月、按季、按年调整，也可采用固定利率的方式。但实践中，银行多是于次年1月1日起按相应的利率档次执行新的利率规定。本题的最佳答案是B选项。

40.【解析】B　专项贷款是指银行向个人发放的用于定向购买或租赁商用房和机械设备，且其主要还款来源是由经营产生的现金流获得的贷款。专项贷款主要包括个人商用房贷款和个人经营设备贷款。商用房贷款是指银行向个人发放的、用于定向购买或租赁商用房所需资金的贷款，如中国银行的个人商用房贷款，交通银行的个人商铺贷款。目前，商用房贷款主要用于商铺（销售商品或提供服务的场所）贷款。设备贷款是指银行向个人发放的、用于购买或租赁生产经营活动中所需设备的贷款，如光大银行的个人工程机械按揭贷款。本题的最佳答案是B选项。

41.【解析】C　个人职业信息反映的是个人的就业情况、工作经历、职业、单位所属行业、职称、年收入等信息。该信息提供了除身份信息外可了解和识别个人信息的另一条渠道，能反映个人的工作稳定程度、从业情况、职业、相关的工作能力及资格以及一定的社会地位，能够从一定程度上反映个人的资信情况和还款能力。本题的最佳答案是C选项。

42.【解析】A　个人经营类贷款是指银行向从事合法生产经营的个人发放的，用于定向购买或租赁商用房、机械设备，以及用于满足个人控制的企业（包括个体工商户）生产经营流动资金需求和其他合理资金需求的贷款。根据贷款用途的不同，个人经营类贷款可以分为个人经营专项贷款和个人经营流动资金贷款。专项贷款是指银行向个人发放的用于定向购买或租赁商用房和机械设备，且其主要还款来源是由经营产生的现金流获得的贷款。流动资金贷款是指银行向从事合法生产经营的个人发放的用于满足个人控制的企业（包括个体工商户）生产经营流动资金需求的贷款。本题的最佳答案是 A 选项。

43.【解析】C　征信制度建设是征信市场健康发展的保障。为保证个人信用信息基础数据库的正常运行，人民银行在总结实践经验的基础上，从实际需要出发，从建立单项法规开始，逐步完善征信法制。目前，最重要的当属《个人信用信息基础数据库管理暂行办法》。该办法是根据《中华人民共和国中国人民银行法》等有关法律规定，由中国人民银行制定并经 2005 年 6 月 16 日第 11 次行长办公会议通过，自 2005 年 10 月 1 日起实施。本题的最佳答案是 C 选项。

44.【解析】C　银行营销组织模式选择有以下 4 种：①职能型营销组织。当银行只有一种或很少几种产品，或者银行产品的营业方式大致相同，或者银行把业务职能当作市场营销的主要功能时，采取这种组织形式最为有效。②产品型营销组织。对于具有多种产品且产品差异很大的银行，应该建立产品型组织，即在银行内部建立产品经理或品牌经理的组织制度。③市场型营销组织。当产品的市场可加以划分，即每个不同分市场有不同偏好的消费群体，可以采用这种营销组织结构。在这种结构中，一名市场副行长管理几名市场开发经理，后者的主要职能是负责制订所辖市场的长期计划或年度计划，并分析市场新动向和新需求。这种组织结构由于是按照不同客户的需求安排的，因而有利于银行开拓市场，加强业务的开展。④区域型营销组织。在全国范围内的市场上开展业务的银行可采用这种组织结构，即将业务人员按区域情况进行组织。该结构包括：一名负责全国业务的经理，若干名区域经理和地区经理。本题的最佳答案是 C 选项。

45.【解析】C　个人征信系统所收集的个人信用信息包括个人基本信息、信用交易信息、特殊交易、特别记录、客户本人声明等各类信息。其中个人基本信息包括个人身份、配偶身份、居住信息、职业信息等，个人的职务、职称、年收入也都有详细记录，同时每一种信息都标明了获取时间；个人信用交易信息是指商业银行提供的自然人在个人贷款、贷记卡、准贷记卡、担保等信用活动中形成的交易记录，信用汇总信息包括银行信贷信用信息汇总、信用卡汇总信息、准贷记卡汇总信息、贷记卡汇总信息、贷款汇总信息、为他人贷款担保汇总信息（信用明细信息包括信用卡明细信息、信用卡最近 24 个月每个月的还款状态记录、贷款明细信息、为他人贷款担保明细信息等）等信息；特殊信息主要是破产记录、与个人经济生活相关的法院判决等信息；信用报告查询信息，包括有哪些机构因何原因于何时进行过查询。本题的最佳答案是 C 选项。

46.【解析】B　个人汽车贷款所购车辆按注册登记情况可以划分为新车和二手车。

二手车是指从办理完机动车注册登记手续到规定报废年限1年之前进行所有权变更并依法办理过户手续的汽车。本题最佳答案是B选项。

47.【解析】D 我国银行的营销组织职责与银行目前采用的总、分行制密不可分，不同级别的银行承担着不同的营销职责。银行营销组织模式分为职能型营销组织、产品型营销组织、市场型营销组织、区域型营销组织。在全国范围内的市场上开展业务的银行可采用区域型营销组织，即将业务人员按区域情况进行组织。该结构包括一名负责全国业务的经理，若干名区域经理和地区经理。本题最佳答案是D选项。

48.【解析】B 根据贷款用途的不同，个人经营类贷款可以分为个人经营专项贷款和个人经营流动资金贷款。流动资金贷款是指银行向从事合法生产经营的个人发放的、用于满足个人控制的企业（包括个体工商户）生产经营流动资金需求的贷款。流动资金贷款按照有无担保的贷款条件分为有担保流动资金贷款和无担保流动资金贷款。本题的最佳答案是B选项。

49.【解析】D 设备贷款必须提供担保，担保方式有抵押、质押和保证3种，贷款银行可根据借款人情况选择一种或两种担保方式，也可采取经销商担保和厂家回购的担保方式。保证人为自然人的，应当具备下列条件：①具有当地常住户口和固定住址；②具有稳定的职业和经济收入；③有可靠的代偿能力，并且在贷款银行处存有一定数额的保证金；④保证人与借款人不得为夫妻关系或家庭成员。本题最佳答案是D选项。

50.【解析】C 从1998年开始，中央决定实施扩大内需的宏观经济政策。中国人民银行相继出台了一系列启动消费的配套措施，1998年9月《汽车消费贷款管理办法（试点办法）》的颁布，是继1997年出台个人住房贷款业务的政策之后，中国人民银行推动消费信贷业务的又一新举措。本题最佳答案是C选项。

51.【解析】D 所购车辆为自用车的，贷款额度不得超过所购汽车价格的80%；所购车辆为商用车的，贷款额度不得超过所购汽车价格的70%；所购车辆为二手车的，贷款额度不得超过借款人所购汽车价格的50%。本题最佳答案是D选项。

52.【解析】C 商用房贷款的额度通常不超过所购或所租商用房价值的50%，具体的贷款额度由商业银行根据贷款风险管理相关原则自主确定；对以"商住两用房"名义申请贷款的，贷款额度不超过55%。本题最佳答案是C选项。

53.【解析】B 借款人向银行申请办理个人抵押授信贷款手续，取得授信额度后，借款人方可使用贷款。借款人只需要一次性地向银行申请办理个人抵押授信贷款手续，取得授信额度后，便可以在有效期间（一般为1年内）和贷款额度内循环使用。个人抵押授信贷款提供了一个有明确授信额度的循环信贷账户，借款人可使用部分或全部额度，一旦已经使用的余额得到偿还，该信用额度又可以恢复使用。本题最佳答案是B选项。

54.【解析】D 无担保流动资金贷款的对象应该是持有工商行政管理机关核发的非法人营业执照的个体户、合伙人企业和个人独资企业或自然人。借款人申请无担保流动资金贷款，须具备贷款银行要求的下列条件：①具有完全民事行为能力，且年龄在18～60

周岁之间的自然人；②具有当地常住户口或有效居留身份；③具有正当的职业和稳定的经济收入，具有按期偿还贷款本息的能力；④个人信用为贷款银行所评定认可；⑤贷款银行规定的其他条件。本题最佳答案是 D 选项。

55.【解析】C　个人信用征信，也就是个人信用联合征信，是指信用征信机构经过与商业银行及有关部门和单位的约定，把分散在各商业银行和社会有关方面的法人和自然人的信用信息，进行采集、加工、储存，形成信用信息数据库，为其客户了解相关法人和自然人的信用状况提供服务的经营性活动。个人征信系统（个人信用信息基础数据库）是我国社会信用体系的重要基础设施，是在国务院领导下，由中国人民银行组织各商业银行建立的个人信用信息共享平台。该数据库采集、整理、保存个人信用信息，为金融机构提供个人信用状况查询服务，为货币政策和金融监管提供有关信息服务。个人信用报告是全面记录个人信用活动、反映个人信用状况的文件，是征信机构把依法采集的信息，依法进行加工整理，最后依法向合法的信息查询人提供的个人信用历史记录。本题最佳答案是 C 选项。

56.【解析】D　个人职业信息反映的是个人的就业情况、工作经历、职业、单位所属行业、职称、年收入等信息。该信息提供了除身份信息外可了解和识别个人信息的另一条渠道，能反映个人的工作稳定程度、从业情况、职业、相关的工作能力及资格以及一定的社会地位，能够从一定程度上反映个人的资信情况和还款能力。本题最佳答案是 D 选项。

57.【解析】D　无担保流动资金贷款是指银行向个人发放的、无须担保的、用于满足生产经营流动资金需求的信用贷款，如渣打银行的"现贷派"个人无担保贷款，花旗银行的"幸福时贷"个人无担保贷款。本题最佳答案是 D 选项。

58.【解析】A　商用房贷款的对象应该是具有中华人民共和国国籍，年满18周岁，且具完全民事行为能力的自然人。借款人申请商用房贷款，须具备贷款银行要求的下列条件：①无不良资信记录和行为记录。比如，有的银行规定借款申请人在贷款银行当前无逾期贷款，在中国人民银行个人信用信息基础数据库中当前无拖欠，且从来没有出现超过30天或累计6次以上（含6次）的拖欠记录。②具有当地常住户口或有效居留身份。③具有稳定的职业和收入，信用良好，有偿还贷款本息的能力。④申请贷款购买或租赁的商用房，一般要求位于大中城市中心区和次中心区，具有优良的发展前景，并且属于永久性建筑的商用房。已所购或所租的商用房必须手续齐全，项目合法，并由开发商出示证明。⑤与开发商签订购买或租赁商用房的合同或协议。⑥必须先付清不低于所购或所租的商用房全部价款50%以上的首期付款。⑦提供经贷款银行认可的有效担保。⑧当前无不利的相关民事纠纷和刑事案件责任。⑨贷款银行规定的其他条件。本题最佳答案是 A 选项。

59.【解析】B　中国人民银行决定，自 2008 年 10 月 27 日起，将最低首付款比例调整为20%。金融机构对客户的贷款利率、首付款比例，应根据借款人是首次购房或非首次购房、自住房或非自住房、套型建筑面积等是否是普通住房，以及借款人信用记录和还款能力等风险因素在下限以上区别确定。对居民首次购买普通自住房和改善型普通自住房贷款需求，金融机构可在首付款比例上按优惠条件给予支持。本题最佳答案是 B 选项。

60.【解析】A　等额本息还款法是指在贷款期内每月以相等的额度平均偿还贷款本息。每月还款额计算公式为：每月还款额 ＝[月利率 ×(1 ＋ 月利率)还款期数/(1 ＋ 月利率)还款期数 －1]× 贷款本金。遇到利率调整及提前还款时，应根据未偿还贷款余额和剩余还款期数对公式进行调整，并计算每期还款额。等额本息还款法是每月以相等的额度偿还贷款本息，其中归还的本金和利息的配给比例是逐月变化的，利息逐月递减，本金逐月递增。本题最佳答案是 A 选项。

61.【解析】C　1999 年 2 月，中国人民银行颁布了《关于开展个人消费信贷的指导意见》。之后，各商业银行为了有力地支持国家扩大内需的政策，较好地满足社会各阶层居民日益增长的消费信贷需求，积极适应市场变化，不断加大消费信贷业务发展力度，个人消费信贷业务得到快速发展，逐步形成了以个人住房贷款和个人汽车消费贷款为主，其他个人综合消费贷款、个人经营类贷款和个人教育贷款等几十个品种共同发展的、较为完善的个人贷款产品系列。本题最佳答案是 C 选项。

62.【解析】B　对于一手个人住房贷款，商业银行最主要的合作单位是房地产开发商。对于二手个人住房贷款，商业银行最主要的合作单位是房地产经纪公司，两者之间其实是贷款产品的代理人与被代理人的关系。本题最佳答案是 B 选项。

63.【解析】B　个人住房贷款与其他个人贷款相比，具有以下特点：①贷款金额大、期限长；②以抵押为前提建立的借贷关系；③风险因素类似，风险具有系统性特点。本题最佳答案是 B 选项。

64.【解析】C　商业性个人一手住房贷款中较为普遍的贷款营销方式是银行与房地产开发商合作的方式。这种合作方式是指房地产开发商与贷款银行共同签订"商品房销售贷款合作协议"，由银行向购买该开发商房屋的购房者提供个人住房贷款，借款人用所购房屋作抵押，在借款人购买的房屋没有办好抵押登记之前，由开发商提供阶段性或全程担保。本题最佳答案是 C 选项。

65.【解析】A　个人住房贷款是指贷款人向借款人发放的用于购买自用普通住房的贷款。个人住房贷款在各国个人贷款业务中都是最主要的产品，在我国也是最早开办、规模最大的个人贷款产品。本题最佳答案是 A 选项。

66.【解析】B　按照银行个人贷款产品的市场规模、产品类型和技术手段等因素，可将定位方式分为 3 种。①主导式定位。有些银行在市场上占有极大的份额，有控制和影响其他商业银行的能力，同时，可以凭借资金规模充足、产品创新、反应速度快和营销网点广泛的优势，不断保持主导的地位。这类银行可以采用主导式定位。②追随式定位。某些银行可能由于某种原因，如刚刚开始经营或刚刚进入市场，资产规模中等，分支机构不多，没有能力向主导型的银行进行强有力的冲击和竞争。这类银行往往采用追随方式效仿主导银行的营销手段。③补缺式定位。处于补缺式地位的商业银行资产规模很小，提供的信贷产品较少，集中于一个或数个细分市场进行营销。本题最佳答案是 B 选项。

67.【解析】C 商用房贷款的还款方式有多种，比较常用的是等额本息还款法、等额本金还款法和一次还本付息法。一般来说，贷款期限在 1 年以内（含 1 年）的，借款人可采取一次还本付息法；贷款期限在 1 年以上的，可采用等额本息还款法和等额本金还款法等。本题最佳答案是 C 选项。

68.【解析】B 中国银行根据个人质押贷款的质物不同，确定其贷款额度，规定个人存单质押贷款额度起点为人民币 1 000 元；贷款质押率不超过质押存单面额的 90% ［外币存款按当日公布的外汇（钞）买入价折成人民币计算］；凭证式国债质押贷款额度起点为 5 000 元；贷款最高限额应不超过质押权利凭证面额的 90%；记账式国债质押贷款额度起点为 5 000 元；贷款最高限额应不超过记账式国债账户余额的 80%。本题最佳答案是 B 选项。

69.【解析】B 等额本息还款法是指在贷款期内每月以相等的额度平均偿还贷款本息。每月还款额计算公式为：每月还款额 =［月利率 ×（1 + 月利率）还款期数/（1 + 月利率）还款期数 −1］× 贷款本金，本题最佳答案是 B 选项。

70.【解析】C 采用第三方保证方式申请商用房贷款的，借款人应提供贷款银行可接受的第三方连带责任保证。第三方提供的保证为不可撤销的承担连带责任的全额有效担保，保证人和贷款银行之间应签订"保证合同"，保证人失去保证能力、保证人破产或保证人分立的，借款人应及时通知贷款银行，并重新提供足额担保和重新签订"保证合同"，借款人和保证人发生隶属关系、性质、名称、地址等变更时，应提前 30 天通知贷款银行，并与贷款银行签订借款合同修正文本和保证合同文本。本题最佳答案是 C 选项。

71.【解析】A 公积金个人住房贷款也称委托性住房公积金贷款，是指由各地住房公积金管理中心运用个人及其所在单位缴纳的住房公积金，委托商业银行向购买、建造、翻建或大修自住住房的住房公积金缴存人以及在职期间缴存住房公积金的离退休职工发放的专项住房贷款。该贷款不以营利为目的，实行"低进低出"的利率政策，带有较强的政策性，贷款额度受到限制。因此，它是一种政策性个人住房贷款。本题最佳答案是 A 选项。

72.【解析】C 按照规定及时对抵押授信贷款进行风险分类。对正常、关注类贷款可采取抽查的方式不定期进行，对次级、可疑、损失类贷款采取全面检查的方式，每季度至少进行一次贷后检查。贷后检查应形成书面报告，经信贷主管或负责人签字后及时归档。本题最佳答案是 C 选项。

73.【解析】D 个人征信系统所收集的个人信用信息包括个人基本信息、信用交易信息、特殊交易、特别记录、客户本人声明等各类信息。个人信用交易信息是指商业银行提供的自然人在个人贷款、贷记卡、准贷记卡、担保等信用活动中形成的交易记录，信用汇总信息包括银行信贷信用信息汇总、信用卡汇总信息、准贷记卡汇总信息、贷记卡汇总信息、贷款汇总信息、为他人贷款担保汇总信息（信用明细信息包括信用卡明细信息、信用卡最近24个月每个月的还款状态记录、贷款明细信息、为他人贷款担保明细信息等）等信息。本题最佳答案是D选项。

74.【解析】D 商业银行对个人信用贷款的借款人一般有严格的规定。申请个人信用贷款，首先需要具备下列基本条件：①在中国境内有固定住所，有当地城镇常住户口，具有完全民事行为能力的中国公民；②有正当且有稳定经济收入的良好职业，具有按期偿还贷款本息的能力；遵纪守法，没有违法行为及不良信用记录；③在贷款银行开立有个人结算账户（同意借款银行从其指定的个人结算账户扣收贷款本息）；④各行另行规定的其他条件。本题最佳答案是D选项。

75.【解析】B 个人住房贷款的利率按商业性贷款利率执行，上限放开，实行下限管理。中国人民银行2008年10月27日公布新的个人住房贷款利率，个人住房贷款的下限利率水平为相应期限档次贷款基准利率的0.7倍，商业银行可根据具体情况自主确定利率水平和内部定价规则。本题最佳答案是B选项。

76.【解析】C 组合还款法是一种将贷款本金分段偿还，根据资金的实际占用时间计算利息的还款方式。即根据借款人未来的收支情况，首先将整个贷款本金按比例分成若干偿还阶段，然后确定每个阶段的还款年限。还款期间，每个阶段约定偿还的本金在规定的年限中按等额本息的方式计算每月偿还额，未归还的本金部分按月计息，两部分相加即形成每月的还款金额。目前，市场上推广比较好的"随心还"和"气球贷"等就是这种方式的演绎。本题最佳答案是C选项。

77.【解析】C 国内最初的汽车贷款业务是作为促进国内汽车市场发展、支持国内汽车产业的金融手段而出现的，最早出现于1993年。当时受宏观经济紧缩政策的影响，汽车市场销售不畅，一些汽车经销商开始尝试分期付款的售车业务。银行业的汽车贷款业务萌芽于1996年，当时中国建设银行与一汽集团建立了长期战略合作伙伴关系。作为合作的一项内容，中国建设银行在部分地区试点办理一汽大众轿车的汽车贷款业务，开始了国内商业银行个人汽车贷款业务的尝试。本题最佳答案是C选项。

78.【解析】B 有担保流动资金贷款的利率不得低于中国人民银行规定的同期同档次利率的1.1倍，具体利率水平由贷款银行根据贷款风险管理相关原则自主确定。贷款期限在1年以内（含1年）的，实行合同利率，遇法定利率调整不分段计息；贷款期限在1年以上的，合同期内遇法定利率调整时，可由借贷双方按商业原则确定，可在合同期内按月、按季、按年调整，也可采用固定利率的方式。但实践中，银行多是于次年1月1日起按相应的利率档次执行新的利率规定。本题最佳答案是B选项。

79.【解析】C 改革开放以来，随着我国经济的快速稳定发展和居民消费需求的提高，个人贷款业务初步形成了以个人住房贷款为主体，个人汽车贷款、个人教育贷款以及个人经营类贷款等多品种共同发展的贷款体系。20世纪80年代中期，随着我国住房制度改革、城市住宅商品化进程加快和金融体系的变革，为适应居民个人住房消费需求，中国建设银行率先在国内开办了个人住房贷款业务，随之各商业银行相继在全国范围内全面开办该业务，迄今为止已有20多年的历史。本题最佳答案是C选项。

80.【解析】D　个人汽车贷款实行"设定担保，分类管理，特定用途"的原则。其中，"设定担保"指借款人申请个人汽车贷款需提供所购汽车抵押或其他有效担保；"分类管理"指按照贷款所购车辆种类和用途的不同，对个人汽车贷款设定不同的贷款条件；"特定用途"指个人汽车贷款专项用于借款人购买汽车，不允许挪作他用。本题最佳答案是D选项。

81.【解析】B　自营性个人住房贷款，也称商业性个人住房贷款，是指银行运用信贷资金向在城镇购买、建造或大修各类型住房的个人发放的贷款。本题最佳答案是B选项。

82.【解析】C　银行在挑选房地产开发商和房地产经纪公司作为个人住房贷款合作单位时，必须要对其合法性以及其他资质进行严格的审查，银行经内部审核批准后，方可与其建立合作关系。审查内容主要包括以下几项：①经国家工商行政管理机关核发的企业法人营业执照。企业法人营业执照是企业进行合法经营的凭证，通过审查营业执照，可了解开发商或经纪公司的经营是否合法，掌握企业的经营期限和经营范围，了解企业注册资本和法人代表，确定项目开发、销售是否在企业的经营范围内。②税务登记证明。通过税务登记证明，了解企业按期纳税的情况，会同企业的会计报表，可较准确地掌握企业的经营业绩和依法纳税情况。③会计报表。会计报表是综合反映企业一定时期财务状况和经营成果的书面文件。一般包括资产负债表、损益表和财务状况变动表。通过会计报表，了解企业的财务状况和资金实力，从而对企业的担保能力作出判断。④企业资信等级。资信等级是企业信用程度的形象标志，它表明了企业守约或履约的主观愿望与客观能力。⑤开发商的债权债务和为其他债权人提供担保的情况。通过对开发商的债权债务和为其他债权人提供担保情况的了解，可以对企业的担保能力、融资能力和楼宇能否按期竣工作出判断。⑥企业法人代表的个人信用程度和领导班子的决策能力。本题最佳答案是C选项。

83.【解析】D　商用房贷款，有担保流动资金贷款，设备贷款的利率均不得低于中国人民银行规定的同期同档次利率的1.1倍，具体利率水平由贷款银行根据贷款风险管理相关原则自主确定。贷款期限在1年以内（含1年）的，实行合同利率，遇法定利率调整不分段计息；贷款期限在1年以上的，合同期内遇法定利率调整时，可由借贷双方按商业原则确定，可在合同期内按月、按季、按年调整，也可采用固定利率的方式。无担保流动资金贷款的利率通常比较高，但一旦贷款成功，利率即被锁定，未来市场利率的变化不会影响贷款利息。本题最佳答案是D选项。

84.【解析】D　按照银行个人贷款产品的市场规模、产品类型和技术手段等因素，可将定位方式分为3种。①主导式定位。有些银行在市场上占有极大的份额，有控制和影响其他商业银行的能力，同时，可以凭借资金规模充足、产品创新、反应速度快和营销网点广泛的优势，不断保持主导的地位。这类银行可以采用主导式定位。②追随式定位。某些银行可能由于某种原因，如刚刚开始经营或刚刚进入市场，资产规模中等，分支机构不多，没有能力向主导型的银行进行强有力的冲击和竞争。这类银行往往采用追随方式效仿主导银行的营销手段。③补缺式定位。处于补缺式地位的商业银行资产规模很小，提供的信贷产品较少，集中于一个或数个细分市场进行营销。本题最佳答案是 D 选项。

85.【解析】A　个人信用贷款期限在 1 年（含 1 年）以内的采取按月付息，按月、按季或一次还本的还款方式；贷款期限超过 1 年的，采取按月还本付息的还款方式。本题最佳答案是 A 选项。

86.【解析】C　个人住房装修贷款是指银行向个人发放的、用于装修自用住房的人民币担保贷款。个人住房装修贷款可以用于支付家庭装潢和维修工程的施工款、相关的装修材料和厨卫设备款等。其贷款期限一般为 1~3 年，最长不超过 5 年（含 5 年），具体期限根据借款人性质分别确定。本题最佳答案是 C 选项。

87.【解析】B　银行营销组织模式选择分为：①职能型营销组织。当银行只有一种或很少几种产品，或者银行产品的营业方式大致相同，或者银行把业务职能当作市场营销的主要功能时，采取这种组织形式最为有效。②产品型营销组织。对于具有多种产品且产品差异很大的银行，应该建立产品型组织，即在银行内部建立产品经理或品牌经理的组织制度。③市场型营销组织。当产品的市场可加以划分，即每个不同分市场有不同偏好的消费群体，可以采用这种营销组织结构。在这种结构中，一名市场副行长管理几名市场开发经理，后者的主要职能是负责制订所辖市场的长期计划或年度计划，并分析市场新动向和新需求。这种组织结构由于是按照不同客户的需求安排的，因而有利于银行开拓市场，加强业务的开展。④区域型营销组织。在全国范围内的市场上开展业务的银行可采用这种组织结构，即将业务人员按区域情况进行组织。该结构包括一名负责全国业务的经理，若干名区域经理和地区经理。本题最佳答案是 B 选项。

88.【解析】D　中国建设银行于 1985 年开办了住宅储蓄和住宅贷款业务，成为国内最早开办住房贷款业务的国有商业银行。1992 年，中国建设银行、中国工商银行先后成立了住房信贷部门，出台了住房抵押贷款的相关管理办法，个人住房贷款开始陆续向规模化发展。1995 年，中国人民银行先后颁布了《个人住房担保贷款管理试行办法》等一系列关于个人住房贷款的制度办法，标志着国内住房贷款业务的正式全面启动。住房贷款业务推出的最初几年，由于市场还没有形成普遍的需求，业务发展较慢。个人住房贷款真正的快速发展，应以 1998 年住房制度改革以及中国人民银行《个人住房贷款管理办法》的颁布为标志。1998 年 7 月 3 日，国务院正式宣布停止住房收入分配，逐步实行住房分配货币化，同时，"建立和完善以经济适用住房为主的多层次城镇住房供应体系"被确定为基本方向，个人住房贷款业务逐步进入快速发展阶段。本题最佳答案是 D 选项。

89.【解析】C　个人经营类贷款是指银行向从事合法生产经营的个人发放的、用于定向购买或租赁商用房、机械设备，以及用于满足个人控制的企业（包括个体工商户）生产经营流动资金需求和其他合理资金需求的贷款。根据贷款用途的不同，个人经营类贷款可以分为个人经营专项贷款（以下简称专项贷款）和个人经营流动资金贷款（以下简称流动资金贷款）。本题最佳答案是 C 选项。

90.【解析】D　个人征信系统的功能分为社会功能和经济功能。社会功能主要体现在：随着该系统的建设和完善，通过对个人重要经济活动的影响和规范，逐步形成诚实守信、遵纪守法、重合同讲信用的社会风气，推动社会信用体系建设，提高社会诚信水平，促进文明社会建设。经济功能主要体现在：帮助商业银行等金融机构控制信用风险，维护金融稳定，扩大信贷范围，促进经济增长，改善经济增长结构，促进经济可持续发展。本题最佳答案是 D 选项。

二、多项选择题

1.【解析】ABCD　《个人信用信息基础数据库管理暂行办法》共 7 章 45 条，主要内容包括 4 个方面：①明确个人信用数据库是中国人民银行组织商业银行建立的全国统一的个人信用信息共享平台，其目的是防范和降低商业银行信用风险，维护金融稳定，促进个人消费信贷业务的发展；②规定了个人信用信息保密原则，规定商业银行、征信服务中心应当建立严格的内控制度和操作规程，保障个人信用信息的安全；③规定了个人信用数据库采集个人信用信息的范围和方式、数据库的使用用途、个人获取本人信用报告的途径和异议处理方式；④规定了个人信用信息的客观性原则，即个人信用数据库采集的信息是个人信用交易的原始记录，商业银行和征信服务中心不增加任何主观判断等。本题的最佳答案是 ABCD 选项。

2.【解析】AD　个人经营类贷款是指银行向从事合法生产经营的个人发放的，用于定向购买或租赁商用房、机械设备，以及用于满足个人控制的企业（包括个体工商户）生产经营流动资金需求和其他合理资金需求的贷款。根据贷款用途的不同，个人经营类贷款可以分为个人经营专项贷款和个人经营流动资金贷款。本题的最佳答案是 AD 选项。

3.【解析】ABCDE　个人抵押授信贷款的贷款对象需满足以下条件：①具有完全民事行为能力、年满 18 周岁的自然人；②借款申请人有当地常住户口或有效居留身份；③借款申请人有按期偿还所有贷款本息的能力；④借款申请人无不良信用和不良行为记录；⑤借款申请人及其财产共有人同意以其自有住房抵押，或同意将原以住房抵押的个人住房贷款（以下简称原住房抵押贷款）转为个人住房抵押授信贷款；⑥各行自行规定的其他条件。本题的最佳答案是 ABCDE 选项。

4.【解析】ABCD　近年来，各商业银行都在为个人贷款业务简化手续、增加营业网点、改进服务手段、提高服务质量，从而使得个人贷款业务的办理较为便利。目前，客户可以通过个人贷款服务中心、声讯电话、网上银行、电话银行等多种方式了解、咨询银行的个人贷款业务；客户可以在银行所辖营业网点、网上银行、个人贷款服务中心或金融超市办理个人贷款业务，为个人贷款客户提供了极大的便利。本题的最佳答案是 ABCD 选项。

5.【解析】ABC　操作风险是指在个人住房贷款业务操作过程中，由于违反操作规程或操作中存在疏漏等情况而产生的风险，是一种发生在实务操作中的、内部形成的非系统性风险。个人住房贷款的受理环节是经办人员与借款人接触的重要环节，对于贷款质量的高低有着至关重要的作用。这一环节的风险点主要有以下几个方面：①借款申请人的主体资格是否符合所申请贷款管理办法的规定；②借款申请人提交的资料是否齐全，格式是否符合银行的要求，所有原件和复印件之间是否一致。个人住房贷款贷前调查中的风险来自对项目的调查和对借款人的调查两个方面：①项目调查中的风险包括提供贷款业务的项目未按规定上报审批，或审批未批准的情况下开展业务。②借款人调查中的风险包括借款申请人所提交资料的是否真实、合法；借款申请人第一还款来源是否稳定、充足；借款申请人的担保措施是否足额、有效。本题的最佳答案是 ABC 选项。

6.【解析】ABD　在个人贷款业务的发展过程中，各商业银行不断开拓创新，逐渐形成了颇具特色的个人贷款业务。表现在：①贷款品种多、用途广。各商业银行为了更好地满足客户的多元化需求，不断推出个人贷款业务新品种。目前，既有个人消费类贷款，也有个人经营类贷款；既有自营性个人贷款，也有委托性个人贷款；既有单一性个人贷款，也有组合性个人贷款。这些产品可以多层次、全方位地满足客户的不同需求，可以满足个人在购房、购车、旅游、装修、购买消费用品和解决临时性资金周转、从事生产经营等各方面的需求。②贷款便利。近年来，各商业银行都在为个人贷款业务简化手续、增加营业网点、改进服务手段、提高服务质量，从而使得个人贷款业务的办理较为便利。目前，客户可以通过个人贷款服务中心、声讯电话、网上银行、电话银行等多种方式了解、咨询银行的个人贷款业务；客户可以在银行所辖营业网点、网上银行、个人贷款服务中心或金融超市办理个人贷款业务，为个人贷款客户提供了极大的便利。③还款方式灵活。目前，各商业银行的个人贷款可以采取灵活多样的还款方式，如等额本息还款法、等额本金还款法、等比累进还款法、等额累进还款法及组合还款法等多种方法，而且客户还可以根据自己的需求和还款能力的变化情况，与贷款银行协商后改变还款方式。因此，个人贷款业务的还款方式较为灵活。本题的最佳答案是 ABD 选项。

7.【解析】ABCD　全面、正确地认识市场环境，监测、把握各种环境力量的变化，对于银行审时度势、趋利避害地开展营销活动具有重要意义。①银行进行市场环境分析，有利于把握宏观形势。②银行进行市场环境分析，有利于掌握微观情况。③银行进行市场环境分析，有利于发现商业机会。银行只有了解和掌握市场营销环境的发展变化趋势，才能充分利用自身的优势，抓住商业机会，作出相应的决策，从而在市场竞争中立于不败之地。④银行进行市场环境分析，有利于规避市场风险。因此，了解这些因素对于规避市场风险是十分必要的。本题的最佳答案是 ABCD 选项。

8.【解析】ABCDE　个人征信系统所收集的个人信用信息包括个人基本信息、信用交易信息、特殊交易、特别记录、客户本人声明等各类信息。本题的最佳答案是 ABCDE 选项。

9.【解析】ABCD　个人抵押授信贷款中，以所购再交易住房、未设定抵押的自有住房作抵押或将原住房抵押贷款的抵押住房转为抵押授信贷款，贷款额度根据抵押住房价值和抵押率确定。抵押住房的价值须由银行认可的评估机构进行评估。将原住房抵押贷款转为抵押授信贷款的，如抵押住房价值无明显减少，可根据原办理住房抵押贷款时确定的房屋价值确定抵押住房价值。抵押率根据抵押房产的房龄、当地房地产价格水平、房地产价格走势、抵押物变现情况等因素确定，一般不超过70%。本题的最佳答案是ABCD选项。

10.【解析】ABCDE　个人汽车贷款实行"设定担保，分类管理，特定用途"的原则。其中，"设定担保"指借款人申请个人汽车贷款需提供所购汽车抵押或其他有效担保。申请个人汽车贷款，借款人须提供一定的担保措施，包括质押、以贷款所购车辆作抵押、房地产抵押和第三方保证等，还可采取购买个人汽车贷款履约保证保险的方式。本题的最佳答案是ABCDE选项。

11.【解析】BD　个人质押贷款的操作流程主要包括贷款的受理调查、审查和审批、签约和发放、贷后与档案管理。业务操作重点在于对质物真实性的把握和质物冻结有效性的控制。在贷款的受理调查环节，经办人员接到客户提出的质押贷款申请后，应对质物的有效性、真实性进行调查。检验质物是否已经冻结或设定质权，票面记载的事项与银行内部的记录是否一致。本题的最佳答案是BD选项。

12.【解析】ABDE　有担保流动资金贷款的对象应该是持有工商行政管理机关核发的非法人营业执照的个体户、合伙人企业和个人独资企业或自然人。借款人申请有担保流动资金贷款，须具备银行要求的下列条件：①无不良资信记录和行为记录。比如，有银行规定借款申请人在贷款银行当前无逾期贷款，在中国人民银行个人信用信息基础数据库中当前无拖欠，且从来没有出现超过30天或累计6次以上（含6次）的拖欠记录。②借款人具有合法有效的身份证明如居民身份证、户口簿等。③借款人年满18周岁，男性年龄一般不超过60周岁，女性年龄一般不超过55周岁。④具有稳定的职业和家庭基础，具有按时偿还贷款本息的能力。⑤借款人原则上为其经营企业的主要所有人，且所经营的企业具有一定的盈利能力。⑥当前无不利的相关民事纠纷和刑事案件责任。⑦贷款银行规定的其他条件。本题的最佳答案是ABDE选项。

13.【解析】ABCD　设备贷款是指银行向个人发放的，用于购买或租赁生产经营活动中所需设备的贷款，如光大银行的个人工程机械按揭贷款。设备贷款必须提供担保，担保方式有抵押、质押和保证3种，贷款银行可根据借款人情况选择一种或两种担保方式，也可采取经销商担保和厂家回购的担保方式。本题的最佳答案是ABCD选项。

14.【解析】ADE　银行外部环境包括：经济与技术环境、政治与法律环境、社会与文化环境。①经济与技术环境包括当地、本国和世界的经济形势，如经济增长速度、循环周期、市场前景、物价水平、投资意向、消费潮流、进出口贸易、外汇汇率、资本移动和企业组织等；政府各项经济政策，如财政、税收、产业、收入和外汇等政策；技术变革和应用状况，如通信、电子计算机产业以及国际互联网的发展和应用日益改变着客户对信贷等金融业务的要求。②政治与法律环境包括政治稳定程度，政治对经济的影响程度，政府的施政纲领，各级政府机构的运行程序，政府官员的办事作风，社会集团或群体利益矛盾的协调方式，法律建设，具体法律规范及其司法程序等。③社会与文化环境包括信贷客户的分布与构成，购买金融产品的模式与习惯，劳动力的结构与素质，社会思潮和社会习惯，主流理论和价值等。本题的最佳答案是 ADE 选项。

15.【解析】ABCD　个人质押贷款的贷后与档案管理包括：①档案管理。贷款发放后，"贷款转存凭证"的业务部门留存联应该返回信贷部门存档。②贷后检查。借款人基本情况检查，内容具体包括借款人工作单位、住址、联系电话等信息的变更情况。并根据检查结果及时更新借款人的信息。质物检查内容主要包括：质物冻结的有效性检查；质物的保管是否存在漏洞等。③贷款本息回收。借款人按"个人质押贷款合同"的约定归还贷款本息，贷款结清后，客户凭结清证明、质押收据和本人身份证件领回质物。④贷款要素变更。贷款发放后，如遇基准利率调整，按中国人民银行和商业银行总行有关利率管理规定进行调整；如借款人提前偿还全部或部分贷款，一般应提前向银行提出申请；关于贷款展期问题，各家银行视质物的不同，规定也不相同。本题的最佳答案是 ABCD 选项。

16.【解析】BCD　个人住房贷款与其他个人贷款相比，具有以下特点：①贷款金额大、期限长。购房支出通常是家庭支出的主要部分，住房贷款也普遍占家庭负债的较大份额，因此，个人住房贷款相对其他个人贷款而言金额较大，期限也较长，通常为 10～20年，最长可达 30 年，绝大多数采取分期付款的方式。②以抵押为前提建立的借贷关系。通常情况下，个人住房贷款是以住房作抵押这一前提条件发生的资金借贷行为，个人住房贷款的实质是一种融资关系而不是商品买卖关系。③风险因素类似，风险具有系统性特点。由于个人住房贷款大多数为房产抵押担保贷款，风险相对较低。但由于大多数个人住房贷款具有类似的贷款模式，风险也相对集中。除了客户还款能力和还款意愿等方面的因素外，房地产交易市场的稳定性和规范性对个人住房贷款风险的影响也较大。本题的最佳答案是 BCD 选项。

17.【解析】ACE　对个人住房贷款楼盘项目的审查包括对开发商资信的审查、项目本身的审查以及对项目的实地考察。①开发商资信审查。具体包括：房地产开发商资质审查；企业资信等级或信用程度；经国家工商行政管理机关核发的企业法人营业执照；税务登记证明；会计报表；开发商的债权债务和为其他债权人提供担保的情况；企业法人代表的个人信用程度和管理层的决策能力。②项目审查。具体包括：项目资料的完整性、真实性和有效性审查；项目的合法性审查；项目工程进度审查；项目资金到位情况审查。③对项目的实地考察。银行除对项目有关资料进行审查外，还需对项目进行实地调查，其主要目的：一是检查开发商所提供的资料和数据是否与实际一致，是否经过政府部门批准，从而保证项目资料的真实性、合法性。二是开发商从事房地产建筑和销售的资格认定。检查项目的工程进度是否达到政府部门规定预售的进度内。三是检查项目的位置是否理想，考察房屋售价是否符合市场价值，同时对项目的销售前景作出理性判断。本题的最佳答案是 ACE 选项。

18. 【解析】ABD 客户的信贷需求包括3种形态，分别是已实现的需求、待实现的需求和待开发的需求。本题的最佳答案是ABD选项。

19. 【解析】CD 个人住房贷款是指贷款人向借款人发放的用于购买自用普通住房的贷款。按照资金来源划分，个人住房贷款包括自营性个人住房贷款、公积金个人住房贷款和个人住房组合贷款。①自营性个人住房贷款。也称商业性个人住房贷款，是指银行运用信贷资金向在城镇购买、建造或大修各类型住房的个人发放的贷款。②公积金个人住房贷款。也称委托性住房公积金贷款，是指由各地住房公积金管理中心运用个人及其所在单位缴纳的住房公积金，委托商业银行向购买、建造、翻建或大修自住住房的住房公积金缴存人以及在职期间缴存住房公积金的离退休职工发放的专项住房贷款。该贷款不以营利为目的，实行"低进低出"的利率政策，带有较强的政策性，贷款额度受到限制。因此，它是一种政策性个人住房贷款。③个人住房组合贷款。是指按时足额缴存住房公积金的职工在购买、建造或大修住房时，可以同时申请公积金个人住房贷款和自营性个人住房贷款，从而形成特定的个人住房贷款组合，简称个人住房组合贷款。本题的最佳答案是CD选项。

20. 【解析】ABD 个人汽车贷款的特点主要体现在以下几个方面：①作为汽车金融服务领域的主要内容之一，在汽车产业和汽车市场发展中占有一席之地。从国内外市场发展过程来看，汽车贷款除了是商业银行个人信贷的重要产品外，其在汽车市场中的地位和作用也非常突出。由于汽车产业属于资金密集型产业，对资金融通方面的需求较大，除了上游的汽车生产和批发环节外，作为大额消费品，在汽车销售市场中，汽车贷款日益起到举足轻重的作用。②与汽车市场的多种行业机构具有密切关系。由于汽车销售领域的特色，汽车贷款业务的办理不是商业银行能够独立完成的。首先，借款申请人要从汽车经销商处购买汽车，银行贷款的资金将直接转移至经销商处；其次，由于汽车贷款多实行所购车辆作抵押，贷款银行会要求借款人及时足额购买汽车产品的保险，从而与保险公司建立业务关系。此外，汽车贷款业务拓展中还有可能涉及多种担保机构和服务中介等，甚至在业务拓展方面商业银行还要与汽车生产企业进行联系沟通。因此，银行在汽车贷款业务开展中不是独立作业的，而是需要多方的协调配合。③风险管理难度相对较大。由于汽车贷款购买的标的产品为移动易耗品，其风险相对于住房贷款来说更难把握。特别是在国内信用体系尚不完善的情况下，商业银行对借款人的资信状况较难评价，对其违约行为缺乏有效的约束力。因此，汽车贷款风险控制的难度相对较大。本题的最佳答案是ABD选项。

21. 【解析】ABDE 银行在完成"购买行为、市场细分、目标选择和市场定位"四大分析任务的基础上应做到"四化"。①经常化就是要把银行的市场环境分析作为一项经常性的工作来对待，而不是等到银行陷入困境或需要作出某项决策时再进行临时突击性的调查分析。②系统化就是要把市场环境研究工作作为一项系统工程，而不是零星的、无序的随意研究。每家银行可以在实践中根据自己的情况与经验来加以确定。③科学化就是要用科学的方法来收集资料、筛选资料和研究资料，尽量避免主观因素和因循守旧因素的影响。④制度化就是要从资料的收集、整理加工、流转使用和归档保管等方面建立起一定的工作制度和责任制度。本题最佳答案是 ABDE 选项。

22．【解析】ABCDE　银行通过现场咨询、窗口咨询、电话银行、网上银行、业务宣传手册等渠道和方式，向拟申请个人住房贷款的个人提供有关信息咨询服务。本题最佳答案是 ABCDE 选项。

23．【解析】ABDE　申请有担保流动资金贷款，借款人须提供一定的担保措施，包括抵押、质押和保证 3 种方式。以质押方式申请担保流动资金贷款的，质押权利范围包括定期储蓄存单、凭证式国债（电子记账）和记账式国债、个人寿险保险单等。本题最佳答案是 ABDE 选项。

24．【解析】ABCDE　设备贷款必须提供担保，担保方式有抵押、质押和保证 3 种。贷款银行可根据借款人的情况选择一种或两种担保方式，也可采取经销商担保和厂家回购的担保方式。保证人是法人的，应当同时具备下列条件：①工商行政管理部门核准登记并办理年检手续；②独立核算，自负盈亏；③有健全的管理机构和财务管理制度；④有代偿能力；⑤在贷款银行开立基本存款账户或一般存款账户；⑥无重大债权债务纠纷。本题最佳答案是 ABCDE 选项。

25．【解析】AC　对于金融机构来说，个人贷款业务具有两个方面的重要意义：①开展个人贷款业务可以为商业银行带来新的收入来源。商业银行从个人贷款业务中除了获得正常的利息收入外，通常还会得到一些相关的服务费收入。②个人贷款业务可以帮助银行分散风险。出于风险控制的目的，商业银行最忌讳的是贷款发放过于集中。无论是单个贷款客户的集中还是贷款客户在行业内或地域内的集中，个人贷款都不同于企业贷款，因而可以成为商业银行分散风险的资金运用方式。本题最佳答案是 AC 选项。

26．【解析】ABCD　近年来，各商业银行都在为个人贷款业务简化手续、增加营业网点、改进服务手段、提高服务质量，从而使得个人贷款业务的办理较为便利。目前，客户可以通过个人贷款服务中心、声讯电话、网上银行、电话银行等多种方式了解、咨询银行的个人贷款业务；客户可以在银行所辖营业网点、网上银行、个人贷款服务中心或金融超市办理个人贷款业务，为个人贷款客户提供了极大的便利。本题最佳答案是 ABCD 选项。

27．【解析】ABCDE　个人贷款产品的要素主要包括贷款对象、贷款利率、贷款期限、还款方式、担保方式和贷款额度。它们是贷款产品的基本组成部分，不同贷款要素的设定赋予了个人贷款产品千差万别的特点。本题最佳答案是 ABCDE 选项。

28．【解析】ABC　个人征信系统的功能分为社会功能和经济功能。社会功能主要体现在随着该系统的建设和完善，通过对个人重要经济活动的影响和规范，逐步形成诚实守信、遵纪守法、重合同讲信用的社会风气，推动社会信用体系建设，提高社会诚信水平，促进文明社会建设。经济功能主要体现在帮助商业银行等金融机构控制信用风险，维护金融稳定，扩大信贷范围，促进经济增长，改善经济增长结构，促进经济可持续发展。本题最佳答案是 ABC 选项。

29．【解析】ABC　市场环境是影响银行市场营销活动的内外部因素和条件的总和。

任何一家银行都是在不断变化的社会经济环境中运行的，会不可避免地受到市场环境的影响和制约。环境力量的变化，既可以给银行营销带来市场机会，也可能对银行形成某种风险威胁。银行在进行营销决策之前，应首先对客户需求、竞争对手实力和金融市场变化趋势等内外部市场环境进行充分的调查和分析。本题最佳答案是 ABC 选项。

30.【解析】ACDE　　目前，个人征信系统数据的直接使用者包括商业银行、数据主体本人、金融监督管理机构，以及司法部门等其他政府机构。但其影响力已波及税务、教育、电信等部门。本题最佳答案是 ACDE 选项。

31.【解析】CE　　对项目的合法性审查包括：①项目开发的合法性审查。通过审查开发商的"国有土地使用权证"和"建设用地规划许可证"等证书，确定开发商是否已按政府规定交纳完土地出让金，土地使用是否经批准，工程建筑时间是否在有效期间内，建筑物的结构是否与规划许可证相符，从而确定项目的开发是否合法。其中注意土地使用权是否被抵押，防止处置抵押物时发生纠纷，避免贷款风险。一般来说，贷款银行不应再为已被抵押的项目提供商品房销售贷款。②项目销售的合法性审查。通过审查项目的"预售许可证"确定项目的销售是否经当地政府房管部门批准，销售的商品房是否被抵押、销售的对象是否符合规定，外销房是否经过有关程序等。本题最佳答案是 CE 选项。

32.【解析】ABCD　　在个人贷款业务的发展过程中，各商业银行不断开拓创新，逐渐形成了颇具特色的个人贷款业务。①贷款品种多、用途广。各商业银行为了更好地满足客户的多元化需求，不断推出个人贷款业务新品种。目前，既有个人消费类贷款，也有个人经营类贷款；既有自营性个人贷款，也有委托性个人贷款；既有单一性个人贷款，也有组合性个人贷款。这些产品可以多层次、全方位地满足客户的不同需求，可以满足个人在购房、购车、旅游、装修、购买消费用品和解决临时性资金周转、从事生产经营等各方面的需求。②贷款便利。近年来，各商业银行都在为个人贷款业务简化手续、增加营业网点、改进服务手段、提高服务质量，从而使得个人贷款业务的办理较为便利。目前，客户可以通过个人贷款服务中心、声讯电话、网上银行、电话银行等多种方式了解、咨询银行的个人贷款业务；客户可以在银行所辖营业网点、网上银行、个人贷款服务中心或金融超市办理个人贷款业务，为个人贷款客户提供了极大的便利。③还款方式灵活。目前，各商业银行的个人贷款可以采取灵活多样的还款方式，如等额本息还款法、等额本金还款法、等比累进还款法、等额累进还款法及组合还款法等多种方法，而且客户还可以根据自己的需求和还款能力的变化情况，与贷款银行协商后改变还款方式。因此，个人贷款业务的还款方式较为灵活。本题最佳答案是 ABCD 选项。

33.【解析】ABCD　　保证担保是指保证人和贷款银行约定，当借款人不履行还款义务时，由保证人按照约定履行或承担还款责任的行为。保证人是指具有代位清偿债务能力的法人、其他经济组织或自然人。根据《担保法》的规定，下列单位或组织不能担任保证人：国家机关；学校、幼儿园、医院等以公益为目的的事业单位、社会团体；企业法人的分支机构、职能部门，但如果有法人授权的，其分支机构可以在授权的范围内提供保证。

本题最佳答案是 ABCD 选项。

34.【解析】BDE　个人住房贷款是指贷款人向借款人发放的用于购买自用普通住房的贷款。个人住房贷款包括自营性个人住房贷款、公积金个人住房贷款和个人住房组合贷款。自营性个人住房贷款，也称商业性个人住房贷款，是指银行运用信贷资金向在城镇购买、建造或大修各类型住房的个人发放的贷款。公积金个人住房贷款也称委托性住房公积金贷款，是指由各地住房公积金管理中心运用个人及其所在单位缴纳的住房公积金，委托商业银行向购买、建造、翻建或大修自住住房的住房公积金缴存人以及在职期间缴存住房公积金的离退休职工发放的专项住房贷款。个人住房组合贷款是指按时足额缴存住房公积金的职工在购买、建造或大修住房时，可以同时申请公积金个人住房贷款和自营性个人住房贷款，从而形成特定的个人住房贷款组合，简称个人住房组合贷款。本题最佳答案是BDE 选项。

35.【解析】CE　有效期内某一时点借款人的可用贷款额度是核定的贷款额度与额度项下未清偿贷款余额之差。可用贷款额度根据贷款额度及已使用贷款的情况确定，其中以银行原住房抵押贷款的抵押住房设定第二顺序抵押授信贷款的，可用贷款余额是核定的贷款额度与原住房抵押贷款余额、额度项下未清偿贷款余额之差。本题最佳答案是 CE 选项。

36.【解析】BCDE　个人汽车贷款受理和调查环节是经办人员与借款人接触的重要环节，对于贷款质量有着至关重要的作用，这一环节的风险点主要在以下几个方面：①借款申请人的主体资格是否符合银行个人汽车贷款管理办法的相关规定，包括是否具有完全民事行为能力；户籍所在地是否在贷款银行所在地区；是否有稳定、合法的收入来源，有按期偿还本息的能力等。②借款申请人所提交的材料是否真实、合法，包括借款人、保证人、抵押人和出质人的身份证件是否真实、有效；抵（质）押物的权属证明材料是否真实，有无涂改现象；借款人提供的直接划拨账户是否是借款人本人所有的活期储蓄账户等。③借款申请人的担保措施是否足额、有效，包括担保物所有权是否合法、真实、有效；担保物共有人或所有人授权情况是否核实；担保物是否容易变现，同区域同类型担保物价值的市场走势如何；贷款额度是否控制在抵押物价值的规定比率内；抵押物是否由贷款银行认可的评估机构评估；第三方保证人是否具备保证资格和保证能力等。本题最佳答案是 BCDE 选项选项。

37.【解析】ACD　专项贷款是指银行向个人发放的用于定向购买或租赁商用房和机械设备，且其主要还款来源是由经营产生的现金流获得的贷款。专项贷款主要包括个人商用房贷款（以下简称商用房贷款）和个人经营设备贷款（以下简称设备贷款）。商用房贷款是指银行向个人发放的用于定向购买或租赁商用房所需资金的贷款，如中国银行的个人商用房贷款，交通银行的个人商铺贷款。目前，商用房贷款主要用于商铺（销售商品或提供服务的场所）贷款。设备贷款是指银行向个人发放的，用于购买或租赁生产经营活动中所需设备的贷款，如光大银行的个人工程机械按揭贷款。而中国建设银行的个人助业贷款，"现贷派"个人无担保贷款属于流动资金贷款。本题最佳答案是 ACD 选项。

38.【解析】ABCDE　我国的个人标准信用信息采集工作主要是通过以下两个渠道汇入中国人民银行个人标准信用信息基础数据库的。第一个渠道，当客户通过银行办理贷款、信用卡、担保等信贷业务的时候，客户的个人信用信息就会通过银行自动报送给个人标准信用信息基础数据库。第二个渠道，个人标准信用信息基础数据库通过与公安部、信息产业部、建设部以及劳动和社会保障部等政府相关部门、公用事业单位进行系统对接，可以采集诸如居民身份信息、个人手机费、社保金等非银行系统信用记录情况。本题最佳答案是 ABCDE 选项。

39.【解析】ABDE　公积金个人住房贷款的特点：①互助性。公积金个人住房贷款其资金来源为单位和个人共同缴存的住房公积金。②普遍性。只要是具有完全民事行为能力、正常缴存住房公积金的职工，都可申请公积金个人住房贷款。③利率低。相对商业贷款，公积金个人住房贷款的利率相对较低。④期限长。本题最佳答案是 ABDE 选项。

40.【解析】ABCDE　对于宏观经济来说，开展个人贷款业务具有 5 个方面的积极意义：①个人贷款业务的发展，为实现城乡居民的有效消费需求，极大地满足广大消费者的购买欲望起到了融资的作用；②对启动、培育和繁荣消费市场起到了催化和促进的作用；③对扩大内需，推动生产，支持国民经济持续、快速、健康和稳定发展起到了积极的作用；④对带动众多相关产业的发展、促进整个国民经济的快速发展都具有十分重要的意义；⑤对商业银行调整信贷结构、提高信贷资产质量、增加经营效益以及繁荣金融业起到了促进作用。由此可见，开展个人贷款业务，不但有利于银行增加收入和分散风险，而且有助于满足城乡居民的有效消费需求，繁荣金融行业，促进国民经济的健康发展。本题最佳答案是 ABCDE 选项。

三、判断题

1.【解析】×　贷款受理人应要求有担保流动资金贷款申请人填写借款申请书，并按银行要求提交相关申请材料。对于有共同申请人的，应同时要求共同申请人提交有关申请材料。本题的说法错误。

2.【解析】×　个人信用报告有异议时，可以向所在地的人民银行分支行征信管理部门或直接向人民银行征信中心提出个人信用报告的异议申请，个人须出示本人身份证原件、提交身份证复印件。如果个人委托代理人提出异议申请，代理人须提供委托人（个人自己）和代理人的身份证原件及复印件、委托人的个人信用报告、具有法律效力的授权委托书。本题的说法错误。

3.【解析】×　借款人申请有担保流动资金贷款，借款人原则上为其经营企业的主要所有人而不一定是全部所有人，且所经营的企业具有一定的盈利能力。本题的说法错误。

4.【解析】×　客户定位，是商业银行对服务对象的选择，也就是商业银行根据自身的优劣势来选择客户，满足客户需求，使客户成为自己忠实伙伴的过程。对个人贷款客户的准确定位不仅是个人贷款产品营销的需要，也是个人贷款风险控制的需要。个人贷款客户定位主要包括合作单位定位和贷款客户定位两部分内容。本题的说法错误。

5.【解析】×　对于个人汽车贷款采取抵押担保方式的，应调查：①抵押物的合法性。包括调查抵押物是否属于《担保法》和《物权法》及其司法解释规定且银行认可、能够办理抵押登记的抵押财产范围。②抵押人对抵押物占有的合法性。包括抵押物已设定抵押权属情况，抵押物权属情况是否符合设定抵押的条件，借款申请人提供的抵押物是否为抵押人所拥有，财产共有人是否同意抵押，抵押物所有权是否完整。③抵押物价值与存续状况。包括抵押物是否真实存在、存续状态，交易价格是否合理。对抵押物交易价格或评估价格明显高于当地平均市场价格或明显高于当地同类物业价格的，调查人可要求经银行认可的评估机构重新评估。本题的说法错误。

6.【解析】×　国内消费需求的增长推动了个人消费信贷的蓬勃发展。20 世纪 90 年代末期，我国经济保持了高速稳定的增长，但国内需求不足对我国经济发展产生了不利的影响。为此，国家相继推出了一系列积极的财政政策及货币政策，以刺激国内消费和投资需求，从而推动经济发展。中国人民银行也通过窗口指导和政策引导来启动国内的消费信贷市场，引导商业银行开拓消费信贷业务。1999 年 2 月，中国人民银行颁布了《关于开展个人消费信贷的指导意见》。之后，各商业银行为了有力地支持国家扩大内需的政策，较好地满足社会各阶层居民日益增长的消费信贷需求，积极适应市场变化，不断加大消费信贷业务发展力度，个人消费信贷业务得到快速发展。本题的说法错误。

7.【解析】×　目前，各商业银行的个人住房贷款规模不断扩大，由单一的个人购买房改房贷款，发展到开办消费性的个人住房类贷款，品种齐全，便于选择，既有针对购买房改房、经济适用住房、参加集资建房的住房贷款，也有针对购买商品房的住房贷款；既有向在住房一级市场上购买住房的个人发放的住房贷款，也有向在住房二级市场购买二手房的个人发放的二手房（再交易）住房贷款；既有委托性个人住房贷款，也有自营性个人住房贷款，以及两者结合的组合贷款；既有人民币个人住房贷款，也有外币个人住房贷款；既有单纯的购房贷款，也有购房与购车、购房与装修等组合贷款；还有"转按"、"加按"等个人住房贷款的衍生品种。本题的说法错误。

8.【解析】√　有效期内某一时点借款人的可用贷款额度是核定的贷款额度与额度项下未清偿贷款余额之差。可用贷款额度根据贷款额度及已使用贷款的情况确定，其中以银行原住房抵押贷款的抵押住房设定第 2 顺序抵押授信贷款的，可用贷款余额是核定的贷款额度与原住房抵押贷款余额、额度项下未清偿贷款余额之差。如果当地房地产市场价格出现重大波动，贷款银行应对抵押房产价值进行重新评估，并根据评估后的价值重新确定贷款额度。本题的说法正确。

9.【解析】×　采用质押担保方式的，质物可以是国家财政部发行的凭证式国库券、国家重点建设债券、金融债券、符合贷款银行规定的企业债券、单位定期存单、个人定期储蓄存款存单等有价证券。借款人以符合条件的有价证券作质押的，其贷款额度最高不超过质押权利凭证票面价值的 90%；以凭证式国债作质押的，贷款期限最长不超过凭证式国债的到期日，若用不同期限的多张凭证式国债作质押，以距离到期日最近者确定贷款期限。本题的说法错误。

10.【解析】×　个人消费额度贷款是指银行向个人发放的用于消费的、可在一定期限和额度内循环使用的人民币贷款。个人消费额度贷款主要用于满足借款人的消费需求，可先向银行申请有效额度，必要时才使用，不使用贷款不收取利息。在额度有效期内，客户可以随时向银行申请使用。本题的说法错误。

11.【解析】×　个人经营类贷款是指银行向从事合法生产经营的个人发放的，用于定向购买或租赁商用房、机械设备，以及用于满足个人控制的企业（包括个体工商户）生产经营流动资金需求和其他合理资金需求的贷款。本题的说法错误。

12.【解析】√　个人信用贷款期限一般为1年（含1年），最长不超过3年。银行通常每年要进行个人信用评级，根据信用评级确定个人信用贷款的展期。本题的说法正确。

13.【解析】×　当银行只有一种或很少几种产品，或者银行产品的营业方式大致相同，或者银行把业务职能当作市场营销的主要功能时，采取职能型营销组织最为有效。本题的说法错误。

14.【解析】×　《汽车消费贷款管理办法（试点办法）》第3条将借款人限定在"中国境内有固定住所的中国公民及企业、事业法人单位"。但随着我国改革开放的不断深入，在我国境内工作生活的外籍人士不断增多，实践中经常有外籍人士提出贷款购车需求，但银行囿于《汽车消费贷款管理办法（试点办法）》的限制，无法满足这部分外籍人士的贷款购车需求。《汽车贷款管理办法》为便于对汽车贷款进行风险管理，将借款人细分为个人、汽车经销商和机构借款人，并首次明确除中国公民以外，在中国境内连续居住1年以上（含1年）的港、澳、台居民以及外国人均可申请个人汽车贷款。本题的说法错误。

15.【解析】×　根据《中华人民共和国物权法》（以下简称《物权法》）第223条规定，可作为个人质押贷款的质物主要有：①汇票、支票、本票；②债券、存款单；③仓单、提单；④可以转让的基金份额、股权；⑤可以转让的注册商标专用权、专利权、著作权等知识产权中的财产权；满足生产经营流动资金需求的信用贷款，如渣打银行的"现贷派"个人无担保贷款，花旗银行的"幸福时贷"个人无担保贷款。本题的说法错误。

▶2011 年银行业从业人员资格认证考试

《个人贷款》
押题预测试卷（三）

一、单项选择题（共 90 题，每题 0.5 分。在以下各小题所给出的 4 个选项中，只有 1 个选项符合题目要求，请将正确选项的代码填入括号内）

1. 在个人住房贷款业务中，关于借款人主体资格，阐述正确的是（　　　）。
   A. 未成年人的监护人可以以未成年人的名义申请贷款
   B. 未成年人的监护人不得以未成年人的名义申请贷款
   C. 未成年人不可以作为购房人购买房屋
   D. 未成年人可以以贷款的方式购买房屋

2. 公积金个人住房贷款实行（　　　）的原则。
   A. 存贷结合、先存后贷、零借整还和贷款担保
   B. 存贷结合、先存后贷、整借零还和贷款担保
   C. 存贷结合、先贷后存、零借整还和贷款担保
   D. 存贷结合、先贷后存、整借零还和贷款担保

3. 商业助学贷款的借款人要求提前还款的，应提前（　　　）个工作日向贷款银行提出申请。
   A. 5　　　　　　　　　　　　　B. 10
   C. 15　　　　　　　　　　　　 D. 30

4. （　　　）促进了个人住房贷款的产生和发展。
   A. 住房制度的改革　　　　　　 B. 国内消费需求的增长
   C. 商业银行股份制改革　　　　 D. 个人信用制度的完善

5. 下列关于商业助学贷款贷后检查的说法，不正确的是（　　　）。
   A. 贷后检查以借款人、抵（质）押物和保证人等为对象
   B. 贷后检查的主要内容包括借款人情况检查和担保情况检查两个方面
   C. 贷后检查可通过客户提供、访谈、实地检查、行内资源查询等途径获取信息
   D. 借款人主动提供其信息变更情况的，由贷后检查人员负责及时更新借款人信息

6. 有担保流动资金贷款的利率不得低于中国人民银行规定的同期同档次利率的（　　）倍。

A. 1　　　　　　B. 1.1　　　　　　C. 1.2　　　　　　D. 2

7. 以下关于有担保流动资金贷款的利率说法，不正确的是（　　）。

A. 贷款期限在 1 年以内（含 1 年）的，实行合同利率，遇法定利率调整不分段计息

B. 贷款期限在 1 年以内（含 1 年）的，合同期内遇法定利率调整时可采用固定利率的方式

C. 贷款期限在 1 年以上的，合同期内遇法定利率调整时可在合同期内按月、按季、按年调整

D. 贷款期限在 1 年以上的，合同期内遇法定利率调整时可采用固定利率的方式

8. 下列关于个人经营类贷款的说法，不正确的是（　　）。

A. 发放对象为从事合法生产经营的个人

B. 可分为个人经营专项贷款和个人经营流动资金贷款

C. 相对个人住房贷款，个人经营类贷款风险更容易控制

D. 借款人可将该贷款用于定向购买商用房

9. 下列不属于个人经营专项贷款的是（　　）。

A. 某银行的个人工程机械按揭贷款　　　　B. 某银行的个人投资经营贷款

C. 某银行的个人商用房贷款　　　　　　　D. 某银行的个人商铺贷款

10. 下列关于商业助学贷款受理的说法，不正确的是（　　）。

A. 商业助学贷款申请人应填写申请表，并按银行要求提交相关申请材料

B. 借款人所在学校应对借款人提交的申请表及申请材料进行初审

C. 如果借款申请人提交材料不完整，贷款受理人应要求申请人补齐材料

D. 经初审符合要求后，贷款受理人应将借款申请表及申请材料交给贷前调查人进行贷前调查

11. 2008 年底，小王欲以自有资金和商用房贷款购买一套价值 120 万元的商用房。如果小王是以商住两用房名义申请的贷款，银行对于商住两用房的首付比例规定为最低45%，则其贷款额度最大为（　　）万元。

A. 54　　　　　　　　　　　　　　　B. 66

C. 84　　　　　　　　　　　　　　　D. 96

12. 经办银行在发放国家助学贷款后，于每季度结束后的（   ）个工作日内，汇总已发放的国家助学贷款学生名单、贷款金额、利率、利息，经合作高校确认后上报总行。

A. 10   B. 15   C. 20   D. 30

13. 下列关于无担保流动资金贷款的说法，不正确的是（   ）。

A. 贷款利率通常较高

B. 贷款额度根据抵押物或质物价值的一定比例确定

C. 还款方式主要有等额本金还款法和每月还息到期一次还本法

D. 采用个人信用担保的方式

14. 学生申请国家助学贷款时不需要提交（   ）。

A. 自己的有效身份证件原件和复印件

B. 自己的学生证或入学通知书的原件和复印件

C. 担保人的资信证明

D. 相关部门关于其家庭经济困难的证明材料

15. 下列关于商用房贷款签约流程的说法，不正确的是（   ）。

A. 贷款发放人应根据审批意见确定应使用的合同文本

B. 同笔贷款的合同填写人与合同复核人应为同一人

C. 合同复核人员负责根据审批意见复核合同文本及附件

D. 合同填写并复核无误后，贷款发放人应负责与借款人、担保人签订合同

16. 国家助学贷款的贷款额度为每人每学年最高不超过（   ）元。

A. 5 000   B. 6 000   C. 8 000   D. 12 000

17. 下列关于商用房贷款期限调整的说法，不正确的是（   ）。

A. 期限调整包括延长期限和缩短期限

B. 借款人缩短还款期限只须向银行提出申请

C. 借款人申请调整期限的贷款应无拖欠利息

D. 展期之后全部贷款期限不得超过银行规定的最长期限

18. 国家助学贷款的借款人必须在毕业后（   ）年内还清贷款，贷款期限最长不得超过（   ）年。

A. 4；8   B. 6；8   C. 5；10   D. 6；10

19. 对于由住房置业担保公司提供担保的个人住房贷款，贷款的期限可以放宽到(　　　)。
A. 5年　　　　　　　B. 10年　　　　　　C. 15年　　　　　　D. 20年

20. 商用房贷款审查和审批环节中的主要风险点不包括（　　　）。
A. 业务不合规
B. 合同制作不合格
C. 未按权限审批贷款，使得贷款超授权发放
D. 对内容审查不严，导致向不具备贷款发放条件的借款人发放贷款

21. 国家助学贷款的贷款对象不包括（　　　）。
A. 北京市普通高等学校中经济确实困难的全日制本科生
B. 天津市普通高等学校中经济确实困难的在职研究生
C. 上海市普通高等学校中经济确实困难的全日制高职生
D. 广东省普通高等学校中经济确实困难的全日制研究生

22. 对于仅提供担保方式的个人住房贷款，贷款的额度一般不得超过所购住房价值的(　　　)。
A. 80%　　　　　　　　　　　　　B. 70%
C. 60%　　　　　　　　　　　　　D. 50%

23. 下列不属于商用房贷款信用风险主要内容的是（　　　）。
A. 借款人还款能力发生变化　　　　B. 商用房出租情况发生变化
C. 保证人还款能力发生变化　　　　D. 贷款人资金状况发生变化

24. 个人汽车贷款受理和调查中的风险不包括（　　　）。
A. 借款申请人户籍所在地不在贷款银行所在地区
B. 担保物不易变现
C. 不以履约保证保险的投保资格调查为依据，造成重复调查
D. 抵押物的权属证明材料有涂改现象

25. 个人质押贷款的特点不包括（　　　）。
A. 贷款风险高　　　　　　　　　　B. 办理时间短
C. 操作流程短　　　　　　　　　　D. 质物范围广泛

26. 下列关于汽车经销商在个人汽车贷款中的欺诈行为的说法，正确的是（　　　）。

A. 一车多贷是汽车经销商对购车人的欺诈行为

B. 在一车多贷的过程中，汽车经销商一般使用真实的购车资料

C. 虚报车价会给购车人造成经济损失

D. 虚假车行是指经销商在没有依法获得营业执照的情况下，开设汽车销售点

27. 对于仅提供保证担保方式的个人住房贷款，贷款的额度一般不得超过所购住房价值的（　　　）。

A. 80%　　　　　　B. 70%　　　　　　C. 60%　　　　　　D. 50%

28. 下列关于个人信用贷款的说法，正确的是（　　　）。

A. 个人信用贷款期限最长为 5 年

B. 银行只在贷款发放前进行个人信用评级

C. 银行根据贷款额度确定个人信用贷款的展期

D. 贷款期限超过 1 年的，一般采取按月还本付息的还款方式

29. 个人信用贷款期限在 1 年（含 1 年）以内的，一般采取（　　　）的还款方式。

A. 按月还息，按月、按季或一次还本

B. 一次还本付息

C. 按季还本付息

D. 按月还本，接月、按季或一次付息

30. 就个人汽车贷款的期限调整而言，下列情形符合相关规定的是（　　　）。

A. 一笔 5 年期贷款展期 1 年

B. 一笔贷款展期 2 年

C. 贷款到期后借款人向银行申请延长期限

D. 借款人向银行申请缩短还款期限

31. 个人抵押授信贷款的特点不包括（　　　）。

A. 先授信，后用信　　　　　　　　B. 一次授信，循环使用

C. 贷款用途综合　　　　　　　　　D. 准入条件较个人信用贷款严格

32. 个人汽车贷款发放前，应落实的贷款发放条件不包括（　　　）。

A. 确保借款人首付款已全额支付或到位

B. 需要办理保险、公证等手续的，有关手续已经办理完毕

C. 经销商已开出汽车销售发票

D. 对采取抵押担保方式的贷款，落实贷款抵押手续

33. 在个人住房贷款业务中，贷款签约环节的主要风险点不包括（　　　）。

A. 未签订合同或签订无效合同　　　　B. 合同文本中出现不规范行为

C. 未对合同签署人及签字进行核实　　D. 未按贷款合同规定发放贷款

34. 市场细分的基础是（　　　）。

A 可衡量性原则　　B. 可进入性原则　　C. 差异性原则　　D. 经济性原则

35. "直客式"个人汽车贷款运行模式下，借款申请人需要提供的申请材料不包括（　　　）。

A. 贷款银行认可的借款人还款能力证明材料

B. 由汽车经销商出具的购车意向证明

C. 借款人的收入证明材料

D. 合法有效的身份证件

36. 在个人住房贷款中，借款人如需要申请调整借款期限，无须具备的前提条件是（　　　）。

A. 贷款未到期　　　　　　　　　　B. 无欠息

C. 无拖欠本金　　　　　　　　　　D. 贷款未偿还余额低于贷款总本金的20%

37. 以下关于设备贷款的说法，错误的是（　　　）。

A. 设备贷款的利率按照中国人民银行规定的同期贷款利率执行，可以浮动

B. 设备贷款的期限一般为1年，最长不超过5年

C. 借款人如想提前偿还全部或部分贷款本息，应提前30个工作日向银行提出申请

D. 必须提供担保，担保方式有抵押、质押和保证3种，也可采取经销商担保和厂家回购方式

38. 根据《关于进一步完善国家助学贷款工作若干意见的通知》，下列关于学生归还国家助学贷款的说法，正确的是（　　　）。

A. 学生自毕业之日起开始偿还贷款本金，4年内还清

B. 借款学生毕业或终止学业后，不得调整还款计划

C. 提前还贷的，经办银行不可以收取提前还贷违约金

D. 借款学生应归还在校期间及毕业后至还款结束时的全部利息

39. 在个人住房贷款业务中，下列不属于合同有效性风险的是（ ）。

A. 格式条款无效　　　　　　　　B. 未履行法定提示义务的风险

C. 格式条款解释风险　　　　　　D. 抵押物不合法

40. 下列不属于网上银行功能的是（ ）。

A. 产品销售功能　　　　　　　　B. 信息服务功能

C. 展示与查询功能　　　　　　　D. 综合业务功能

41. 对借款人所购车辆为自用车的，个人汽车贷款额度不得超过所购汽车价格的( )。

A. 80%　　　　　B. 70%　　　　　C. 60%　　　　　D. 50%

42. 有关征信异议的处理方法，错误的是（ ）。

A. 征信服务中心收到商业银行重新报送的更正信息后，应当在2个工作日内更正

B. 征信服务中心应当在接受异议申请后10个工作日内，向异议申请人或中国人民银行征信管理部门提供书面答复

C. 转交异议申请的中国人民银行征信管理部门应当自接到征信服务中心书面答复和更正后的信用报告之日起2个工作日内，向异议申请人转交

D. 对于无法核实的异议信息，征信服务中心应当允许异议申请人对有关异议信息附注个人声明

43. 个人征信系统是我国社会信用体系的重要基础设施，是在国务院领导下，由（ ）组织各商业银行建立的个人信用信息共享平台。

A. 中国银联　　　　　　　　　　B. 中国银监会

C. 中国人民银行　　　　　　　　D. 中国银行业协会

44. 个人二手车贷款的贷款期限（含展期）不得超过（ ）年。

A. 5　　　　　B. 4　　　　　C. 3　　　　　D. 2

45. 在个人住房贷款业务中，担保公司的"担保放大倍数"是指（ ）。

A. 担保公司对外提供担保的余额和自身实收资本的倍数

B. 担保公司向银行的贷款和自身实收资本的倍数

C. 担保公司提供给借款者的贷款和自身实收资本的倍数

D. 担保公司的营业收入和自身实收资本的倍数

46. 当征信服务中心认为商业银行报送的信息可疑而向商业银行发出复核通知时，商业银行应当在收到复核通知之日起（　　　）个工作日内给予答复。

A. 5
B. 10
C. 15
D. 20

47. 在个人贷款业务中，贷款发放环节的主要风险点不包括（　　　）。

A. 个人信贷信息录入是否准确
B. 在发放条件不齐全的情况下放款
C. 不按权限审批贷款，使得贷款超授权发放
D. 未按规定的贷款金额发放贷款，导致错误发放贷款

48. 中国银行从业人员从业务上分不包括（　　　）。

A. 公司业务经理
B. 资金业务经理
C. 零售业务经理
D. 批发业务经理

49. 个人征信查询系统中，（　　　）涵盖了信用卡与贷款的明细等情况。

A. 个人身份信息
B. 信用交易信息
C. 个人职业信息
D. 居住信息

50. 下列关于个人汽车贷款回收的说法，不正确的是（　　　）。

A. 贷款的回收是指借款人按借款合同及时足额偿还本息
B. 贷款支付方式有委托扣款和柜台还款两种方式
C. 借款人可以根据具体情况在贷款期限内变更还款方式
D. 贷款回收原则是先收本、后收息、全部到期、利随本清

51. 以下关于外籍自然人能否申请个人住房贷款的说法，不正确的是（　　　）。

A. 《中华人民共和国贷款通则》未将外籍人排除在个人住房贷款对象之外
B. 外籍自然人申请住房贷款不存在法律上的障碍
C. 境内商业银行均将外籍自然人列为住房贷款对象
D. 外籍自然人申请住房贷款存在法律上的障碍

52. 目前，个人征信系统的信息来源主要是（　　　）。

A. 商务部门
B. 商业银行等金融机构
C. 司法部门
D. 监察部门

53. 下列关于公积金个人住房贷款和商业银行自营性个人住房贷款的说法，正确的是（　　　）。

A. 前者的申请对象范围更广　　　　　　B. 前者贷款利率较高

C. 后者是一种委托性个人住房贷款　　　D. 后者的信贷风险由商业银行自身承担

54. 关于个人贷款业务中格式条款的说法，正确的是（　　　）。

A. 借款人通常是格式条款的提供方

B. 格式条款一般对当事人不产生约束力

C. 格式条款与非格式条款发生冲突时，应当采用格式条款

D. 格式条款与非格式条款不一致时，应采用非格式条款

55. 商业助学贷款中，以第三方担保的，保证人承担（　　　）。

A. 可撤销的连带责任　　　　　　　　　B. 不可撤销的连带责任

C. 可撤销的一般责任　　　　　　　　　D. 不可撤销的一般责任

56. 市场细分中的集中策略适用于（　　　）。

A. 资源不多的中小银行　　　　　　　　B. 大中型银行

C. 专业性银行　　　　　　　　　　　　D. 投资银行

57. 下列关于个人教育贷款的说法，不正确的是（　　　）。

A. 教育贷款具有社会公益性，政策参与程度较高

B. 助学贷款实行"财政贴息、风险补偿、信用发放、专款专用和按期偿还"的原则

C. 助学贷款实行"部分自筹、有效担保、专款专用和按期偿还"的原则

D. 与其他个人贷款相比，个人教育贷款的风险度相对较低

58. 按照（　　　）的不同，可将个人经营类贷款分为个人经营专项贷款和个人经营流动资金贷款。

A. 贷款用途　　　B. 贷款额度　　　C. 贷款期限　　　D. 贷款对象

59. （　　　）是银行的核心竞争力。

A. 服务　　　　　B. 产品　　　　　C. 品牌　　　　　D. 价格

60. （　　　）是指银行向个人发放的、用于解决市民及其配偶或直系亲属伤病就医时的资金短缺问题的贷款。

A. 个人住房装修贷款　　　　　　　　　B. 个人耐用消费品贷款

C. 个人医疗贷款   D. 个人旅游消费贷款

61. 商业银行在一手房贷款业务中最主要的合作单位是（   ）。
A. 房地产公司   B. 房地产经纪公司
C. 国家行政机关   D. 国家房屋管理部门

62. 可以最大限度发挥银行潜力的市场定位原则是（   ）。
A. 发挥优势   B. 减少差异   C. 围绕目标   D. 突出特色

63. 在商用房贷款发放过程中，对于借款人未到银行直接办理开户放款手续的，（   ）部门应及时将有关凭证邮寄给借款人或通知借款人来银行取回。
A. 信贷   B. 会计   C. 风险管理   D. 稽核内控

64. 不属于"假个贷"行为的是（   ）。
A. 没有特殊原因，滞销楼盘突然热销
B. 开发企业员工或关联方集中购买同一楼盘
C. 借款人由于公司倒闭终止还款
D. 借款人首付款非自己交付或实际没有交付

65. 对商用房贷款合作机构风险的防控措施不包括（   ）。
A. 加强对开发商及合作项目的审查
B. 加强对估值机构等合作机构的准入管理
C. 选择尽可能多的合作机构以分散风险
D. 业务合作中不过分依赖合作机构

66. 银行市场定位的步骤是（   ）。
A. 识别重要性——制作定位图——定位选择——执行定位
B. 识别重要性——定位选择——制定定位图——执行定位
C. 定位选择——识别重要性——制定定位图——执行定位
D. 定位选择——制定定位图——识别重要性——执行定位

67. 商用房贷款的额度通常不超过所购或所租商用房价值的（   ），对以"商住两用房"名义申请贷款的，贷款额度不超过商住两用房价值的（   ）。
A. 50%；55%   B. 60%；70%   C. 70%；75%   D. 80%；90%

68. 下面关于个人质押贷款说法，错误的是（　　　　）。

A. 个人质押贷款风险低，周转快

B. 以个人凭证式国债质押的，贷款期限内如遇利率调整，贷款利率不变

C. 任何在中国境内居住具有完全民事行为能力的自然人都可以申请个人质押贷款

D. 个人质押贷款的贷款期限，一般规定不超过质物的到期日

69. 对于有担保流动资金贷款，其贷款对象不要求（　　　　）。

A. 必须是持有工商行政管理机关合法的非法人营业执照的股份制企业或自然人

B. 无不良资信记录和行为记录

C. 借款人具有合法有效的身份证明如居民身份证、户口簿

D. 借款人具有稳定的职业

70. 设备贷款的期限一般（　　　　）年，最多不超过（　　　　）年。

A. 3；5　　　　B. 4；8　　　　C. 1；3　　　　D. 2；4

71. （　　　　）不是设备贷款的担保方式。

A. 抵押　　　　B. 质押　　　　C. 保证　　　　D. 履约保证保险

72. 设备贷款的额度最高不得超过借款人购买或租赁设备的所需资金总额的（　　　　），且最高贷款额度不得超过（　　　　）万元。

A. 60%；400　　　B. 60%；200　　　C. 70%；400　　　D. 70%；200

73. 下列关于商用房贷款担保方式的说法，错误的是（　　　　）。

A. 在抵押期间，借款人未经贷款银行同意，不得转移已被抵押的财产

B. 以所购商用房作抵押的，贷款银行必须与开发商签订商用房回购协议

C. 以财产作抵押的，保险期不得短于借款期限，还款责任险投保金额不得低于贷款本金和利息之和

D. 第三方提供的保证为不可撤销的承担连带责任的全额有效担保

74. 借款 1 万元，利率为 3.87%，贷款期限为 20 年，采用等额本息还款法，每月需要还（　　　　）元。

A. 62.01　　　　B. 59.92　　　　C. 58.03　　　　D. 56.32

75. 公积金个人住房贷款在贷款逾期 90 天以内应当采取的措施是（　　　　）。

A. 电话催收　　　　　　　　　　B. 向借款人发出"提前还款通知书"

C. 就抵押物的处置与借款人达成协议　　D. 对借款人提起诉讼

76. 个人汽车贷款审查和审批环节中的主要风险点不包括（　　　　）。

A. 出现内外勾结骗取银行信贷资金　　　B. 业务不合规

C. 贷款超授权发放　　　　　　　　　　D. 逾期贷款催收不力

77. 下列哪一种还款方式的本金是逐月递增的（　　　　）。

A. 等额本息还款法　　　　　　　　　　B. 等额本金还款法

C. 等比累计还款法　　　　　　　　　　D. 等额累进还款法

78. 一般情况下，个人医疗贷款的期限最短为（　　　　），最长为（　　　　）。

A. 半年；2 年　　　　　　　　　　　　B. 半年；3 年

C. 1 年；2 年　　　　　　　　　　　　D. 1 年；3 年

79. 在实践中，个人住房贷款期限在 1 年以上的，合同期内遇法定利率调整时，银行多是于（　　　　）起，按相应的利率档次执行新的利率规定。

A. 法定利率调整即日　　　　　　　　　B. 法定利率调整次日

C. 法定利率调整的次月 1 日　　　　　　D. 法定利率调整的次年 1 月 1 日

80. 下列关于个人汽车借款合同的变更和解除的说法，正确的是（　　　　）。

A. 贷款方可以单方解除合同

B. 办理抵押变更登记时，不需要到原抵押登记部门办理

C. 保证人破产时，借款人不需要重新提供担保

D. 借款人在还款期限内死亡且没有财产继承人和受遗赠人时，贷款银行有权提前收回贷款

81. 下列精神健康的自然人当中，属于限制民事行为能力人的是（　　　　）。

A. 18 周岁以上不满 20 周岁的公民

B. 16 周岁以上不满 18 周岁，以自己的劳动收入为主要生活来源的公民

C. 10 周岁以上的未成年人

D. 不满 10 周岁的未成年人

82. 下列担保方式中，属于人的担保的是（　　　　）。

A. 留置　　　　　B. 保证　　　　　C. 质押　　　　　D. 定金

83. (   ) 能比较灵活地按照借款人的还款能力规划还款进度，真正满足个性化需求。

A. 到期一次还本付息法   B. 等额本息还款法
C. 等额本金还款法   D. 组合还款法

84. 下列功能中，属于个人征信系统的经济功能的是 (   )。

A. 推动社会信用体系建设   B. 提高社会诚信水平
C. 促进文明社会建设   D. 改善经济增长结构

85. 在现代社会被称为第 2 张身份证的是 (   )。

A. 容貌   B. 职业   C. 资产   D. 信用

86. 我国的个人标准信用信息汇入中国人民银行的个人标准信用信息基础数据的渠道不包括 (   )。

A. 客户通过银行办理贷款、信用卡、担保等信贷业务
B. 银行对客户的偿债能力和偿债意愿进行的调整
C. 与政府相关部门的系统对接
D. 与公用事业单位的系统对接

87. 商业银行如果违反规定查询个人信用报告，或将查询结果用于规定范围之外的其他目的，将被责令改正，并处以 (   ) 的罚款。

A. 5 000 元以上 1 万元以下   B. 1 万元以上 3 万元以下
C. 3 万元以上 10 万元以下   D. 10 万元以上 30 万元以下

88. 一般保证的保证人与债权人未约定保证期间的，保证期间为主债务履行期届满之日起 (   ) 内。

A. 3 个月   B. 6 个月   C. 1 年   D. 3 年

89. 根据《中华人民共和国物权法》的规定，下列财产中可以用作抵押的是 (   )。

A. 正在建造的建筑物   B. 集体所有的土地所有权
C. 学校   D. 医院

90. 下列功能中属于个人征信系统的社会功能的是 (   )。

A. 维护金融稳定   B. 扩大信贷范围

C. 促进文明社会建设　　　　　　　D. 促进经济可持续发展

二、多项选择题（共 40 题，每题 1 分。在以下各小题所给出的 5 个选项中，至少有 1 个选项符合题目要求，请将正确选项的代码填入括号内）

1. 个人信用贷款对象需要满足的基本条件包括（　　　　）。
A. 在中国境内有固定住所　　　　　B. 具有完全民事行为能力
C. 有稳定的经济收入　　　　　　　D. 没有违法行为记录
E. 在贷款银行开立有个人结算账户

2. 市场环境分析的 SWOT 方法包括（　　　　）。
A. 优势　　　　　　　　　　　　　B. 劣势
C. 机遇　　　　　　　　　　　　　D. 威胁
E. 成果

3. 个人汽车贷款信用风险的内容包括（　　　　）。
A. 借款人的还款能力风险　　　　　B. 借款人的还款意愿风险
C. 借款人的欺诈风险　　　　　　　D. 借款人的收入水平波动
E. 借款人的工作变化

4. 个人抵押授信贷款的贷款对象需满足的条件包括（　　　　）。
A. 借款申请人具有完全民事行为能力
B. 借款申请人及其财产共有人同意以其自有住房抵押，或同意将原以住房抵押的个人住房贷款转为个人住房抵押授信贷款
C. 借款申请人有当地常住户口或有效居留身份
D. 借款人无不良信用记录
E. 借款申请人有按期偿还所有贷款本息的能力

5. 个人抵押授信贷款贷后检查的主要内容包括（　　　　）。
A. 借款人还款情况　　　　　　　　B. 借款人工作单位变化情况
C. 借款人收入变化情况　　　　　　D. 担保变化情况
E. 借款人健康状况

6. 下列关于个人耐用消费品贷款的说法，正确的是（　　　　）。
A. 贷款可用于购买汽车

B. 借款人通常需在银行指定的商户处购买特定商品

C. 贷款银行的贷款成本较高

D. 贷款期限最长为 3 年（含 3 年）

E. 贷款起点一般为 2 000 元

7. 在"假个贷"的防控上，一线经办人员应该详细调查（　　　　）。

A. 借款人身份的真实性　　　　　　B. 借款人的收入水平

C. 借款人的信用状况　　　　　　　D. 各类证件的真实性

E. 申报价格的合理性

8. 一般来说．银行对具有担保性质的合作机构的准入需要考虑（　　　　）。

A. 注册资金是否达到一定规模

B. 是否具有一定的信贷担保经验

C. 资信状况是否达到银行规定的要求

D. 是否具备符合担保业务要求的人员配置、业务流程和系统支持

E. 公司及主要经营者是否存在不良信用记录、违法涉案行为

9. 在执行回访制度时，若已经准入的合作机构（　　　　），银行应该暂停与相应机构的合作。

A. 经营出现明显问题

B. 有违法违规经营行为

C. 与银行合作的存量业务出现严重不良贷款

D. 与银行所进行的合作对银行业务拓展没有明显促进作用

E. 管理层集体辞职

10. 在个人住房贷款业务中，贷款受理和调查中的风险点主要包括（　　　　）。

A. 借款申请人是否有稳定、合法的收入来源

B. 借款申请人提交的资料是否齐全

C. 项目调查中的风险

D. 借款人调查中的风险

E. 不按权限审批贷款，使得贷款超授权发放的风险

11. 为控制个人住房贷款操作风险，对借款申请人的调查内容包括（　　　　）。

A. 借款申请人的担保物所有权是否合法、真实、有效

B. 借款申请人的担保物是否容易变现

C. 借款申请人所提交资料的真实性、合法性

D. 借款申请人第一还款来源是否稳定、充足

E. 借款申请人的担保措施是否足额、有效

12. 不良个人住房贷款包括（   ）。

A. 正常贷款
B. 关注贷款
C. 次级贷款
D. 可疑贷款
E. 损失贷款

13. 个人住房贷款的法律和政策风险点主要集中在（   ）。

A. 借款人主体资格风险
B. 合同有效性风险
C. 担保风险
D. 诉讼时效风险
E. 政策风险

14. 在个人住房贷款中，个人住房贷款的合同有效性风险包括（   ）。

A. 未签订合同
B. 合同格式条款无效
C. 未履行法定提示义务
D. 格式条款解释前后矛盾
E. 格式条款与非格式条款不一致

15. 个人住房贷款质押担保的法律风险主要是（   ）。

A. 质押股票的价值波动风险

B. 质押物的合法性

C. 对于无处分权的权利进行质押

D. 非为被监护人利益以其所有权利进行质押

E. 以非法所得、不当所得的权利进行质押

16. 个人住房贷款保证担保的法律风险主要表现在（   ）。

A. 未明确连带责任保证，追索的难度大

B. 未明确保证期间或保证期间不明

C. 保证人保证资格有瑕疵或缺乏保证能力

D. 借款人互相提供保证

E. 公司、企业的分支机构为个人提供保证

17. 个人住房贷款的经办人员在进行调查和检查时，工作重点为（   ）。

A. 确保客户信息真实性

B. 与合作机构合作前，要查看合作机构的准入文件、审批批复的合作机构担保金额

及银行与合作机构签订的合作协议

    C. 贷款发放前，落实贷款有效担保

    D. 贷款发放后，对客户还款情况、担保人或抵（质）物的变动情况进行有效的监控

    E. 加强贷后客户检查，按规定撰写客户贷后检查报告

18. 以下属于个人汽车贷款合作机构带来的风险的是（　　　　　）。

    A. 不法分子为骗贷成立虚假车行

    B. 保证保险的责任限制造成风险缺口

    C. 保险公司依法解除保险合同

    D. 保险公司以"免责条款"拒绝承担保险责任

    E. 借款人伪造申报材料骗取贷款

19. 审查借款人的收入，应该重点审查借款人的（　　　　　）。

    A. 工资收入　　　　　　　　　　　B. 租金收入

    C. 投资收入　　　　　　　　　　　D. 经营收入

    E. 中奖收入

20. 个人汽车贷款贷前调查的方式包括（　　　　　）。

    A. 审查借款申请材料　　　　　　　B. 面谈借款申请人

    C. 查询个人信用　　　　　　　　　D. 实地调查

    E. 电话调查

21. 以下关于个人汽车贷款额度的描述，正确的是（　　　　　）。

    A. 自用车的贷款额度不得超过所购汽车价格的80%

    B. 商用车的贷款额度不得超过所购汽车价格的70%

    C. 二手车的贷款额度不得超过所购汽车价格的50%

    D. 新车的价格是指汽车实际成交价格与汽车生产商公布价格中两者的高者

    E. 二手车的价格是指汽车实际成交价格与贷款银行认可的评估价格中两者的低者

22. 在个人汽车贷款业务中，贷款审批人审查的内容包括（　　　　　）。

    A. 贷款用途是否合规

    B. 借款申请人是否符合贷款条件，是否具有还款能力

    C. 贷前调查人的调查意见是否准确、合理

    D. 对报批贷款的主要风险点及其风险防范措施是否合规有效

    E. 借款人申请借款的期限是否符合有关贷款办法和规定

23. 下列关于个人汽车贷款合同签订的说法，正确的是（　　　）。

A. 在签订有关合同文本前，贷款发放人应履行充分告知义务

B. 合同填写并经银行填写人员复核无误后，贷款发放人应负责与借款人签订合同

C. 合同填写并经银行填写人员复核无误后，如有担保人，贷款发放人应负责与担保人签订合同

D. 对以共有财产抵押担保的，贷款发放人应要求抵押物共有人当面签署个人汽车借款抵押合同

E. 合同填写禁止涂改

24. 以贷款所购车辆作抵押的，个人汽车贷款的借款人须交予贷款银行进行保管的材料有（　　　）。

A. 购车发票原件
B. 各种缴费凭证原件

C. 机动车登记证原件
D. 行驶证原件

E. 保险单

25. 个人汽车贷款的贷后与档案管理包括（　　　）。

A. 贷款回收
B. 合同变更

C. 贷后检查
D. 不良贷款管理

E. 贷后档案管理

26. 一般情况下，银行对个人汽车贷款提前还款的基本约定包括（　　　）。

A. 借款人应向银行提交提前还款申请书

B. 借款人的贷款账户未拖欠本息及其他费用

C. 银行按规定计收违约金

D. 借款人在提前还款前应归还当期的贷款本息

E. 银行退还提前还款前已收取的提前还款额对应的利息

27. 商业助学贷款贷前调查的内容包括（　　　）。

A. 借款申请填写内容是否与相关证明材料一致

B. 借款人身份证明是否真实

C. 申请人的信用记录是否良好

D. 采取抵押担保方式的，调查抵押物是否为银行认可的抵押财产

E. 采取质押担保方式的，调查质物的价值

28. 商业助学贷款贷前调查完成后，银行经办人应对（　　　）提出意见或建议。

A. 是否同意贷款　　　　　　　　　B. 贷款额度

C. 贷款期限　　　　　　　　　　　D. 贷款利率

E. 还款方式

29. 商业助学贷款的贷款审批人审查的内容包括（　　　）。

A. 借款申请人资格是否具备

B. 借款用途是否合规

C. 借款人提供的贫困证明是否真实

D. 申请借款的额度是否符合有关贷款办法和规定

E. 报批贷款的风险防范措施是否合规有效

30. 发放商用房贷款，要落实的条件为（　　　）。

A. 确保借款人首付款已全额支付或到位

B. 借款人所购商用房为新建房的，要确认项目工程进度符合人民银行规定的有关放款条件

C. 需要办理保险、公证等手续的，有关手续已经办理完毕

D. 对采取抵（质）押的贷款，要落实贷款抵（质）押手续

E. 对自然人作为保证人的，应明确并落实履行保证责任的具体操作程序

31. 若商业助学贷款的借款人、担保人在贷款期间发生违约行为，贷款银行可采取的措施有（　　　）。

A. 要求限期纠正违约行为

B. 在原贷款利率基础上加收利息

C. 要求更换担保人

D. 向借款人就读的公立大学追偿

E. 定期在公开报刊及有关媒体上公布违约人姓名、身份证号码及违约行为

32. 公积金个人住房贷款与商业银行自营性个人住房贷款的区别包括（　　　）。

A. 承担风险的主体不同　　　　　　B. 资金来源不同

C. 贷款对象不同　　　　　　　　　D. 贷款利率不同

E. 审批主体不同

33. 在对商用房贷款用途及相关合同、协议的调查过程中，贷前调查人应该查验(　　　)。

A. 借款申请人提交的商用房购买或租赁合同上的房屋坐落与房地产权证是否一致

B. 合同签署日期是否明确

C. 所购或所租商用房价格是否合理

D. 商用房合同中的卖方或租出方是否是该房产的所有人

E. 商用房合同中的买方或租入方是否与贷款人姓名一致

34. 商用房贷款采取质押担保方式的，贷前调查人的调查内容包括（　　　　）。

A. 质押权利的合法性

B. 权利凭证上的所有人与出质人是否为同一人

C. 出质人是否有处分有价证券的权利

D. 质物共有人是否同意质押

E. 质物的价值是否与贷款金额相匹配

35. 借款人申请有担保流动资金贷款需要提供的材料包括（　　　　）。

A. 贷款银行认可的借款人还款能力证明材料

B. 已支付所购商用房价款规定比例首付款的证明

C. 借款人开办企业的工商营业执照

D. 明确的用款计划

E. 在银行开立的个人账户资料

36. 个人质押贷款的贷款对象满足的条件是（　　　　）。

A. 在中国境内居住，具有完全民事行为能力的自然人

B. 提供银行认可的有效质物作质押担保

C. 在中国境内有固定住所，有当地城镇常住户口

D. 有正当且有稳定经济收入的良好职业

E. 在贷款银行开立有个人结算账户

37. 商用房贷款的贷后与档案管理包括（　　　　）。

A. 贷款回收　　　　　　　　　　B. 合同变更

C. 贷后检查　　　　　　　　　　D. 不良贷款管理

E. 贷后档案管理

38. 下列有关商用房贷款提前还款的说法，正确的是（　　　　）。

A. 提前还款包括提前部分还本和提前结清两种方式

B. 借款人应向银行提交提前还款申请书

C. 借款人的贷款账户须无拖欠本息及其他费用

D. 提前还款降低了银行风险，银行应给予利息返还

E. 借款人在提前还款前应归还当期的贷款本息

39. 在商用房贷款中，对借款人进行贷后检查的主要内容有（　　　　）。

A. 借款人是否按期足额归还贷款

B. 借款人工作单位是否发生变化

C. 借款人的联系电话有无变动

D. 有无发生可能影响借款人还款能力的突发事件

E. 商用房的租金收入状况

40. 下列关于商用房贷款不良贷款管理的说法，正确的是（　　　　）。

A. 银行应接照贷款风险 5 级分类法对不良商用房贷款进行认定

B. 银行应把认定为不良贷款的商用房贷款全部予以核销

C. 银行应建立商用房贷款的不良贷款台账

D. 对未按期还款的借款人，有担保人的可向担保人通知催收

E. 已核销的商用房贷款，银行不再催收

三、判断题（共 15 题，每题 1 分。请判断以下各小题的对错，正确的用√表示，错误的用×表示）

1. 提前还款是指借款人具有一定偿还能力时，主动向贷款银行提出部分或全部提前偿还贷款的行为。（　　　　）

2. 个人汽车贷款相关资料的复印件不可作为贷款档案。（　　　　）

3. 商业助学贷款中借款人在校学制年限是指从贷款发放至借款人毕业或终止学业的期间。（　　　　）

4. 银行市场定位时只能采用一种策略。（　　　　）

5. 商业助学贷款的额度不能超过借款人在校年限内所在学校的学费、住宿费和基本生活费。（　　　　）

6. 各商业银行可根据业务发展需要和风险管控能力，自主确定开办出国留学贷款。（　　　　）

7. 个人住房贷款的期限最长可达 30 年。（   ）

8. 借款人还清贷款本息后，档案材料全部由银行永久保管。（   ）

9. 质押贷款档案管理中，贷款发放后，"贷款转存凭证"的业务部门保管留存联并对其进行存档。（   ）

10. 商业银行在发放贷款后进行贷后管理时，不能查看个人的信用报告。（   ）

11. 抵押授信贷款有效期限最长为 30 年。（   ）

12. 个人住房贷款可以实行抵押、质押和保证 3 种担保方式。（   ）

13. 贷款档案主要包括借款人相关资料和贷后管理相关资料，应为资料的原件。（   ）

14. 在个人住房贷款中，银行对项目有关资料进行审查合格后，可以免去对项目进行实地调查。（   ）

15. 对于已利用商业银行贷款购买首套自住房的家庭，如其人均收入低于当地平均水平，再次向商业银行申请住房贷款的，可比照首套自住房政策执行。（   ）

答案速查与精讲解析（三）

答案速查

一、单项选择题

1. B	2. B	3. D	4. A	5. D	6. B	7. B	8. C	9. B
10. B	11. B	12. A	13. C	14. C	15. B	16. B	17. B	18. D
19. C	20. B	21. B	22. D	23. D	24. C	25. A	26. D	27. D
28. D	29. A	30. C	31. D	32. C	33. D	34. A	35. B	36. D
37. B	38. C	39. D	40. A	41. A	42. B	43. C	44. C	45. A
46. B	47. C	48. D	49. B	50. D	51. D	52. B	53. D	54. D
55. B	56. A	57. D	58. A	59. C	60. C	61. A	62. C	63. B
64. C	65. C	66. A	67. A	68. C	69. D	70. A	71. D	72. D
73. B	74. B	75. A	76. D	77. A	78. B	79. D	80. D	81. C
82. B	83. D	84. D	85. D	86. B	87. B	88. B	89. A	90. C

二、多项选择题

1. ABCDE	2. ABCD	3. ABC	4. ABCDE	5. ABCDE
6. CDE	7. ACDE	8. ABCDE	9. ABCD	10. ABCD
11. ABCDE	12. CDE	13. ABCDE	14. BCDE	15. BCDE
16. ABCDE	17. ABCDE	18. ABCD	19. ABCD	20. ABCDE
21. ABCE	22. ABCDE	23. ABCE	24. ABCE	25. ABCDE
26. ABCD	27. ABCDE	28. ABCDE	29. ABDE	30. ABCDE
31. ABCE	32. ABCDE	33. ABCDE	34. ABCDE	35. ACDE
36. AB	37. ABCDE	38. ABCE	39. ABCDE	40. ACD

三、判断题

1. √	2. ×	3. √	4. ×	5. √	6. √	7. √	8. ×
9. ×	10. ×	11. √	12. √	13. ×	14. ×	15. ×	

精讲解析

一、单项选择题

1.【解析】B　根据我国现行法律规定，未成年人可作为购房人购买房屋，但需由其监护人作为法定代理人进行代理。中国人民银行《个人住房贷款管理办法》第4条规定，贷款对象应是具有完全民事行为能力的自然人。按照上述规定，未成年人作为无民事行为能力人或限制行为能力人，不能以贷款方式购买房屋。本题的最佳答案是B选项。

2.【解析】B　公积金个人住房贷款实行"存贷结合、先存后贷、整借零还和贷款担保"的原则。本题的最佳答案是B选项。

3.【解析】D　借款人要求提前还款的，应提前30个工作日向贷款银行提出申请。对借款人申请提前还款的，经办人应核实确认借款人在贷款银行有无拖欠贷款本息。对存在拖欠本息的，应要求借款人先归还拖欠贷款本息后，才予以受理提前还款业务。本题的最佳答案是D选项。

4.【解析】A　20世纪80年代中期，随着我国住房制度改革、城市住宅商品化进程加快和金融体系的变革，为适应居民个人住房消费需求，中国建设银行率先在国内开办了个人住房贷款业务。本题的最佳答案是A选项。

5.【解析】D　商业助学贷款贷后检查以借款人、抵（质）押物和保证人等为对象，通过客户提供、访谈、实地检查、行内资源查询等途径获取信息，主要内容包括借款人情况检查和担保情况检查两个方面。本题的最佳答案是D选项。

6.【解析】B　有担保流动资金贷款的利率不得低于中国人民银行规定的同期同档次利率的1.1倍，具体利率水平由贷款银行根据贷款风险管理相关原则自主确定，因此B为正确选项。

7.【解析】B　ACD 3项为有担保流动资金贷款利率的正确说法，B项说法错误，符合题意，因此B为正确选项。

8.【解析】C　个人住房贷款大多数为房产抵押担保贷款，风险相对较低。对于个人经营类贷款，银行需对借款人经营企业的运作情况详细了解，并对该企业资金运作情况加以控制，以保证贷款不被挪用，因此风险控制难度更大。本题的最佳答案是C选项。

9.【解析】B　个人工程机械按揭贷款属于设备贷款，个人商用房贷款和个人商铺贷款属于商用房贷款。本题的最佳答案是B选项。

10.【解析】B　商业助学贷款受理中，贷款受理人应对借款申请人提交的借款申请表及申请材料进行初审，主要审查借款申请人的主体资格及借款申请人所提交材料的完整性与规范性。本题的最佳答案是B选项。

11.【解析】B　对以"商住两用房"名义申请个人经营类贷款的，贷款额度不超过房产价值的55%。120×55%＝66（万元）。本题的最佳答案是B选项。

12.【解析】A　国家助学贷款贷后贴息管理规定经办银行在发放国家助学贷款后，于每季度结束后的10个工作日内，汇总已发放的国家助学贷款学生名单、贷款金额、利率、利息，经合作高校确认后上报总行。本题的最佳答案是 A 选项。

13.【解析】C 无担保流动资金贷款的还款方式主要有等额本息还款法和每月还息到期一次还本法两种。本题的最佳答案是 C 选项。

14.【解析】C 国家助学贷款的担保方式采用的是个人信用担保的方式，无需担保人。本题的最佳答案是 C 选项。

15.【解析】B 合同填写完毕后，填写人员应及时将有关合同文本移交合同复核人员进行复核。同笔贷款的合同填写人与合同复核人不得为同一人。本题的最佳答案是 B 选项。

16.【解析】B 新国家助学贷款管理办法的贷款额度为每人每学年最高不超过 6 000 元，总额度按正常完成学业所需年度乘以学年所需金额确定，具体额度由借款人所在学校的总贷款额度、学费、住宿费和生活费标准以及学生的困难程度确定。本题的最佳答案是 B 选项。

17.【解析】B 借款人需要调整借款期限的，应向银行提交期限调整申请书，并必须具备以下条件：①贷款未到期；②无拖欠利息；③无拖欠本金；④本期本金已偿还。本题的最佳答案是 B 选项。

18.【解析】D 新国家助学贷款管理办法规定借款人必须在毕业后 6 年内还清，贷款期限最长不得超过 10 年。本题的最佳答案是 D 选项。

19.【解析】C 由住房置业担保公司提供保证的，其贷款期限放宽至 15 年，且贷款额度可以达到其购买房产价值的 70%。本题的最佳答案是 C 选项。

20.【解析】B 合同制作不合格是贷款签约和发放中的风险。本题的最佳答案是 B 选项。

21.【解析】B 国家助学贷款是由国家指定的商业银行面向在校的全日制高等学校中经济确实困难的本专科学生（含高职学生）、研究生以及第二学士学位学生发放的，用于帮助他们支付在校期间的学费和日常生活费。本题的最佳答案是 B 选项。

22.【解析】D 仅提供保证担保方式的，只适用于贷款期限不超过 5 年（含 5 年）的贷款，其贷款额度不得超过所购（建造、大修）住房价值的 50%。而由住房置业担保公司提供保证的，其贷款期限放宽至 15 年，且贷款额度可以达到其购买房产价值的 70%。本题的最佳答案是 D 选项。

23.【解析】D 商用房贷款信用风险主要内容包括：借款人还款能力发生变化；商用房出租情况发生变化；保证人还款能力发生变化。本题的最佳答案是 D 选项。

24.【解析】C 个人汽车贷款受理和调查中的风险包括借款申请人的主体资格是否符合银行个人汽车贷款管理办法的相关规定；借款申请人所提交的材料是否真实、合法；借款申请人的担保措施是否足额、有效。本题的最佳答案是 C 选项。

25.【解析】A 个人质押贷款特点包括贷款风险较低，担保方式相对安全；时间短、周转快；操作流程短；质物范围广泛。本题的最佳答案是 A 选项。

26.【解析】D　虚假车行是不法分子注册成立经销汽车的空壳公司，在无一辆现货汽车可卖的情况下，以无抵押贷款为诱惑，吸引居民办理个人汽车贷款，并达到骗贷骗保的目的。本题的最佳答案是D选项。

27.【解析】D　仅提供保证担保方式的，只适用于贷款期限不超过5年（含5年）的贷款，其贷款额度不得超过所购（建造、大修）住房价值的50%。本题的最佳答案是D选项。

28.【解析】D　个人信用贷款期限一般为1年（含1年），最长不超过3年。银行通常每年要进行个人信用评级，根据信用评级确定个人信用贷款的展期。并就个人信用贷款时跟踪个人的信用变化状况，根据个人信用状况对贷款期限进行相关调整。本题的最佳答案是D选项。

29.【解析】A　个人信用贷款期限在1年（含1年）以内的采取按月付息，按月、按季或一次还本的还款方式；贷款期限超过1年的，采取按月还本付息的还款方式。本题的最佳答案是A选项。

30.【解析】C　个人汽车贷款的贷款期限（含展期）不得超过5年。银行通常规定每笔贷款只可以展期一次，展期期限不得超过1年。借款人需要调整借款期限的，必须具备以下条件：贷款未到期；无拖欠利息；无拖欠本金；本期本金已偿还。本题的最佳答案是C选项。

31.【解析】D　个人抵押授信贷款的特点包括：先授信，后用信；一次授信，循环使用；贷款用途综合。本题的最佳答案是D选项。

32.【解析】C　个人汽车贷款发放前，应落实有关贷款发放条件，包括：确保借款人首付款已全额支付或到位；需要办理保险、公证等手续的，有关手续已经办理完毕；对采取抵（质）押和抵押加阶段性保证担保方式的贷款，要落实贷款抵（质）押手续；对自然人作为保证人的，应明确并落实履行保证责任的具体操作程序。本题的最佳答案是C选项。

33.【解析】D　个人住房贷款业务中，贷款签约环节的主要风险点包括：未签订合同或是签订无效合同；合同文本中的不规范行为；未对合同签署人及签字（签章）进行核实。本题的最佳答案是D选项。

34.【解析】A　在进行市场细分时，要坚持可衡量性、可进入性、差异性和经济性4个原则，其中可衡量性是指银行所选择的细分变量必须是能用一定的指标或方法度量的，各考核指标可以量化，这也是市场细分的基础。

35.【解析】B　"直客式"个人汽车贷款不需要汽车经销商出具购车意向证明。本题的最佳答案是B选项。

36.【解析】D　借款人需要调整借款期限，应向银行提交期限调整申请书，并必须具备以下前提条件：贷款未到期；无欠息；无拖欠本金，本期本金已归还。本题的最佳答案是D选项。

37. 【解析】B 设备贷款的期限一般为 3 年，最长不超过 5 年。

38. 【解析】C 借款学生毕业之日起 6 年内还清，自取得毕业证书之日（以签发日期为准）起，下月 1 日（含）开始归还贷款利息，并可选择在毕业后 24 个月内任何一个月开始偿还贷款本息，但原则上不得延长贷款期限。借款学生在校期间的贷款利息全部由财政补贴。

39. 【解析】D 合同有效性风险包括：格式条款无效；未履行法定提示义务的风险；格式条款解释风险；格式条款与非格式条款不一致的风险。本题的最佳答案是 D 选项。

40. 【解析】A 网上银行的功能包括信息服务功能、展示与查询功能、综合业务功能。

41. 【解析】A 所购车辆为自用车的，贷款额度不得超过所购汽车价格的 80%；所购车辆为商用车的，贷款额度不得超过所购汽车价格的 70%；所购车辆为二手车的，贷款额度不得超过借款人所购汽车价格的 50%。本题的最佳答案是 A 选项。

42. 【解析】B 征信服务中心应当在接受异议申请后 15 个工作日内，向异议申请人或转交异议申请的中国人民银行征信管理部门提供书面答复。

43. 【解析】C 个人征信系统（个人信用信息基础数据库）是我国社会信用体系的重要基础设施，是在国务院领导下，由中国人民银行组织各商业银行建立的个人信用信息共享平台。本题的最佳答案是 C 选项。

44. 【解析】C 个人汽车贷款的贷款期限（含展期）不得超过 5 年，其中，二手车贷款的贷款期限（含展期）不得超过 3 年。本题的最佳答案是 C 选项。

45. 【解析】A 担保放大倍数，即担保公司对外提供担保的余额与自身实收资本的倍数。本题的最佳答案是 A 选项。

46. 【解析】B 商业银行应当在接到核查通知的 10 个工作日内向征信服务中心做出核查情况的书面答复。本题的最佳答案是 B 选项。

47. 【解析】C 贷款发放的主要风险点如下：个人信贷信息录入是否准确，贷款发放程序是否合规；贷款担保手续是否齐备、有效，抵（质）押物是否办理抵（质）押登记手续；在发放条件不齐全的情况下放款；在资金划拨中的风险点有会计凭证填制不合要求，未对会计凭证进行审查，贷款以现金发放的，没有"先记账、后放款"等；未按规定的贷款金额、贷款期限、贷款的担保方式、贴息等发放贷款，导致贷款错误核算，发放金额、期限与审批表不一致，造成错误发放贷款。本题的最佳答案是 C 选项。

48. 【解析】D 中国银行从业人员从业务上分包括公司业务经理、资金业务经理、零售业务经理。

49. 【解析】B 信用交易信息分为信用汇总信息和信用明细信息。其中涵盖了信用卡与贷款的明细、特殊交易、个人结算账户信息、查询记录等情况。本题的最佳答案是 B 选项。

50. 【解析】D 贷款回收原则是先收息、后收本、全部到期、利随本清。

51.【解析】D　个人住房贷款贷款对象为具有完全民事行为能力的自然人，同时要满足贷款银行的其他需求，包括：①合法有效的身份或居留证明；②有稳定的经济收入、良好的信用、偿还贷款本息的能力；③有合法有效的购买（建造、大修）住房的合同、协议以及贷款银行要求提供的其他证明文件；④有贷款银行认可的资产进行抵押或质押，或有足够代偿能力的法人、其他经济组织或自然人作为保证人；⑤贷款银行规定的其他条件。

52.【解析】B　目前，个人征信系统的信息来源主要是商业银行等金融机构。本题的最佳答案是B选项。

53.【解析】D　公积金个人住房贷款的对象需要是住房公积金缴存人，而商业银行自营性个人住房贷款不需要是住房公积金缴存人。公积金个人住房贷款的利率比自营性个人住房贷款利率低。公积金个人住房贷款是一种委托性住房贷款。本题的最佳答案是D选项。

54.【解析】D　格式条款和非格式条款不一致的，应当采用非格式条款。本题的最佳答案是D选项。

55.【解析】B　商业助学贷款中，以第三方担保的，保证人承担不可撤销的连带责任。

56.【解析】A　集中策略的主要特点是目标集中，并尽全力试图准确击中要害，通常适用于资源不多的中小银行。本题的最佳答案是A选项。

57.【解析】D　个人教育贷款的业务特征是：具有社会公益性，政策参与程度较高；多为信用类贷款，风险度相对较高。

58.【解析】A　根据贷款用途的不同，个人经营类贷款可以分为个人经营专项贷款和个人经营流动资金贷款。本题的最佳答案是A选项。

59.【解析】C　品牌是银行的核心竞争力。本题的最佳答案是C选项。

60.【解析】C　符合个人医疗贷款的定义。

61.【解析】A　对于一手个人住房贷款，商业银行最主要的合作单位是房地产开发商。本题的最佳答案是A选项。

62.【解析】C　银行的市场定位原则包括发挥优势，围绕目标，突出特色；因此，B选项排除。围绕目标是指应考虑全局战略目标，且定位应该略高于银行自身能力与市场需求的对称点。因为略高于对称点，该原则本身就蕴含激励因素，可以最大限度发挥银行的潜力。

63.【解析】B　在商用房贷款发放过程中，对于借款人未到银行直接办理开户放款手续的，会计部门应及时将有关凭证邮寄给借款人或通知借款人来银行取回。本题的最佳答案是B选项。

64.【解析】C　假个贷"，指借款人并不具有真实的购房目的，采取各种手段套取个人住房贷款的行为。表现形式：滞销楼盘突然热销；楼盘售价与周围楼盘相比明显偏高；

开发企业员工或关联方集中购买同一楼盘；借款人收入证明与年龄、职业明显不相称，集中申请办理贷款；借款人对所购房屋信息不甚了解；借款人首付款非自己交付；同一人或单位转账或现金支付还款；借款人集体中断还款。而 C 选项属于正常的无法还款行为。

65.【解析】C　商用房贷款合作机构风险的防控措施有：加强对开发商及合作项目审查；加强对估值机构、地产经纪和律师事务所等合作机构的准入管理；业务合作中不过分依赖合作机构。本题的最佳答案是 C 选项。

66.【解析】A　银行个人贷款产品的市场定位过程包括识别重要属性、制作定位图、定位选择和执行定位 4 个步骤。本题的最佳答案是 A 选项。

67.【解析】A　商用房贷款的额度通常不超过所购或所租商用房价值的 50%；对以"商住两用房"名义申请贷款的，贷款额度不超过商住两用房价值的 55%；具体的贷款额度由商业银行根据贷款风险管理相关原则自主确定。

68.【解析】C　只有在中国境内居住具有完全民事行为能力并且可以提供银行认可的有效质物作质押担保的自然人才可以申请个人质押贷款。

69.【解析】D　有担保流动资金贷款的对象应该是持有工商行政管理机关合法的非法人营业执照的个体户、合伙人企业和个人独资企业或自然人。借款人必须具备下列条件：①无不良资信记录和行为记录。②借款人具有合法有效的身份证明如居民身份证、户口簿等。③借款人年满 18 周岁，男性年龄不超过 60 周岁，女性年龄不超过 55 周岁。但是并没有要求借款人具有稳定的职业。

70.【解析】A　设备贷款的期限由贷款银行根据贷款风险管理相关原则确定，一般 3 年，最多不超过 5 年。

71.【解析】D　设备贷款必须提供担保，担保方式有抵押、质押和保证 3 种。

72.【解析】D　设备贷款的额度最高不得超过借款人购买或租赁设备的所需资金总额的 70%，且最高贷款额度不得超过 200 万元，具体情况分别对待。

73.【解析】B　以所购商用房作抵押的，贷款银行决定是否有必要与开发商签订商用房回购协议，并不是必须的强制性要求。

74.【解析】B　等额本息还款法每月还款额计算为：每月还款额 ＝［月利率×（1＋月利率）还款期数/（1＋月利率）还款期数 −1］×贷款本金，本题的最佳答案是 B 选项。

75.【解析】A　公积金个人住房贷款在贷款逾期 90 天以内应当采取的措施包括电话、信息及函件的方式进行催收。

76.【解析】D　个人汽车贷款审查和审批环节的主要风险点包括：业务不合规，业务风险与效益不匹配；不按权限审批贷款，使得贷款超授权发放；审批人对应审查的内容审查不严，导致向不具备贷款发放条件的借款人发放贷款，贷款容易发生风险或出现内外勾结骗取银行信贷资金的情况。本题的最佳答案是 D 选项。

77.【解析】A　等额本息还款法是每月以相等的额度偿还贷款本息，其中归还的本金和利息的配给比例是逐月变化的，利息逐月递减，本金逐月递增。本题的最佳答案是 A

选项。

78.【解析】B　一般情况下，个人医疗贷款的期限最短为半年，最长可达3年。本题的最佳答案是B选项。

79.【解析】D　个人住房贷款期限在1年以内（含1年）的，实行合同利率，遇法定利率调整，不分段计息；贷款期限在1年以上的，遇法定利率调整，于下年1月1日开始，按相应利率档次执行新的利率规定。本题的最佳答案是D选项。

80.【解析】D　借款人在还款期限内死亡、宣告死亡、宣告失踪或丧失民事行为能力后，如果没有财产继承人和受遗赠人，或者继承人、受遗赠人拒绝履行借款合同的，贷款银行有权提前收回贷款，并依法处分抵押物或质物，用以归还未清偿部分。本题的最佳答案是D选项。

81.【解析】C　10周岁以上的未成年人是限制民事行为能力人，可以进行与他的年龄、智力相适应的民事活动。本题的最佳答案是C选项。

82.【解析】B　人的担保是指如果债务人不履行债务，由保证人按照约定履行债务。其主要形式是保证人的保证，这种形式在实际工作中具有较高的可操作性。本题的最佳答案是B选项。

83.【解析】D　组合还款法是一种将贷款本金分段偿还，根据资金的实际占用时间计算利息的还款方式。这种方法可以比较灵活地按照借款人的还款能力规划还款进度，真正满足个性化需求。本题的最佳答案是D选项。

84.【解析】D　个人征信系统的经济功能主要体现在：帮助商业银行等金融机构控制信用风险，维护金融稳定，扩大信贷范围，促进经济增长，改善经济增长结构，促进经济可持续发展。本题的最佳答案是D选项。

85.【解析】D　在现代社会，信用对于个人非常重要，被称做第2张身份证。本题的最佳答案是D选项。

86.【解析】B　第一个渠道，当客户通过银行办理贷款、信用卡、担保等信贷业务的时候，客户的个人信用信息就会通过银行自动报送给个人标准信用信息基础数据库。第2个渠道，个人标准信用信息基础数据库通过与公安部、工信部、建设部以及劳动和社会保障部等政府相关部门、公用事业单位进行系统对接，可以采集诸如居民身份信息、个人手机费、社保金等非银行系统信用记录情况。本题的最佳答案是B选项。

87.【解析】B　商业银行如果违反规定查询个人的信用报告，或将查询结果用于规定范围之外的其他目的，将被责令改正，并处以1万元以上3万元以下的罚款；涉嫌犯罪的，则将依法移交司法机关处理。本题的最佳答案是B选项。

88.【解析】B　一般保证的保证人与债权人未约定保证期间的，保证期间为主债务履行期届满之日起6个月。本题的最佳答案是B选项。

89.【解析】A　《中华人民共和国物权法》规定以下财产不得抵押：土地所有权；耕地、宅基地、自留地、自留山等集体所有的土地使用权，但法律规定可以抵押的除外；

学校、幼儿园、医院等以公益为目的的事业单位、社会团体的教育设施、医疗卫生设施和其他社会公益设施；所有权、使用权不明或者有争议的财产；依法被查封、扣押、监管的财产；法律、行政法规规定不得抵押的其他财产。本题的最佳答案是 A 选项。

90. 【解析】C 个人征信系统的社会功能主要体现在：随着该系统的建设和完善，通过对个人重要经济活动的影响和规范，逐步形成诚实守信、遵纪守法、重合同讲信用的社会风气，推动社会信用体系建设，提高社会诚信水平，促进文明社会建设。本题的最佳答案是 C 选项。

二、多项选择题

1. 【解析】ABCDE 个人信用贷款对象需要满足的基本条件包括：在中国境内有固定住所，有当地城镇常住户口，具有完全民事行为能力的中国公民；有正当且有稳定经济收入的良好职业，具有按期偿还贷款本息的能力；遵纪守法，没有违法行为及不良信用记录；在贷款银行开立有个人结算账户（同意借款银行从其指定的个人结算账户扣收贷款本息）；各行另行规定的其他条件。本题的最佳答案是 ABCDE 选项。

2. 【解析】ABCD 其中，"S"代表优势，"W"代表弱势，"O"代表机会，"T"代表威胁。

3. 【解析】ABC ABC 属于信用风险的内容。

4. 【解析】ABCDE 个人抵押授信贷款的贷款对象需满足以下条件：具有完全民事行为能力、年满18周岁的自然人；借款申请人有当地常住户口或有效居留身份；借款申请人有按期偿还所有贷款本息的能力；借款申请人无不良信用和不良行为记录；借款申请人及其财产共有人同意以其自有住房抵押，或同意将原以住房抵押的个人住房贷款转为个人住房抵押授信贷款；各行自行规定的其他条件。本题的最佳答案是 ABCDE 选项。

5. 【解析】ABCDE 个人抵押授信贷款贷后检查的主要内容包括：借款人依合同约定归还贷款本息情况；借款人工作单位、住址、联系电话等信息的变更情况；借款人职业、收入、健康状况等影响还款能力和诚意的因素变化情况；担保变化情况，包括保证人、抵押物、质押权利等；其他可能影响个人住房贷款资产质量的因素变化情况。本题的最佳答案是 ABCDE 选项。

6. 【解析】CDE 所谓耐用消费品通常是指价值较大、使用寿命相对较长的家用商品，包括除汽车、住房外的家用电器、电脑、家具、健身器材、乐器等。个人耐用消费品贷款起点一般为人民币2 000元，贷款期限一般在1年以内，最长为3年（含3年）。单笔金额相对较小，贷款成本较高，且市场需求量有限。本题的最佳答案是 CDE 选项。

7. 【解析】ACDE 在"假个贷"的防控上，一线经办人员应该详细调查：借款人身份的真实性；借款人信用情况；各类证件的真实性；申报价格的合理性。本题的最佳答案是 ACDE 选项。

8. 【解析】ABCDE 一般来说，对具有担保性质的合作机构的准入需要考虑以下几个方面：注册资金是否达到一定规模；是否具有一定的信贷担保经验；资信状况是否达到银行规定的要求；是否具备符合担保业务要求的人员配置、业务流程和系统支持；公司及主要经营者是否存在不良信用记录、违法涉案行为等。本题的最佳答案是 ABCDE 选项。

9.【解析】ABCD　在执行回访制度时，若已经准入的合作机构存在下列情况的，应暂停与相应机构的合作：经营出现明显问题的；有违法违规经营行为的；与银行合作的存量业务出现严重不良贷款的；所进行的合作对银行业务拓展没有明显促进作用的；其他对银行业务发展不利的因素。管理层集体辞职不属于必须暂停贷款合作的事项。本题的最佳答案是 ABCD 选项。

10.【解析】ABCD　贷款受理中的风险：借款申请人的主体资格是否符合所申请贷款管理办法的规定，包括是否有稳定、合法的收入来源，有按期偿还本息的能力等；借款申请人提交的资料是否齐全，格式是否符合银行的要求；所有原件和复印件之间是否一致。

贷前调查中的风险包括项目调查中的风险和借款人调查中的风险。本题的最佳答案是 ABCD 选项。

11.【解析】ABCDE　为控制个人住房贷款操作风险，对借款申请人的调查内容包括：借款申请人所提交的资料是否真实、合法；借款申请人第一还款来源是否稳定、充足；借款申请人的担保措施是否足额、有效；担保物所有权是否合法、真实、有效；担保物是否容易变现。本题的最佳答案是 ABCDE 选项。

12.【解析】CDE　个人住房贷款可分为5类：正常贷款、关注贷款、次级贷款、可疑贷款和损失贷款。其中，次级贷款、可疑贷款和损失贷款属于不良贷款。

13.【解析】ABCDE　个人住房贷款的法律和政策风险点主要集中在：借款人主体资格；合同有效性风险；担保风险；诉讼时效风险；政策风险。本题的最佳答案是 ABCDE 选项。

14.【解析】BCDE　个人住房贷款的合同有效性风险包括：格式条款无效；未履行法定提示义务的风险；格式条款解释风险；格式条款与非格式条款不一致的风险。本题的最佳答案是 BCDE 选项。

15.【解析】BCDE　质押担保的法律风险主要有：质押物的合法性；对于无处分权的权利进行质押；非为被监护人利益以其所有权利进行质押；非法所得、不当得利所得的权利进行质押等。本题的最佳答案是 BCDE 选项。

16.【解析】ABCDE　保证担保的法律风险主要表现在：未明确连带责任保证，追索的难度大；未明确保证期间或保证期间不明；保证人保证资格有瑕疵或缺乏保证能力；借款人互相提供保证无异于发放信用贷款；公司、企业的分支机构为个人提供保证；公司、企业职能部门、董事、经理越权对外提供保证等。本题的最佳答案是 ABCDE 选项。

17.【解析】ABCDE　个人住房贷款的经办人员在进行调查和检查时，工作重点为：确保客户信息真实性；与合作机构合作前，要查看合作机构的准入文件、审批批复的合作机构担保金额及银行与合作机构签订的合作协议；贷款发放前，落实贷款有效担保；贷款发放后要对客户还款情况、担保人或抵（质）物的变动情况进行有效的监控；加强贷后客户检查，按规定撰写客户贷后检查报告。本题的最佳答案是 ABCDE 选项。

18.【解析】ABCD　E 选项属于信用风险的内容。

19.【解析】ABCD　验证借款人的工资收入、租金收入、投资收入和经营收入 4 个方面。本题的最佳答案是 ABCD 选项。

20.【解析】ABCDE　个人汽车贷款贷前调查可以采取审查借款申请材料、面谈借款申请人、查询个人信用、实地调查和电话调查等多种方式进行。本题的最佳答案是 ABCDE 选项。

21.【解析】ABCE　新车的价格是指汽车实际成交价格与汽车生产商公布价格中两者的较低者。

22.【解析】ABCDE　贷款审批人应对以下内容进行审查：借款申请人是否符合贷款条件，是否有还款能力；贷款用途是否合规；借款人提供材料的完整性、有效性及合法性；申请借款的额度、期限等是否符合有关贷款办法和规定；贷前调查人的调查意见、对借款人资信状况的评价分析以及提出的贷款建议是否准确、合理；对报批贷款的主要风险点及其风险防范措施是否合规有效；其他需要审查的事项。本题的最佳答案是 ABCDE 选项。

23.【解析】ABCE　贷款发放人应根据审批意见确定应使用的合同文本并填写合同，在签订有关合同文本前，应履行充分告知义务。合同填写必须做到标准、规范、要素齐全、数字正确、字迹清晰、不错漏、不潦草，禁止涂改。合同填写并复核无误后，贷款发放人应负责与借款人（包括共同借款人）、担保人（抵押人、出质人、保证人）签订合同。本题的最佳答案是 ABCE 选项。

24.【解析】ABCE　以贷款所购车辆作抵押的，借款人须在办理完购车手续后，及时到贷款经办行所在地的车辆管理部门办理车辆抵押登记手续，并将购车发票原件、各种缴费凭证原件、机动车登记证原件、行驶证复印件、保险单等交予贷款银行进行保管。本题的最佳答案是 ABCE 选项。

25.【解析】ABCDE　个人汽车贷款的贷后与档案管理是指贷款发放后到合同终止前对有关事宜的管理，包括贷款的回收、合同变更、贷后检查、不良贷款管理及贷后档案管理 5 个部分。本题的最佳答案是 ABCDE 选项。

26.【解析】ABCD　对于提前还款银行一般有以下基本约定：借款人应向银行提交提前还款申请书；借款人的贷款账户未拖欠本息及其他费用；提前还款属于借款人违约，银行将按规定计收违约金；借款人在提前还款前应归还当期的贷款本息。本题的最佳答案是 ABCD 选项。

27.【解析】ABCDE　商业助学贷款贷前调查的内容包括：材料一致性的调查；查询借款人身份证明是否真实、有效；贷前调查人登录中国人民银行个人征信系统查询申请人的信用记录是否良好；调查抵押物是否属于《担保法》和《物权法》及其司法解释规定且银行认可、能够办理抵押登记的商业助学贷款的抵押财产范围；调查质物的价值、期限等要素是否与贷款金额、期限相匹配，本题的最佳答案是 ABCDE 选项。

28.【解析】ABCDE　贷前调查完成后，银行经办人应对调查结果进行整理、分析，提出是否同意贷款的明确意见及贷款额度、贷款期限、贷款利率、担保方式、还款方式、划款方式等方面的建议。本题的最佳答案是 ABCDE 选项。

29.【解析】ABDE　贷款审批人应对以下内容进行审查：借款申请人资格和条件是否具备；借款用途是否真实、合规；借款人提供材料的完整性、有效性及合法性；申请借款的额度、期限等是否符合有关贷款办法和规定；贷前调查人的调查意见、对借款人资信状况的评价分析以及提出的贷款建议是否准确、合理；对报批贷款的主要风险点及其风险防范措施是否合规有效；其他需要审查的事项。本题的最佳答案是 ABDE 选项。

30.【解析】ABCDE　DE 属于落实担保条件中的具体内容。

31.【解析】ABCE　借款人、担保人在贷款期间发生任何违约行为，贷款银行可采取以下任何一项或全部措施：要求限期纠正违约行为；要求增加所减少的相应价值的抵（质）押物，或更换担保人；在原贷款利率基础上加收利息；定期在公开报刊及有关媒体上公布违约人姓名、身份证号码及违约行为；本题的最佳答案是 ABCE 选项。

32.【解析】ABCDE　以上都是公积金个人住房贷款与商业银行自营性个人住房贷款的区别所在。

33.【解析】ABCDE　贷前调查人应调查借款申请人购买或租赁商用房行为的真实性；查验借款申请人提交的商用房购买或租赁合同上的房屋坐落与房地产权证是否一致；查验合同签署日期是否明确；所购或所租商用房面积、价格是否明确、合理等；核对商用房合同中的卖方或租出方是否是该房产的所有人，签字人是否为有权签字人或其授权代理人，所盖公章是否真实有效；商用房合同中的买方或租入方是否与借款申请人姓名一致等。本题的最佳答案是 ABCDE 选项。

34.【解析】ABCDE　对采取质押担保方式的应调查：质押权利的合法性，出质人出具的权利凭证是否在银行有关规定的范围内，是否有伪造和变造迹象；出质人对质押权利占有的合法性，包括调查权利凭证上的所有人与出质人是否为同一人，出质人是否具有处分有价证券的权利；质押权利条件，包括调查质物的价值、期限等要素是否与贷款金额、期限相匹配，质物共有人是否同意质押。本题的最佳答案是 ABCDE 选项。

35.【解析】ACDE　申请材料清单如下：合法有效的身份证件，包括居民身份证、户口簿或其他有效身份证件；贷款银行认可的借款人偿还贷款证明材料，包括收入证明材料和有关资产证明等；借款人开办企业的工商营业执照、税务登记证明、验资报告、公司章程（如有）、生产经营场地等证明材料，经营特种行业的，还应取得有关管理部门的批准文件；明确的用款计划以及与之相关的资料，包括购销合同、租赁协议和合作协议等；涉及抵押或质押担保的，需提供抵押物或质押权利的权属证明文件和有处分权人（包括财产共有人）同意抵（质）押的书面证明，以及贷款银行认可部门出具的抵押物估价证明；

涉及保证担保的，需保证人出具同意提供担保的书面承诺，并提供能证明保证人保证能力的证明材料；在银行开立的个人账户资料，包括存折、存单、信用卡等；银行要求提供的其他文件、证明和资料。本题的最佳答案是 ACDE 选项。

36.【解析】AB　CDE 选项所述内容为个人信用贷款的贷款对象要求的条件。

37.【解析】ABCDE　商用房贷款的贷后与档案管理是指贷款发放后到合同终止前对有关事宜的管理，包括贷款回收、合同变更、贷后检查、不良贷款管理及贷后档案管理 5个部分。本题的最佳答案是 ABCDE 选项。

38.【解析】ABCE　提前还款包括提前部分还本和提前结清两种方式，对于提前还款银行一般有以下基本约定：借款人应向银行提交提前还款申请书；借款人的贷款账户未拖欠本息及其他费用；提前还款属于借款人违约，银行将按规定计收违约金；借款人在提前还款前应归还当期的贷款本息。本题的最佳答案是 ABCE 选项。

39.【解析】ABCDE　对借款人进行贷后检查的主要内容包括：借款人是否按期足额归还贷款；借款人工作单位、收入水平是否发生变化；借款人的住所、联系电话有无变动；有无发生可能影响借款人还款能力或还款意愿的突发事件，如卷入重大经济纠纷、诉讼或仲裁程序，借款人身体状况恶化或突然死亡等；商用房的出租情况及租金收入状况。本题的最佳答案是 ABCDE 选项。

40.【解析】ACD　关于不良商用房贷款的管理，银行首先要按照贷款风险 5 级分类法对不良商用房贷款进行认定，认定之后要适时对不良贷款进行分析，建立商用房贷款的不良贷款台账，落实不良贷款清收责任人，实时监测不良贷款回收情况。对未按期还款的借款人，应采用电话催收、信函催收、上门催收、律师函、司法催收等方式督促借款人按期偿还贷款本息，以最大限度降低贷款损失，有担保人的要向担保人通知催收。对认定为呆账贷款的商用房贷款，银行应按照财政部、中国人民银行和银行有关呆账认定及核销的规定组织申报材料，按规定程序批准后核销。对银行保留追索权的贷款，银行应实行"账销案存"，建立已核销贷款台账，定期向借款人和担保人发出催收通知书，并注意诉讼时效。本题的最佳答案是 ACD 选项。

三、判断题

1.【解析】√　定义题。提前还款是指借款人具有一定偿还能力时，主动向贷款银行提出部分或全部提前偿还贷款的行为。本题的说法正确。

2.【解析】×　办理个人汽车贷款需要提供身份证，身份证复印件将留在贷款档案中。本题的说法错误。

3.【解析】√　商业助学贷款的期限原则上为借款人在校学制年限加 6 年，借款人在校学制年限指从贷款发放至借款人毕业或终止学业的期间。本题的说法正确。

4.【解析】×　银行市场定位策略包括客户定位策略，产品定位策略，形象定位策略、利益定位策略、竞争定位策略及联盟定位策略。但他们并不冲突，可同时采取几种定位策略。

5. 【解析】√ 商业助学贷款的额度不超过借款人在校年限内所在学校的学费、住宿费和基本生活费。贷款银行可参照学校出具的基本生活费或当地生活费标准确定有关生活费用贷款额度。本题的说法正确。

6. 【解析】√ 中国银监会2008年印发的《商业助学贷款管理办法》附则中指出各商业银行可根据业务发展需要和风险管控能力，自主确定开办借款人用于攻读境外高等院校硕士（含）以上学历，且提供全额抵（质）押的商业助学贷款，即出国留学贷款。本题的说法正确。

7. 【解析】√ 说法正确。

8. 【解析】× 借款人还清贷款本息后，一些档案材料需要退还借款人或销毁。本题的说法错误。

9. 【解析】× 贷款发放后，"贷款转存凭证"的业务部门留存联应返回信贷部门存档。

10. 【解析】× 根据中国人民银行《个人信用信息基础数据库管理暂行办法》和《银行信贷登记咨询管理办法（试行）》的规定，商业银行等金融机构经个人书面授权同意后，在审核信贷业务申请，以及对已发放信贷进行贷后风险管理的情况下，可以查询个人的信用报告。本题的说法错误。

11. 【解析】√

12. 【解析】√ 个人住房贷款可实行抵押、质押和保证3种担保方式。贷款银行可根据借款人的具体情况，采用一种或同时采用几种贷款担保方式。本题的说法正确。

13. 【解析】× 贷款档案应为原件也可以是有法律效力的复印件。

14. 【解析】× 银行除对项目有关资料进行审查外，还需对项目进行实地调查。本题的说法错误。

15. 【解析】× 对于已利用银行贷款购买首套自住房的家庭，如其人均住房面积低于当地平均水平，再次向商业银行申请住房贷款的，可比照首套自住房贷款政策执行，但借款人应当提供当地房地产管理部门依据房屋登记信息系统出具的家庭住房总面积查询结果。本题的说法错误。

▶2011 年银行业从业人员资格认证考试

《个人贷款》
押题预测试卷（四）

一、单项选择题（共 90 题，每题 0.5 分。在以下各小题所给出的 4 个选项中，只有 1 个选项符合题目要求，请将正确选项的代码填入括号内）

1. 个人贷款业务区别于公司贷款业务的重要特征是（　　　）。
A. 个人贷款的利率明显高于公司贷款
B. 个人贷款较公司贷款手续简化
C. 个人贷款的品种较多、用途较广
D. 个人贷款业务与公司贷款业务的主体特征不同

2. 关于个人信贷，以下说法不正确的是（　　　）。
A. 发放主体以商业银行为主
B. 非银行金融机构也可参与
C. 是个人主体直接融资的一种表现
D. 借款人凭借自身及担保方的信用水平获得资金

3. 关于我国现有的个人贷款品种，说法不正确的是（　　　）。
A. 已有个人经营类贷款
B. 尚无委托性个人贷款
C. 已有组合性个人贷款
D. 可以满足个人在购房、购车等各方面的需求

4. 个人贷款的对象是（　　　）。
A. 法人
B. 经济组织
C. 自然人
D. 社会团体

5. 下列还款方式中，能按照借款人的还款能力灵活地规划还款进度、真正满足个性化需求的是（　　　）。
A. 到期一次还本付息法
B. 等额本息还款法
C. 等比累进还款法
D. 组合还款法

6. 以下有关贷款利率的说法，不正确的是（　　　　）。

A. 利息是借入货币的代价，也是贷出货币的报酬

B. 中国人民银行制定的利率为法定利率，银行据此与借款人共同商定的某一笔具体贷款的利率为合同利率

C. 利率是指一定时期内利息额与借贷货币额或储蓄存款额之间的比率

D. 贷款期限在 1 年以内（含 1 年）的实行合同利率，遇法定利率调整时合同利率也需随之调整

7. 对购买首套自住房且套型建筑面积在 90 平方米以上的，贷款首付款比例不得低于（　　　　），对已利用贷款购买住房，又申请购买第 2 套住房的，贷款首付比例不得低于（　　　　）。

A. 20%；30% 　　　　　　　　　B. 30%；40%

C. 40%；50% 　　　　　　　　　D. 50%；60%

8. 小李向银行申请了个人住房贷款，根据合同采取等额本息还款法，若月利率为 1%，贷款本金为 50 万元，还款期限为 30 年，则每月还款额为（　　　　）。

A. 4 143 元 　　　 B. 5 143 元 　　　 C. 4 743 元 　　　 D. 5 743 元

9. 经办银行在发放国家助学贷款后，于每季度结束后的（　　　　）个工作日内，汇总已发放的国家助学贷款学生名单、贷款金额、利率、利息，经合作高校确认后上报总行。

A. 10 　　　　　　 B. 15 　　　　　　 C. 20 　　　　　　 D. 30

10. 个人住房贷款中在未实现抵押登记前，普遍采用的担保方式是（　　　　）。

A. 抵押担保 　　　　　　　　　B. 质押担保

C. 保证担保 　　　　　　　　　D. 抵押加阶段性担保

11. 等额本息还款法是指在贷款期内每月以相等的额度平均偿还贷款本息，其中归还的本金和利息的配给比例是逐月变化的，利息逐月（　　　　），本金逐月（　　　　）。

A. 递增；递减 　　 B. 递增；递增 　　 C. 递减；递增 　　 D. 递减；递减

12. （　　　　）促进了个人住房贷款的产生和发展。

A. 住房制度的改革 　　　　　　B. 国内消费需求的增长

C. 商业银行股份制改革 　　　　D. 个人信用制度的完善

13. 下列关于无担保流动资金贷款的说法，不正确的是（　　　　）。

A. 贷款利率通常较高

B. 贷款额度根据抵押物或质物价值的一定比例确定

C. 还款方式主要有等额本金还款法和每月还息到期一次还本法

D. 采用个人信用担保的方式

14. 学生申请国家助学贷款时不需要提交（　　　）。

A. 自己的有效身份证件原件和复印件

B. 自己的学生证或入学通知书的原件和复印件

C. 担保人的资信证明

D. 相关部门关于其家庭经济困难的证明材料

15. 下列关于商用房贷款签约流程的说法，不正确的是（　　　　）。

A. 贷款发放人应根据审批意见确定应使用的合同文本

B. 同笔贷款的合同填写人与合同复核人应为同一人

C. 合同复核人员负责根据审批意见复核合同文本及附件

D. 合同填写并复核无误后，贷款发放人应负责与借款人、担保人签订合同

16. 国家助学贷款的贷款额度为每人每学年最高不超过（　　　）元。

A. 5 000　　　　　B. 6 000　　　　　C. 8 000　　　　　D. 12 000

17. 下列关于商用房贷款期限调整的说法，不正确的是（　　　）。

A. 期限调整包括延长期限和缩短期限

B. 借款人缩短还款期限须向银行提出申请

C. 借款人申请调整期限的贷款应无拖欠利息

D. 原借款期限加上延长期限达到新的利率期限档次时，从延长之日起，贷款利率按新的期限档次利率执行，并对已计收的利息重新调整

18. 国家助学贷款的借款人必须在毕业后（　　　）年内还清贷款，贷款期限最长不得超过（　　　）年。

A. 4；8　　　　　B. 6；8　　　　　C. 5；10　　　　　D. 6；10

19. 对于由住房置业担保公司提供担保的个人住房贷款，贷款的期限可以放宽到（　　　）。

A. 5 年　　　　　B. 10 年　　　　　C. 15 年　　　　　D. 20 年

20. 商用房贷款审查和审批环节中的主要风险点不包括（　　　　）。

A. 业务不合规

B. 未按独立公正原则审批

C. 未按权限审批贷款，使得贷款超授权发放

D. 对内容审查不严，导致向不具备贷款发放条件的借款人发放贷款

21. 个人住房贷款中，产生信用风险的主要原因不包括（　　　　）。

A. 国内信用惩罚制度远不够严厉

B. 贷款时间较长，借款人可能由于还款能力下降导致违约发生

C. 由于争夺客户源，提高了贷款的准入门槛，从而导致贷款信用等级下降

D. 国内征信系统缺乏，信用数据较为匮乏

22. 下列不属于商业银行合作机构风险的是（　　　　）。

A. 房地产商欺诈风险　　　　　　　B. 民营担保公司的担保风险

C. 房屋评估机构的价值评估风险　　D. 银行的流动性风险

23. 公积金个人住房贷款业务中公积金管理中心的基本职责不包括（　　　　）。

A. 制定信贷政策　　　　　　　　　B. 负责信贷审批

C. 负责贷前咨询　　　　　　　　　D. 承担信贷风险

24. 按资金来源分类，不属于个人住房贷款的是（　　　　）。

A. 商业性个人住房贷款　　　　　　B. 个人商用房贷款

C. 公积金个人住房贷款　　　　　　D. 个人住房组合贷款

25. 个人二手房贷款在划款时，原则上采用（　　　　）的方式。

A. 直接提款　　　　B. 专项提款　　　　C. 支票支付　　　　D. 银行转账

26. 贷款审查和审批中的主要风险点不包括（　　　　）。

A. 未按独立公正原则审批　　　　　B. 不按权限审批贷款

C. 未履行法定提示义务　　　　　　D. 审批人员对审查内容审查不严

27. 个人住房贷款一般有抵押、质押和保证方式，个人住房贷款以（　　　　）方式为主，实质上属于（　　　　）关系。

A. 抵押；融资　　　　　　　　　　B. 质押；买卖

C. 抵押；买卖　　　　　　　　　　D. 质押；融资

28. 个人住房贷款的贷款额占所购买住房总价款的比例最高可达（   ），非首套购房的最高贷款额度为（   ）。

    A. 60%；50%   B. 70%；50%   C. 80%；60%   D. 90%；60%

29. 关于住房贷款，以下说法错误的是（   ）。

    A.《个人住房担保贷款管理试行办法》的颁布标志着我国住房贷款业务的正式启动

    B.《个人住房贷款管理办法》的颁布标志着个人住房贷款业务进入快速发展阶段

    C. 个人住房公积金贷款的最高额度由贷款银行和借款人协商决定

    D. 公积金住房贷款的对象是正常缴纳住房公积金、具有完全民事行为能力的职工

30.《个人住房担保贷款管理试行办法》于（   ）颁布。

    A. 1980 年   B. 1985 年   C. 1995 年   D. 1998 年

31. 以下关于个人住房贷款的贷款期限的说法，不正确的是（   ）。

    A. 个人二手房贷款的期限不能超过所购住房的剩余使用年限

    B. 个人二手房贷款的期限由银行根据实际情况合理确定，最长期限为 20 年

    C. 个人一手房贷款期限由银行根据实际情况合理确定，最长期限为 30 年

    D. 对于借款人已离退休或即将离退休的（目前法定退休年龄为男 60 岁，女 55 岁），贷款期限不宜过长

32. （   ）可以成为商业银行分散风险的资金运用方式。

    A. 公司贷款   B. 担保贷款   C. 个人贷款   D. 信用贷款

33. 个人抵押授信贷款中，抵押率一般不超过（   ）。

    A. 50%   B. 60%   C. 70%   D. 80%

34. 中国汽车贷款最早出现于（   ）。

    A. 1993 年   B. 1996 年   C. 1998 年   D. 2004 年

35. 设备贷款以第三方保证方式申请贷款的，贷款额度应为（   ）。

    A. 50%   B. 70%

    C. 90%   D. 根据保证人信用等级确定

36. 个人汽车贷款的特点不包括（   ）。

    A. 在汽车产业和汽车市场发展中占有一席之地

B.　与汽车市场的多种行业机构具有密切关系

C.　与其他行业联系不大

D.　风险管理难度相对较大

37.　以下关于汽车贷款的贷款额度，说法正确的是（　　　　）。

A.　所购车辆为自用车的，贷款额度不得超过所购汽车价格的90%

B.　所购车辆为二手车的，贷款额度不得超过借款人所购汽车价格的80%

C.　所购车辆为商用车的，贷款额度不得超过所购汽车价格的70%

D.　所有汽车贷款的贷款额度均不得超过所购汽车价格的60%

38.　关于个人汽车消费贷款，贷前调查的正确说法是（　　　　）。

A.　调查人审核申请材料是否真实、完整、合法、有效，调查借款申请人的还款能力、还款意愿、购车行为的真实性以及贷款担保等情况

B.　调查人要调查借款申请人是否具有当地户口、当地固定住所和固定联系方式。但银行管理人员和信贷业务人员及其近亲属不是调查的对象

C.　要通过查询人民银行个人信用信息基础数据库，调查和核实借款申请人是否有不良信用记录。但是对于贷款用途根据商业机密的要求，银行没有必要知道

D.　要调查借款人及其家庭成员收入来源是否稳定，是否具备按时偿还贷款本息的能力。可以通过电话访问，网络调查等方式调查，但不必与借款人进行见面谈话

39.　以下关于个人汽车贷款的贷款流程，描述正确的是（　　　　）。

A.　受理——调查——审查——审批——签约——发放——贷后档案管理

B.　受理——审查——调查——审批——签约——发放——贷后档案管理

C.　受理——调查——审批——审查——签约——发放——贷后档案管理

D.　受理——审批——审查——调查——签约——发放——贷后档案管理

40.　对于以房地产作抵押申请个人汽车消费贷款的，以下说法错误的是（　　　　）。

A.　抵押权设定后，所有能够证明抵押权属的文件原件以及抵押物保险单原件，均由贷款银行保管

B.　不接受尚未还清贷款银行以外的其他金融机构的个人住房贷款、商业住房贷款的房地产作抵押

C.　以商品住房为抵押的，贷款金额与抵押物评估价值的抵押比率不得超过50%

D.　抵押房地产必须经贷款银行认可的评估机构评估并办理抵押登记手续

41. 借款人申请个人汽车消费贷款不需要提供（　　）材料。

A. 个人有效身份证件、户籍证明或长期居住证明

B. 所购车辆的第三者责任保险证明

C. 个人收入证明

D. 购车首期付款证明

42. 关于第三方保证方式申请个人汽车消费贷款，说法正确的是（　　）。

A. 采取第三方保证方式的，担保方只要符合贷款银行规定的担保条件即可

B. 采取由专业担保机构提供担保的，担保方必须与贷款银行建立合作关系

C. 采取第三方保证方式的，必须同时将所购车辆质押给贷款银行

D. 采取由汽车经销商担保的，担保方无须与贷款银行建立合作关系

43. 商业助学贷款的偿还原则是（　　）。

A. 先收息、后收本，全部到期、利随本清

B. 先收本、后收息，全部到期、利随本清

C. 先收息、后收本，部分到期、利随本清

D. 先收本、后收息，部分到期、利随本清

44. 关于个人汽车贷款的合同审核，以下说法错误的是（　　）。

A. 合同复核人员负责根据审批意见复核合同文本及附件的完整性、准确性和合规性

B. 合同填写完毕后，填写人员应及时将有关合同文本移交合同复核人员进行复核

C. 合同填写并复核无误后，合同复核人员应负责与借款人、担保人签订合同

D. 合同文本复核人员应就复核中发现的问题及时与合同填写人员沟通，并建立复核记录，交由合同填写人员签字确认

45. 借款人变更还款方式，（　　）条件是不需要满足的。

A. 应向银行提交还款方式变更申请书

B. 借款人的贷款账户中没有拖欠本息及其他费用

C. 借款人在变更还款方式前已还清所有贷款利息

D. 借款人在变更还款方式前应归还当期的贷款本息

46. 个人教育贷款的还款来源主要是（　　）。

A. 中央财政出资　　　　　　　　B. 学生家庭负担

C. 学生毕业后的工作收入　　　　D. 地方政府出资

47. 国家助学贷款的利率执行中国人民银行规定的同期贷款基准利率，（　　　）。

A. 固定不变　　　　B. 不上浮　　　　C. 不下调　　　　D. 有限度地浮动

48. 国家助学贷款的还款方法要求借款人首次还款日应不迟于毕业后（　　　）年。借款学生可以选择在毕业后的（　　　）个月内的任何一个月开始偿还贷款本息，但原则上不得延长贷款期限。

A. 1；12　　　　B. 2；24　　　　C. 3；12　　　　D. 4；24

49. 下列关于商业助学贷款担保方式的说法，错误的是（　　　）。

A. 贷款银行可根据实际情况要求借款人投保相关保险

B. 贷款银行应当鼓励同学之间互相担保，互相帮助

C. 以资产作抵押的，借款人应根据贷款银行要求办理抵押物保险

D. 以第三方保证方式贷款的，第三方提供的保证为不可撤销的连带责任保险

50. 助学贷款的最高限额不超过学生在读期间所在学校的（　　　）。

A. 学费

B. 生活费

C. 学费和生活费

D. 学费、生活费和住宿费

51. 下列关于流动资金贷款的说法，正确的是（　　　）。

A. 无担保流动资金贷款的利率一般与其他无差别

B. 无担保流动资金贷款要求借款人男性不超过 60 周岁，女性不超过 55 周岁

C. 有担保流动资金的保证人可以是自然人，可以具有家庭关系

D. 以质押方式申请担保流动资金贷款的，质押权利范围包括个人寿险保险单

52. 商用房贷款期限在一年以内含 1 年的，借款人可采取（　　　），商用房贷款期限在 1 年以上的，可采用（　　　）。

A. 一次还本付息法；等额本息还款法　　B. 多次还本付息法；等比本金还款法

C. 等额本息还款法；一次还本付息法　　D. 等额本金还款法；多次还本付息法

53. 商用房贷款受理环节中的主要风险点不包括（　　　）。

A. 借款申请人的主体资格是否符合银行商用房贷款管理办法的相关规定

B. 借款申请人所提交的材料是否真实

C. 借款申请人的担保措施是否有效

D. 借款申请人未按规定保管借款合同，造成合同损毁

54. 下列关于有担保流动资金贷款保证人的说法，不正确的是（ ）。

A. 贷款银行应当选择信用等级高的保证人

B. 贷款银行应当选择还款能力强的保证人

C. 贷款银行选择的保证人的信用等级不能高于借款人

D. 贷款银行不接受家庭成员之间的单纯第三方保证方抵押

55. 下列关于个人抵押授信贷款的说法，正确的是（ ）。

A. 银行为抵押人

B. 抵押物必须是借款人本人的物业

C. 银行会设定个人最高授信额度

D. 债务人或第三人为抵押权人

56. 小张 2008 年 3 月 3 日购买新房，当年 3 月 20 日申请住房抵押贷款，当年 4 月 2 日银行放款。2009 年 4 月 7 日，小张申请将原住房抵押贷款转为个人抵押授信贷款，则该授信贷款有效期间起始日为（ ）。

A. 2008 年 3 月 12 日
B. 2008 年 3 月 19 日

C. 2008 年 4 月 1 日
D. 2009 年 4 月 6 日

57. （ ）不属于国家助学贷款的对象。

A. 家庭困难的高中学生
B. 家庭困难的本科学生

C. 家庭困难的高职学生
D. 家庭困难的第二学士学位学生

58. 以下关于个人助学贷款发展的有关说法，错误的是（ ）。

A. 1999 年，中国人民银行、教育部和财政部等有关部门联合下发了开办享受财政贴息的国家助学贷款业务的通知，并首先以中国工商银行为试点

B. 从 2000 年 9 月 1 日起，国家助学贷款在全国范围内全面推行，所有普通高等学校均能申办国家助学贷款

C. 2004 年年初，中国人民银行、中国银监会和教育部联合下发了《关于加强和改进国家助学贷款工作的通知》，提出开始执行"双 20 标准"、通过招投标方式确定经办银行、实行助学贷款风险补偿制度、取消财政贴息方式等

D. 中国人民银行和银监会于 2004 年 8 月颁布《关于认真落实国家助学贷款新政策保证贫困生顺利入学的通知》要求，研究制定适合当地实际的生源地助学贷款管理办法，积极推广生源地助学贷款业务

59. 《国家助学贷款工作若干意见》规定，国家助学贷款风险补偿专项资金中高校承担的比例与该校（　　　）相关。

　　A. 学生就业情况　　　　　　　　B. 接受国家补贴水平

　　C. 毕业生还款情况　　　　　　　D. 学生总人数

60. 国家助学贷款借款人必须在毕业后（　　　）年内还清，贷款期限最长不得超过（　　　）年。

　　A. 6；12　　　　　B. 5；10　　　　　C. 6；10　　　　　D. 5；12

61. 国家助学贷款的借款总额原则上按在校学生总数的（　　　）比例，每人每年最高不超过（　　　）元的标准计算确定。

　　A. 20%；5 000　　　　　　　　　B. 20%；6 000

　　C. 30%；8 000　　　　　　　　　D. 30%；10 000

62. 《国家助学贷款工作若干意见》进一步完善了助学贷款的财政贴息方式，（　　　）的说法是错误的。

　　A. 实行借款学生在校期间的助学贷款利息全部由财政补贴

　　B. 实行对贷款合同期间学生贷款利息给予50%的财政补贴

　　C. 实行借款学生在毕业后的助学贷款利息自付

　　D. 借款学生在毕业后开始计付利息

63. 下列关于国家助学贷款贷后管理的说法，错误的是（　　　）。

　　A. 经办银行在发放贷款后，于每季度结束后的10个工作日内，将已发放的国家助学贷款学生名单、贷款金额、利率、利息上报总行

　　B. 全国学生贷款管理中心在收到总行提供的贴息申请资料后的10个工作日内，将贷款贴息以划入总行国家助学贷款贴息专户，由总行直接划入各经办行贴息专户

　　C. 各经办银行在收到贴息经费后需要对贴息作预算分析，一般不即时入账

　　D. 总行将风险补偿金划拨至各分行，各分行在收到总行下拨的风险补偿金的当日将其划入对应账户

64. 个人教育贷款包括（　　　）两类产品。

　　A. 国家助学贷款和社会助学贷款

　　B. 国家助学贷款和商业助学贷款

　　C. 社会助学贷款和商业助学贷款

　　D. 社会助学贷款和家庭助学贷款

65. 个人经营类贷款按贷款用途可分为（　　　　）两类。

A. 定额贷款和流动资金贷款　　　　　　B. 专项贷款和固定资金贷款

C. 专项贷款和流动资金贷款　　　　　　D. 定额贷款和固定资金贷款

66. 下面关于个人经营类贷款的说法，正确的是（　　　　）。

A. 按照用途，个人经营贷款分为商用房贷款和流动资金贷款

B. 个人经营贷款期限较长

C. 以"商住两用房"名义申请贷款的，贷款额度不超过55%

D. 有担保流动资金贷款对象要求借款人超过18周岁，不超过60周岁

67. 下列关于有担保流动资金贷款风险管理的说法，错误的是（　　　　）。

A. 担保机构注册资金应达到一定规模，具有良好的信用资质

B. 要求担保公司与贷款银行进行独家合作，如与多家银行合作，应对其担保总额度进行有效监控

C. 对于担保机构所进行的合作对银行业务拓展没有明显促进作用时，银行应当加大对合作项目的投资，支持项目顺利推进

D. 当有违法、违规经营行为时，银行应暂停与该担保机构的合作

68. 下面关于商用房贷款签约过程的说法，不正确的是（　　　　）。

A. 合同填写后，经填写人复核，贷款发放人与借款人及担保人可以签订合同

B. 贷款发放人应该根据审批意见确定应使用的合同文本

C. 合同复核人员根据审批意见复核合同文本和附件

D. 贷款金额、期限、利率、担保和还款等条款要与最终审批意见一致

69. 机构汽车贷款，是指贷款人对除（　　　　）以外的法人、其他经济组织发放的用于购买汽车的贷款。

A. 制造商　　　　B. 经销商　　　　C. 自然人　　　　D. 运营商

70. 花旗银行在金融产品创新的基础上，寻找新的竞争武器，为不同目标市场提供不同金融产品，能够提供多达500种金融产品给客户，成为银行（　　　　）的成功典范。

A. 市场定位　　　　B. 市场细分　　　　C. 选择目标市场　　　D. 专业化

71. 商业房贷款的借款人变更还款方式，不需要满足（　　　　）的条件。

A. 应向银行提交还款方式变更申请书

B. 借款人的贷款账户中没有拖欠本息及其他费用

C. 借款人在变更还款方式前应归还当期的贷款本息

D. 借款人还款额已达到贷款总额的 50%

72. 个人质押贷款的贷款利率按中国人民银行规定的同期同档次期限贷款利率执行，各银行可在人民银行规定的范围内（　　　　）。

A. 只能上浮　　　　B. 只能下调　　　　C. 上下浮动　　　　D. 不能浮动

73. 以下关于个人信用贷款的特点，说法错误的是（　　　　）。

A. 准入条件严格　　　　　　　　　B. 贷款额度较小

C. 贷款期限较短　　　　　　　　　D. 贷款风险较低

74. 个人信用贷款期限一般为（　　　　）年，最长不超过（　　　　）年。

A. 1；3　　　　　B. 2；4　　　　　C. 3；5　　　　　D. 4；6

75. 个人耐用消费品贷款起点一般为人民币（　　　　）元，最高额不超过（　　　　）万元。

A. 1 000；100 000　　　　　　　　B. 2 000；200 000

C. 1 000；200 000　　　　　　　　D. 2 000；100 000

76. 一般情况下，个人医疗贷款的期限最短为（　　　　）年，最长可达（　　　　）年。

A. 半；3　　　　　B. 1；3　　　　　C. 2；4　　　　　D. 3；5

77. 关于个人信用贷款贷前调查，（　　　　）的说法是正确的。

A. 贷款银行要核实借款人所提供的资料是否齐全，是否具有真实性、合法性、有效性；要告知借款人须承担的义务与违约后果；可以通过电话访问，网络调查等方式调查核实情况，不必与借款人进行见面谈话

B. 调查人要调查借款申请人是否具有当地户口、当地固定住所和固定联系方式；银行管理人员和信贷业务人员及其近亲属并不是必要的调查对象

C. 要通过查询人民银行个人信用信息基础数据库，调查和核实借款申请人是否有不良信用记录。但是对于贷款用途根据商业机密的要求，银行没有必要知道

D. 要调查借款人及其家庭成员收入来源是否稳定，是否具备按时偿还贷款本息的能力

78. 关于个人征信系统（　　　　）的说法是正确的。

A. 个人基本信息包括个人身份、配偶身份、居住信息、职业信息等，由于年收入涉及到个人隐私，因此不在个人基本信息范围内

B. 信用明细信息包括信用卡明细信息、信用卡办理至今历年各个月份的还款状态记录、贷款明细信息、为他人贷款担保明细信息等

C. 个人征信系统的意义仅仅在于可以提高社会诚信水平，促进文明社会建设

D. 个人征信系统能有效地扩大商业银行贷款规模、增加贷款覆盖范围，改善和调整信贷结构，从而达到提高资产质量、降低不良率、控制风险的目的

79. 下岗失业人员小额担保贷款的单户贷款额度最高不超过（　　　）万元。合伙经营项目申请小额担保贷款的，项目总额度为各借款人额度之和且总额度最高不超过（　　　）万元。

A. 2；10　　　　　B. 5；10　　　　　C. 2；15　　　　　D. 5；15

80. 下列关于个人医疗贷款的说法，正确的是（　　　）。

A. 由银行指定的医院向个人发放

B. 申请人获得个人医疗贷款后可以自行选择就诊医院

C. 贷款利率按中国人民银行公布的同期利率执行

D. 用于解决市民本人伤病就医时的资金短缺问题

81. 下面关于个人征信系统的说法，正确的是（　　　）。

A. 个人征信系统对采集到的数据可以根据用途进行适当修改

B. 当征信服务中心认为有关商业银行报送的信息可疑时，应当按有关规定的程序及时向该商业银行复核，商业银行应当在 7 个工作日内给予答复

C. 商业银行如果违反规定查询个人的信用报告将被责令改正，并处以 1 万元以上 5 万元以下的罚款

D. 个人的信息是通过保密专线从商业银行传送到征信中心的个人信用信息基础数据库的

82. 下列关于个人标准信用信息基础数据库信息采集的说法，错误的是（　　　）。

A. 当客户通过银行办理信用卡业务时，客户个人信用信息会通过银行自动报送给个人标准信用信息基础数据库

B. 个人标准信用信息基础数据库可通过与公安部等部门的系统对接采集居民身份信息、社保金信息等

C. 个人征信系统采集到信息后，要按照数据主体对数据进行匹配、整理和保存，形成该人的信用档案

D. 个人征信系统采集到数据后，要根据金融机构的意见对个人进行信用评分

83. 目前，个人征信系统的信息来源主要是（ ）。

A. 会计事务所 B. 商业银行 C. 公安部门 D. 电信部门

84. 征信服务中心内部核查中发现个人信用数据库处理过程存在问题的，应当立即（ ）提供相关信息的商业银行进行核查。商业银行应当在接到核查通知的（ ）个工作日内向征信服务中心做出核查情况的书面答复。

A. 口头通知；10 B. 书面通知；10

C. 口头通知；7 D. 书面通知；7

85. 下列关于商用房贷款合同变更的说法，错误的是（ ）。

A. 提前还款过程中的借款人拖欠银行本息的，需要在提前还款总额中一并归还

B. 提前还贷款属于借款人违约，银行将按规定计收违约金

C. 银行通常规定每笔贷款只可以展期一次，展期期限不得超过 1 年

D. 还款人在还款期限内宣告失踪的，贷款银行有权提前收回贷款，并依法处分抵押物或质物，用以归还未清偿部分

86. 申请商用房贷款的借款人必须提供一些担保措施，以下（ ）方式不符合要求。

A. 抵押 B. 质押

C. 履约保证保险 D. 政府担保

87. 下列关于下岗失业人员小额担保贷款的说法，不正确的是（ ）。

A. 贷款担保机构由政府指定

B. 贷款需要专款专用

C. 贷款对象年龄需要在 60 周岁以内

D. 利率参照中国人民银行规定的同期贷款利率，可上浮

88. 个人抵押授信贷款的特点不包括（ ）。

A. 先授信，后用信 B. 批准条件比个人信用贷款严格

C. 贷款用途综合 D. 一次授信，循环使用

89. （ ）不能作为个人质押贷款的质物。

A. 本票、存款单 B. 仓单、提单

C. 应收账款 D. 应付账款

90. 最重要的征信制度法规是（　　　）。

A.《银行信贷登记咨询管理办法》

B.《个人信用信息基础数据库管理暂行办法》

C.《个人信用信息基础数据库金融机构用户管理办法》

D.《个人信用信息基础数据库异议处理规程》

二、多项选择题（共40题，每题1分。在以下各小题所给出的5个选项中，至少有1个选项符合题目要求，请将正确选项的代码填入括号内）

1. 个人贷款可以采取灵活多样的还款方式，其中包括（　　　）。

A. 等额本息还款法　　　　　　　B. 等额本金还款法

C. 等比累进还款法　　　　　　　D. 等额累进还款法

E. 组合还款法

2. 下列关于个人住房贷款的说法，正确的是（　　　）。

A. 个人住房贷款是指贷款人向借款人发放的用于购买自用普通住房的贷款

B. 商业性住房贷款不属于个人住房贷款的范畴

C. 公积金个人住房贷款不以营利为目的

D. 公积金个人住房贷款实行"低进低出"的利率政策

E. 个人住房贷款是个人消费贷款的一种

3. 个人保证贷款的签订过程涉及（　　　）。

A. 银行　　　　　　　　　　　　B. 公证人

C. 借款人　　　　　　　　　　　D. 介绍人

E. 担保人

4. 关于等额累进还款法，说法正确的是（　　　）。

A. 等额累进还款法与等比累进还款法类似，不同之处就是"固定比例"与"固定额度"的区别

B. 对收入水平增加的客户，可采取增大累进额、缩短间隔期等办法

C. 对收入水平下降的客户，可采取减少累进额、扩大间隔期等办法

D. 对收入水平增加的客户，可采取减少累进额、扩大间隔期等办法

E. 客户可以根据自己的收入情况，与银行协商，转换不同的还款方法

5. 下列关于个人贷款还款方式的说法，正确的是（　　　）。

A. 到期一次还本付息法一般适用于期限在 1 年以内（含 1 年）的贷款

B. 等额本息还款法每月归还的本金不变

C. 借款人如果预期未来收入呈递增趋势，则可选择等比递增法

D. 在最初贷款购买房屋时，等额本金还款法的负担比等额本息还款法重

E. 组合还款法满足个性化需求，自身财务规划能力弱的客户适用此种方法

6. 银行内部资源分析包括（　　　）。

A. 银行领导人的能力　　　　　　　B. 资讯管理

C. 市场营销部门的能力　　　　　　D. 业务能力

E. 市场地位

7. 市场选择中，决定整个市场或其中任一细分市场长期的内在吸引力的力量包括（　　　）。

A. 同行业竞争者　　　　　　　　　B. 潜在的新竞争者

C. 互补产品　　　　　　　　　　　D. 客户选择能力

E. 替代产品

8. 集中策略的主要优点包括（　　　）。

A. 集中精力、集中资源于某个子市场，营销效果更明显

B. 更详细、更透彻地分析和熟悉目标客户的要求

C. 使银行在子市场或某一专业市场获得垄断地位

D. 风险相对较小，能更充分地利用目标市场的各种经验要素

E. 成本费用较高

9. 在对合作单位进行准入审查时，通过审查其营业执照，银行可以了解到开发商或经纪公司的（　　　）。

A. 经营是否合法　　　　　　　　　B. 经营范围

C. 纳税情况　　　　　　　　　　　D. 经营业绩

E. 法人代表

10. 下面关于网上银行特征的说法，正确的是（　　　）。

A. 采用电子虚拟服务方式，运行环境封闭

B. 业务时空界限模糊

C. 安全系统尚未完善，难以保证交易安全

D. 业务实时处理

E. 成本较高

11. 下列关于银行选择营销组织模式的说法，错误的是（　　　　）。

A. 当银行只有一种或很少几种产品时，采取产品型营销组织形式最为有效

B. 产品型营销组织需要在银行内部建立产品经理或品牌经理的组织制度

C. 当产品的市场可加以划分，即每个不同分市场有不同偏好的消费群体，可以采用职能型营销组织结构

D. 对于产品的营业方式大致相同的银行，应该建立产品型营销组织

E. 只在某一区域市场上开展业务的银行适合采用区域型营销组织结构

12. 个人汽车消费贷款不接受（　　　　）的担保方式。

A. 仅以自然人进行保证

B. 仅以车辆作为抵押的担保方式申请商用车贷款和二手车贷款

C. 以他人完全拥有的房地产作抵押

D. 以公司的财产作抵押

E. 以自己完全拥有的地产作抵押

13. 个人教育贷款的业务特征包括（　　　　）。

A. 社会公益性
B. 第三方保证担保

C. 国家财政担保，无风险性
D. 商业性

E. 高风险性

14. 个人经营类贷款的特征包括（　　　　）。

A. 贷款期限短。期限一般较短，通常为3~5年

B. 贷款用途多样。可用于借款人购买商用房、设备，用途较多

C. 影响因素复杂。受宏观环境、行业景气程度、企业本身经营状况影响

D. 风险控制难度较大。涉及借款人和其经营企业情况

E. 社会公益性。对促进国民经济发展和社会公益具有重要作用

15. 有担保流动资金贷款的担保方式有（　　　　）。

A. 抵押
B. 质押

C. 履约保证保险
D. 政府担保

E. 保证

16. 个人质押贷款特点包括（　　　　）。

A. 贷款风险较高
B. 时间短、周转快
C. 操作流程较复杂
D. 质物范围广泛
E. 贷款利息低

17. 个人抵押授信贷款特点包括（　　　　）。

A. 先授信，后用信
B. 一次授信，循环使用
C. 操作流程简单
D. 风险较低
E. 贷款用途综合

18. 商业银行可以通过不同的策略来达到营销目的，其中分层营销策略的特点不包括（　　　　）。

A. 把客户分成不同的细分市场，提供不同的产品和不同的服务
B. 能够为客户提供需要的个性化服务，针对性强
C. 等同于一对一的营销
D. 满足大众化需求，适宜所有的人群
E. 用相对少的资源满足一批客户的需求

19. 个人住房贷款与其他贷款相比的特点主要包括（　　　　）。

A. 贷款金额大、期限长
B. 是以抵押为前提建立的借贷关系
C. 风险相对分散，不具有系统性特点
D. 利率优惠、交易成本低
E. 贷款时间长，流动性弱

20. 下列关于个人住房贷款利率的说法，正确的是（　　　　）。

A. 个人住房贷款的利率按商业性贷款利率执行
B. 商业银行可根据具体情况自主确定利率水平和内部定价规则
C. 个人住房贷款的计息、结息方式，由贷款银行确定
D. 个人住房贷款的期限在1年以内（含1年）的贷款，实行合同利率
E. 个人住房贷款的期限在1年以内（含1年）的贷款，遇法定利率调整不分段计息

21. 下列关于个人住房贷款担保方式的说法，正确的是（　　　　）。

A. 贷款银行可以根据借款人的情况，要求其同时采用几种贷款担保方式
B. 在二手房贷款中，一般由开发商承担阶段性保证的责任

C. 在所抵押的住房取得房屋所有权证并办妥抵押登记后，抵押加阶段性保证人仍然负有保证责任

D. 国家重点建设债券可以作为质押担保的质物

E. 在贷款期间，经贷款银行同意，借款人可根据实际情况变更贷款担保方式

22. 下列关于个人住房贷款还款方式的说法，正确的是（　　　　）。

A. 个人住房贷款可采取多种还款方式进行还款

B. 等额本息还款法和等额本金还款法是最为常用的还款法

C. 等额本息还款法和等额累进还款法是最为常用的还款法

D. 借款人可以根据需要选择还款方法，且一笔借款合同可以选择多种还款方法

E. 贷款合同签订后，未经贷款银行同意，不得更改还款方式

23. 个人汽车贷款的原则包括（　　　　）。

A. "设定担保"指借款人申请个人汽车贷款需提供所购车抵押或其他有效担保

B. "分类管理"指按照贷款所购车辆种类和用途的不同，设定不同的贷款条件

C. "降低风险"指根据贷款对象不同设定不同的利率

D. "特定用途"指个人汽车贷款专项用于借款人购买汽车，不允许挪作他用

E. "低进低出"指个人汽车贷款实行较低贷款利率的政策

24. 个人汽车贷款的调查方式包括（　　　　）。

A. 审查申请材料　　　　　　　　　B. 面谈申请人

C. 抽样调查　　　　　　　　　　　D. 电话调查

E. 实地调查

25. 对于采取抵押担保方式的，应调查（　　　　）。

A. 抵押物的合法性　　　　　　　　B. 抵押物价值与存续状况

C. 担保人的财力证明　　　　　　　D. 质押权利的合法性

E. 抵押人对抵押物占有的合法性

26. 关于个人助学贷款的还款方式，正确的说法是（　　　　）。

A. 无需偿还利息

B. 还款方法包括等额本金还款法、等额本息还款法两种

C. 借款人须在"借款合同"中约定一种还款方法

D. 必须先偿还利息

E. 首次还款日应不迟于毕业后两年

27. 商业助学贷款对借款人进行贷后检查的内容包括（　　　）。

A. 借款人的身份

B. 借款人的住所、联系电话有无变动

C. 有无发生可能影响借款人还款能力或还款意愿的突发事件

D. 借款人是否按期足额归还贷款

E. 借款人的学习成绩

28. 关于商用房贷款的还款方式，说法正确的是（　　　）。

A. 商用房贷款期限在1年以内含1年的，借款人可采取等额本息还款法

B. 贷款期限在1年以上的，可采用等额本金还款法

C. 借款人可根据需要选择还款方式，但一笔贷款只能选择一种还款方式

D. 借款人如想提前偿还全部或部分贷款本息，应提前30个工作日向银行提出申请

E. 商用房贷款是风险最高的贷款行为

29. 设备贷款额度的具体规定包括（　　　）。

A. 以质押方式申请贷款的，贷款最高额不得超过质物价值的80%

B. 以房产作为抵押物，贷款最高额不得超过抵押物价值的70%

C. 以第三方保证方式申请贷款的，银行根据保证人的信用等级确定贷款额度

D. 设备贷款可以是纯信用贷款

E. 设备贷款的额度最高不得超过200万元

30. 关于个人信用贷款的贷款利率，说法正确的是（　　　）。

A. 个人信用贷款利率按照中国人民银行规定的同期同档次贷款基准利率执行

B. 浮动幅度按照贷款银行和借款人协商决定

C. 展期前的利息按照原合同约定的利率计付

D. 展期期限不足6个月的，自展期日起，按当日挂牌的6个月贷款利率计息

E. 展期期限超过6个月的，自展期日起，按当日挂牌的1年期的贷款利率计息

31. 高等学校的在读学生申请助学贷款必须具备的基本条件是（　　　）。

A. 家庭经济困难，并有当地民政部门提供的证明

B. 有效居民身份证

C. 学习成绩综合排名在所在班级前20名

D. 在学校担任学生干部，并有老师提供证明

E. 有同班同学或老师共两名对其身份提供证明

32. 下列关于商业助学贷款担保方式的说法，正确的是（   ）。

A. 贷款银行可根据实际情况要求借款人投保相关保险

B. 以第三方保证方式申请贷款的，第三方提供的保证为可撤销的一般保证

C. 贷款银行应鼓励同学发扬互助精神，相互提供担保

D. 借款人应根据贷款银行的要求办理抵押物保险，保险所需费用由借款人负担

E. 如保险中断，贷款银行有权代为投保，费用由银行负担

33. 商业助学贷款借款人、担保人的违约行为包括（   ）。

A. 借款人未按合同规定及时足额偿还贷款本息

B. 借款人未按合同规定的用途使用贷款

C. 抵押物因毁损价值明显减少，借款人按贷款银行要求重新落实抵押

D. 抵押人未经贷款银行书面同意擅自出租抵押物

E. 抵押人未经贷款银行同意为抵押物购买保险并以贷款银行为第一受益人

34. 下列关于商用房贷款还款方式的说法，正确的是（   ）。

A. 比较常用的是等额本息还款法、等额本金还款法和一次还本付息法

B. 贷款期限在 1 年以内的，借款人可采取等额本息还款法

C. 贷款期限在 1 年以上的，借款人可采用等额本息还款法和等额本金还款法

D. 对于一笔贷款，借款人可以选择一种或多种还款方式

E. 借款人提前偿还全部贷款本息须经贷款银行同意

35. 个人经营类贷款的特征是（   ）。

A. 适用面广，可以满足不同层次的私营企业主的融资需求

B. 银行审批手续相对简便

C. 贷款期限相对较短

D. 贷款用途多样

E. 风险控制难度较大

36. 在对借款人所购商用房的情况调查时，贷款银行需要调查商用房所在商业地段的（   ）。

A. 繁华程度

B. 其他商用房出租情况

C. 其他商用房租金收入情况

D. 经济发展重心是否发生转移

E. 是否会出现大的拆迁变动

37. 在对个人信用贷款申请人进行贷前调查时，需要调查的内容包括（　　　　）。

A. 申请人的婚姻及子女情况是否属实

B. 申请人是否为贷款银行董事、监事、管理人员、信贷业务人员及其近亲属等关系人

C. 借款人所提供的资料是否齐全，是否具有真实性、合法性、有效性

D. 申请人是否具有当地户口、当地固定住所和固定联系方式

E. 贷款用途是否真实

38. 下列关于下岗失业人员小额担保贷款的说法，正确的是（　　　　）。

A. 贷款未清偿前，不得对同一借款人发放新的贷款

B. 合伙经营项目申请小额担保贷款的，实行项目额度总量控制、贷款单户管理的原则

C. 合伙经营项目申请小额担保贷款的，担保机构只需提供项目担保，不需要对每个申请人都进行独立的担保

D. 合伙经营项目申请小额担保贷款的，合伙经营借款人之间承担连带责任保证

E. 期限最长不超过2年，延长期限的，在原贷款到期日基础上顺延，最长不得超过1年。

39. 个人征信系统依法采集和保存的全国银行信贷信用信息，主要包括（　　　　）。

A. 个人在商业银行的身份验证信息　　　　B. 个人在商业银行的借款信息

C. 个人的存款信息　　　　　　　　　　　D. 个人在商业银行的担保信息

E. 个人在商业银行的抵押信息

40. 异议信息确实有误，但因技术原因无法修改时，征信服务中心应（　　　　）。

A. 不得按照异议申请人要求更改个人信息

B. 检查个人信用数据库中存在的问题

C. 对该异议信息作特殊标注

D. 提供原信用报告

E. 在书面答复中予以说明，待更正后再提供信用报告

三、判断题（共15题，每题1分。请判断以下各小题的对错，正确的用√表示，错误的用×表示）

1. 个人消费额度贷款的额度一旦申请成功即开始计算利息。（　　　　）

2. 银行要保持一种产品的竞争优势，只能是通过金融创新发明新产品来保持。

3. 集中策略通常使用于大中型银行，差异性策略主要被中小银行采用。（　　　）

4. 由于市场型营销组织结构是按照不同的区域安排的，因而不利于银行开拓市场，加强业务的开展。（　　　）

5. 贷款银行不应再为已被抵押的项目提供商品房销售贷款。（　　　）

6. 个人抵押贷款是借款人以合法有效、符合银行规定条件的质物出质，向银行申请取得一定金额的人民币贷款，并按期归还贷款本息的个人贷款业务。（　　　）

7. 个人抵押授信贷款的借款人只需要一次性地向银行申请办理个人抵押授信贷款手续，取得授信额度后，便可以在有效期间和贷款额度内循环使用。（　　　）

8. 个人住房装修贷款无需财产抵押、质押或第三方保证。（　　　）

9. 未成年人申请国家助学贷款须由其法定监护人书面同意。（　　　）

10. 有担保流动资金贷款的对象只能是自然人。（　　　）

11. 无担保流动资金贷款的利率在贷款期间随市场利率调整而调整。（　　　）

12. 个人质押贷款业务操作重点在于对质物真实性的把握和质物冻结有效性的控制。（　　　）

13. 个人信用贷款额度较小，最高不超过 50 万元。（　　　）

14. 商业助学贷款每笔贷款只可以展期 1 次。（　　　）

15. 国家助学贷款的借款人可以根据具体情况灵活选择多种还款方法，如等额本金还款法、等额本息还款法、等额累进还款法、一次性还款法等，借款人须在"借款合同"中选择其中一种作为约定还款方法。（　　　）

答案速查与精讲解析（四）

答案速查

一、单项选择题

1. D	2. C	3. B	4. C	5. D	6. D	7. B	8. B	9. A
10. D	11. C	12. A	13. B	14. C	15. B	16. B	17. D	18. D
19. C	20. A	21. C	22. D	23. C	24. B	25. B	26. C	27. A
28. D	29. C	30. C	31. B	32. C	33. C	34. A	35. D	36. C
37. C	38. A	39. A	40. C	41. B	42. B	43. A	44. C	45. C
46. C	47. B	48. B	49. C	50. C	51. D	52. A	53. C	54. C
55. C	56. C	57. A	58. C	59. C	60. C	61. B	62. B	63. C
64. B	65. C	66. C	67. C	68. A	69. B	70. B	71. D	72. C
73. D	74. A	75. D	76. A	77. D	78. D	79. A	80. C	81. D
82. D	83. B	84. B	85. A	86. D	87. D	88. B	89. D	90. B

二、多项选择题

1. ABCDE	2. ACD	3. ACE	4. ABCE	5. ACD
6. BC	7. ABDE	8. ABC	9. ABE	10. BD
11. ACDE	12. ABD	13. AE	14. ABCD	15. ABCE
16. BD	17. ABE	18. BCD	19. AB	20. ABDE
21. ADE	22. ABE	23. ABD	24. ABDE	25. ABE
26. BCE	27. BCD	28. BCD	29. BCE	30. ACDE
31. BE	32. AD	33. ABD	34. ACE	35. ABCDE
36. ABCDE	37. BCDE	38. ABDE	39. ABDE	40. CE

三、判断题

1. ×	2. ×	3. ×	4. ×	5. √	6. ×	7. √	8. ×
9. √	10. ×	11. ×	12. √	13. ×	14. √	15. ×

精讲解析

一、单项选择题

1.【解析】D　在商业银行，个人贷款业务是以主体特征为标准进行贷款分类的一种结果，即借贷合同关系的一方主体是银行，另一方主体是个人，这也是与公司贷款业务相区别的重要特征。

2.【解析】C　个人信贷是间接融资中对个人主体的融资行为。

3.【解析】B　目前，既有个人消费类贷款，也有个人经营类贷款；既有自营性个人贷款，也有委托性个人贷款；既有单一性个人贷款，也有组合性个人贷款。

4.【解析】C　个人贷款的对象仅限于自然人，而不包括法人、经济组织、社会团体。合格的个人贷款申请人必须是具有完全民事行为能力的自然人。

5.【解析】D　在组合还款法下，可设定多个还款期，各期还款额度可由借款人根据自己的情况决定，避免收入与支出发生冲突，因而，该法可比较灵活地按照借款人的还款能力规划还款进度，真正满足个性化需求。与之相比，到期一次还本付息法与等额本息还款法的还款方式一旦确定，此后便不能随便调整，等额累进还款法的累进额和还款间隔期虽在一定情况下可调，但毕竟不像组合还款法那样灵活，可在多个区间调整还款额。

6.【解析】D　一般来说，贷款期限在1年以内（含1年）的实行合同利率，遇法定利率调整时，执行原合同利率。

7.【解析】B　对购买首套自住房且套型建筑面积在90平方米以上的，贷款首付款比例不得低于30%；对已利用贷款购买住房，又申请购买第2套以上住房的，贷款首付比例不得低于40%。

8.【解析】B　根据等额本息还款法。即借款人每月以相等的金额偿还贷款本息。设月利率为r，贷款本金为A，还款期数为N，则每月还款额为P，计算公式如下：

每月还款额＝［月利率×（1＋月利率）还款期数/（1＋月利率）还款期数－1］×贷款本金

将具体数据带入公式，每月还款额＝［1%×（1＋1%）360/（1＋1%）360－1］×50＝0.5143（万元），得每月还款额为5 143元。

9.【解析】A　经办银行在发放贷款后，于每季度结束后的10个工作日内，按照"中央部门所属高校国家助学贷款贴息资金汇总表"汇总已发放的国家助学贷款学生名单、贷款金额、利率、利息，经合作高校确认后上报总行。

10.【解析】D　个人住房贷款中在未实现抵押登记前，普遍采用的担保方式是抵押加阶段性担保。

11.【解析】C　等额本息还款法是指在贷款期内每月以相等的额度平均偿还贷款本息。其中归还的本金和利息的配给比例是逐月变化的，利息逐月递减，本金逐月递增。

12.【解析】A　住房贷款业务推出的最初几年，由于市场还没有形成普遍的需求，业务发展较慢。个人住房贷款真正的快速发展，应以 1998 年住房制度改革以及中国人民银行《个人住房贷款管理办法》的颁布为标志。1998 年 7 月 3 日，国务院正式宣布停止住房收入分配，逐步实行住房分配货币化，同时，"建立和完善以经济适用住房为主的多层次城镇住房供应体系"被确定为基本方向，个人住房贷款业务逐步进入快速发展阶段。

13.【解析】B　无担保流动资金贷款的额度通常根据个人的收入和信用状况综合决定贷款额度，通常最高限额为 20 ~ 50 万元人民币。

14.【解析】C　申请人需提交以下材料：①借款人有效身份证件的原件和复印件；②借款人学生证或入学通知书的原件和复印件；③乡、镇、街道、民政部门和县级教育行政部门关于其家庭经济困难的证明材料；④借款人同班同学或老师共两名见证人的身份证复印件及学生证或工作证复印件；⑤贷款银行要求的其他材料。不包括担保人资信证明。

15.【解析】B　贷款的签约流程如下：①填写合同。贷款发放人员应根据审批意见确定应使用的合同文本并填写合同。②审核合同。合同填写完毕后，填写人员应及时将有关合同文本交合同复核人员进行复核。同笔贷款的合同填写人与合同复核人不得为同一人。③签订合同。合同填写并复核无误后，贷款发放人应负责与借款人（包括共同借款人）、担保人（抵押人、出质人、保证人）签订合同。

16.【解析】B　新国家助学贷款管理办法的贷款额度为每人每学年最高不超过 6 000 元，总额度按正常完成学业所需年度乘以学年所需金额确定，具体额度由借款人所在学校的总贷款额度、学费、住宿费和生活费标准以及学生的困难程度确定。每所院校的贷款总量根据全国和省级国家助学贷款管理中心确定的指标控制。

17.【解析】D　期限调整指借款人因某种特殊原因，向贷款银行申请变更贷款还款期限，包括延长期限、缩短期限等。借款人需要调整借款期限，应向银行提交期限调整申请书，并必须具备以下前提条件：贷款未到期；无欠息；无拖欠本金，本期本金已归还。期限调整后，银行将重新为借款人计算分期还款额。原借款期限与延长期限之和不得超过有关期限规定的要求；原借款期限加上延长期限达到新的利率期限档次时，从延长之日起，贷款利率按新的期限档次利率执行。已计收的利息不再调整。

18.【解析】D　新国家助学贷款管理办法规定借款人必须在毕业后 6 年内还清，贷款期限最长不得超过 10 年。贷款学生毕业后继续攻读研究生及第二学位的，在读期间贷款期限相应延长，贷款期限延长须经贷款银行许可。

19.【解析】C　一般来说，仅提供保证担保方式的，只适用于贷款期限不超过 5 年（含 5 年）的贷款，其贷款额度不得超过所购（建造、大修）住房价值的 50%。而由住房置业担保公司提供保证的，其贷款期限放宽至 15 年，且贷款额度可以达到其购买房产价值的 70%。

20.【解析】A　贷款审批环节主要业务风险控制点为：①未按独立公正原则审批；②不按权限审批贷款，使得贷款超授权发放；③审批人员对应审查的内容审查不严，导致向不符合条件的借款人发放贷款。

21.【解析】C　个人住房贷款中信用风险产生的主要原因为：①国内征信系统缺乏，信用数据较为匮乏；②国内信用惩罚制度远不够严厉；③贷款时间较长，借款人可能由于还款能力下降导致违约发生；④银行贷款由于争夺客户源，降低贷款的准入门槛，从而导致信用等级下降。

22.【解析】D　商业银行合作机构风险主要是指商业银行与合作中介机构存在的风险。银行的流动性风险显然与合作机构的风险无关。

23.【解析】C　公积金个人住房贷款业务中公积金管理中心的基本职责包括制定公积金信贷政策、负责信贷审批和承担公积金信贷风险。故 C 选项错误。

24.【解析】B　个人住房贷款是指银行或其他金融机构向个人借款人发放的用于购买自用住房的贷款。按资金来源分，个人住房贷款可以分为：①商业性个人住房贷款；②公积金个人住房贷款；③个人住房组合贷款。

25.【解析】B　个人住房贷款原则上采用专项提款方式，即将贷款转入售房人在银行的账户，或直接划入借款人在银行开立的存款账户。而不是银行转账或支票支付。

26.【解析】C　贷款审查和审批中的主要风险点不包括未履行法定提示义务。

27.【解析】A　个人住房贷款以抵押方式为主。个人住房贷款一般有抵押、质押和保证方式。但个人住房贷款通常以住房作抵押，实质上属于融资关系，而非买卖关系。

28.【解析】D　个人住房贷款金额大、期限长。个人住房贷款期限一般为 10~20年，最长可达 30 年；贷款比例最高可达 90%。非首套购房的最高贷款额度为 60%。

29.【解析】C　个人住房公积金最高额度按照当地住房公积金管理部门的有关规定执行。

30.【解析】C　1995 年，中国人民银行先后颁布了《个人住房担保贷款管理试行办法》等一系列关于个人住房贷款的制度办法。本题的最佳答案是 C 选项。

31.【解析】B　个人一手房贷款和二手房贷款的期限由银行根据实际情况合理确定，最长期限都为 30 年。个人二手房贷款的期限不能超过所购住房的剩余使用年限。对于借款人已离退休或即将离退休的（目前法定退休年龄为男 60 岁，女 55 岁），贷款期限不宜过长，一般男性自然人的还款期限不超过 65 岁，女性自然人的还款年限不超过 60 岁。符合相关条件的，男性可放宽至 70 岁，女性可放宽至 65 岁。本题的最佳答案是 B 选项。

32.【解析】C　对于金融机构来说，个人贷款业务具有两个方面的重要意义：①开展个人贷款业务可以为商业银行带来新的收入来源。商业银行从个人贷款业务中除了获得正常的利息收入外，通常还会得到一些相关的服务费收入。②个人贷款业务可以帮助银行分散风险。出于风险控制的目的，商业银行最忌讳的是贷款发放过于集中。无论是单个贷款客户的集中还是贷款客户在行业内或地域内的集中，个人贷款都不同于企业贷款，因而可以成为商业银行分散风险的资金运用方式。本题的最佳答案是 C 选项。

33.【解析】C　个人抵押授信贷款是指借款人将本人或第三人（限自然人）的物业抵押给银行，银行按抵押物评估值的一定比率为依据，设定个人最高授信额度的贷款。抵押率根据抵押房产的房龄、当地房地产价格水平、房地产价格走势、抵押物变现情况等因素确定，一般不超过70%。本题的最佳答案是C选项。

34.【解析】A　国内最初的汽车贷款业务是作为促进国内汽车市场发展、支持国内汽车产业的金融手段而出现的，最早出现于1993年。当时受宏观经济紧缩政策的影响，汽车市场销售不畅，一些汽车经销商开始尝试分期付款的售车业务。银行业的汽车贷款业务萌芽于1996年，当时中国建设银行与一汽集团建立了长期战略合作伙伴关系。作为合作的一项内容，中国建设银行在部分地区试点办理一汽大众轿车的汽车贷款业务，开始了国内商业银行个人汽车贷款业务的尝试。本题的最佳答案是A选项。

35.【解析】D　设备贷款的额度最高不得超过借款人购买或租赁设备所需资金总额的70%，且最高贷款额度不得超过200万元，具体按以下情况分别掌握：①以贷款银行认可的质押方式申请贷款的，贷款最高额不得超过质物价值的90%；②以可设定抵押权的房产作为抵押物的，贷款最高额不得超过经贷款银行认可的抵押物价值的70%；③以第三方保证方式申请贷款的，银行根据保证人的信用等级确定贷款额度。本题的最佳答案是D选项。

36.【解析】C　继个人住房贷款之后，个人汽车贷款由于其业务操作方面的独特性，也逐步发展成为个人贷款业务中自成特色的一类，该类贷款的特点主要体现在以下几个方面：①作为汽车金融服务领域的主要内容之一，在汽车产业和汽车市场发展中占有一席之地；②与汽车市场的多种行业机构具有密切关系；③风险管理难度相对较大。本题的最佳答案是C选项。

37.【解析】C　所购车辆为自用车的，贷款额度不得超过所购汽车价格的80%；所购车辆为商用车的，贷款额度不得超过所购汽车价格的70%；所购车辆为二手车的，贷款额度不得超过借款人所购汽车价格的50%。

38.【解析】A　调查人审核申请材料是否真实、完整、合法、有效，调查借款申请人的还款能力、还款意愿、购车行为的真实性以及贷款担保等情况。

39.【解析】A　个人汽车贷款的贷款流程具体包括贷款的受理和调查、贷款的审查和审批、贷款的签约和发放以及贷后与档案管理4个环节。

40.【解析】C　以本人或者他人拥有完全所有权的商品住房为抵押的，贷款金额与抵押物评估价值的抵押比率不得超过70%。

41.【解析】B　申请个人汽车消费贷款借款人不需要提供车辆的第三者责任险证明。

42.【解析】B　采取第三方保证方式的，担保方应具备担保资格和贷款银行规定的担保条件；采取由汽车经销商或专业担保机构担保的，担保方应与贷款银行建立合作关系；采取第三方保证方式的，必须同时将所购车辆抵押给贷款银行。

43.【解析】A　商业助学贷款的偿还原则是先收息、后收本，全部到期、利随本清。

44.【解析】C　合同填写并复核无误后，贷款发放人应负责与借款人、担保人签订合同。

45.【解析】C　借款人变更还款方式，需要满足如下条件：①应向银行提交还款方式变更申请书；②借款人的贷款账户中没有拖欠本息及其他费用；③借款人在变更还款方式前应归还当期的贷款本息。但并不要求借款人在变更还款方式前已还清所有贷款利息。

46.【解析】C　借款人多为在校学生，没有现成的资产可作为申请贷款的担保，其偿还主要依靠学生毕业后的工作收入，属于信用贷款，风险度相对较高。

47.【解析】B　国家助学贷款的利率执行中国人民银行规定的同期贷款基准利率，不上浮。

48.【解析】B　还款方法包括等额本金还款法、等额本息还款法两种，但借款人须在"借款合同"中约定一种还款方法，首次还款日应不迟于毕业后两年。借款学生自取得毕业证书之日起，下月 1 日开始归还贷款利息，并可以选择在毕业后的 24 个月内的任何一个月开始偿还贷款本息，但原则上不得延长贷款期限。

49.【解析】B　关于商业助学贷款的担保方式不可以鼓励同学之间互保，其余 3 项说法正确。

50.【解析】C　助学贷款的最高限额不超过学生在读期间所在学校的学费和生活费。

51.【解析】D　无担保流动资金贷款的利率一般较高；无担保流动资金贷款要求借款人在 18 到 60 岁之间；有担保流动资金的保证人不可以具有家庭关系。

52.【解析】A　商用房贷款期限在 1 年以内含 1 年的，借款人可采取一次还本付息法，贷款期限在 1 年以上的，可采用等额本息还款法和等额本金还款法等。

53.【解析】D　商用房贷款受理环节中的主要风险点包括：借款申请人的主体资格是否符合银行商用房贷款管理办法的相关规定；借款申请人所提交的材料是否真实、合法；借款申请人的担保措施是否足额、有效。本题的最佳答案是 D 选项。

54.【解析】C　贷款银行应当选择信用等级高、还款能力强的保证人，且保证人信用等级不能低于借款人，不接受股东之间和家庭成员之间的单纯第三方保证方式。本题的最佳答案是 C 选项。

55.【解析】C　债务人或第三人为抵押人、债权人为抵押权人，提供担保的财产为抵押物。贷款额度＝抵押房产价值×对应的抵押率。本题的最佳答案是 C 选项。

56.【解析】C　将银行原住房抵押贷款转为个人抵押授信贷款的，有效期间起始日为原住房抵押贷款发放日的前一日。本题的最佳答案是 C 选项。

57.【解析】A　国家助学贷款是由国家指定银行面向在校的全日制高等学校中经济确实困难的本科学生含高职学生、研究生以及第二学士学位学生发放的，用于帮助他们支付在校期间的学费和日常生活费，并由教育部门设立"助学贷款专户资金"给予财政贴息的贷款。

58.【解析】C　2004 年年初，中国人民银行、中国银监会和教育部联合下发了《关于加强和改进国家助学贷款工作的通知》，提出停止执行"双 20 标准"、通过招投标方式确定经办银行、实行助学贷款风险补偿制度、改变财政贴息方式等。

59.【解析】C   《国家助学贷款工作若干意见》规定，国家助学贷款风险补偿专项资金中高校承担的比例与该校毕业生还款情况学生总人数相挂钩。

60.【解析】C   借款人必须在毕业后6年内还清，贷款期限最长不得超过10年。

61.【解析】B   国家助学贷款的借款总额原则上按在校学生总数的20%比例，每人每年最高不超过6 000元的标准计算确定。

62.【解析】B   《国家助学贷款工作若干意见》改革了原有的在贷款合同期间内对学生贷款利息给予50%的财政补贴，实行借款学生在校期间的助学贷款利息全部由财政补贴。

63.【解析】C   各经办银行在收到贴息经费后即时入账。

64.【解析】B   个人教育贷款包括国家助学贷款和商业助学贷款两类产品。

65.【解析】C   个人经营类贷款按贷款用途可分为个人经营专项贷款，简称专项贷款和个人经营流动资金贷款，简称流动资金贷款。

66.【解析】C   按照用途，个人经营贷款分为专项贷款和流动资金贷款；贷款期限一般较短，通常为3～5年。有担保流动资金贷款对象要求借款人年满18周岁，男性不超过60周岁，女性不超过55周岁。

67.【解析】C   与担保机构所进行的合作对银行业务拓展没有明显促进作用时，银行应暂停与该担保机构的合作。

68.【解析】A   合同不能由填写人复核，应该由复核人复核。

69.【解析】B   机构汽车贷款，是指贷款人对除经销商以外的法人、其他经济组织发放的用于购买汽车的贷款。

70.【解析】B   花旗银行为不同的目标市场提供不同的金融产品，成为银行市场细分的成功典范。本题的最佳答案是B选项。

71.【解析】D   商业房贷款的借款人变更还款方式，需要满足的条件包括：应向银行提交还款方式变更申请书；借款人的贷款账户中没有拖欠本息及其他费用；借款人在变更还款方式前应归还当期的贷款本息。

72.【解析】C   个人质押贷款的贷款利率按中国人民银行规定的同期同档次期限贷款利率执行，各银行可在人民银行规定的范围内上下浮动。以个人凭证式国债质押的，贷款期限内如遇利率调整，贷款利率不变。

73.【解析】D   个人信用贷款准入条件严格；贷款额度较小；贷款期限较短。但是贷款风险较高，取决于个人信用记录。

74.【解析】A   个人信用贷款期限一般为1年（含1年），最长不超过3年。银行通常每年要进行个人信用评级，根据信用评级确定个人信用贷款的展期。

75.【解析】D   个人耐用消费品贷款起点一般为人民币2 000元，最高额不超过10万元。借款人用于购买耐用消费品的首期付款额不得少于购物款的20%～30%，各家银行规定有所不同。

76.【解析】A 一般情况下，个人医疗贷款的期限最短为半年，最长可达3年。

77.【解析】D 个人信用贷款的贷前调查要重点考察借款人及其家庭成员收入来源是否稳定，是否具备按时偿还贷款本息的能力。

78.【解析】D 个人征信系统能有效地扩大商业银行贷款规模、增加贷款覆盖范围，改善和调整信贷结构，从而达到提高资产质量、降低不良率、控制风险的目的。

79.【解析】A 下岗失业人员小额担保贷款额度起点一般为人民币2000元，单户贷款额度最高不超过2万元（含2万元）。贷款未清偿之前，不得对同一借款人发放新的贷款。合伙经营项目申请小额担保贷款的，实行项目额度总量控制、贷款单户管理的原则。每个申请人均由同一担保机构进行独立的担保，项目总额度为各借款人额度之和且总额度最高不超过10万元。

80.【解析】C 个人医疗贷款是指银行向个人发放的、用于解决市民及其配偶或直系亲属伤病就医时的资金短缺问题的贷款。个人医疗贷款一般由贷款银行和保险公司联合当地特定合作医院办理，贷款获批准后，借款人应持银行卡和银行盖章的贷款申请书及个人身份证到特约医院就医、结账。

81.【解析】D 个人征信系统应客观反映信息，对采集到的数据不可以修改；当征信服务中心认为有关商业银行报送的信息可疑时，应当按有关规定的程序及时向该商业银行复核，商业银行应当在5个工作日内给予答复；商业银行如果违反规定查询个人的信用报告将被责令改正，并处以1万元以上3万元以下的罚款。个人的信息是通过保密专线从商业银行传送到征信中心的个人信用信息基础数据库的。

82.【解析】D 个人信用数据库采集的信息是个人信用交易的原始记录，商业银行和征信服务中心不增加任何主观判断。

83.【解析】B 目前，个人征信系统的信息来源主要是商业银行等金融机构，收录的信息包括个人的基本信息、在金融机构的借款、担保等信贷信息。

84.【解析】B 征信服务中心内部核查中发现个人信用数据库处理过程存在问题的，应当立即书面提供相关信息的商业银行进行核查。商业银行应当在接到核查通知的10个工作日内向征信服务中心做出核查情况的书面答复。

85.【解析】A 提前还款要求借款人的贷款账户未拖欠本息及其他费用，借款人在提前还款前应当归还当期的贷款本息。

86.【解析】D 申请商用房贷款的借款人必须提供一些担保措施，包括抵押、质押、保证、履约保证保险的4种方式。

87.【解析】D 下岗失业人员小额担保贷款利率执行中国人民银行规定的同期贷款利率，不上浮。本题的最佳答案是D选项。

88.【解析】B 个人抵押授信贷款的特点有先授信，后用信；贷款用途综合；一次授信，循环使用。但其准入条件不如个人信用贷款严格。

89.【解析】D 应付账款属于负债，不是资产。

90.【解析】B　最重要的征信制度法规是《个人信用信息基础数据库管理暂行办法》。

二、多项选择题

1.【解析】ABCDE　个人贷款可以采取灵活多样的还款方式，如等额本息还款法、等额本金还款法、等比累进还款法、等额累进还款法、组合还款法等多种方法。

2.【解析】ACD　个人住房贷款包括自营性个人住房贷款、公积金个人住房贷款和个人住房组合贷款，其中自营性个人住房贷款，也称商业性个人住房贷款，B选项错误。根据产品用途的不同，个人贷款产品可以分为个人住房贷款、个人消费贷款和个人经营类贷款等，二者是并列关系，不是从属关系，E选项错误。

3.【解析】ACE　个人保证贷款手续简便，只要保证人愿意提供保证，银行经过核保认定保证人具有保证能力，签订保证合同即可。整个过程简单，只涉及银行、借款人和担保人3方。

4.【解析】ABCE　等额累进还款法与等比累进还款法类似，不同之处就是将在每个时间段约定还款的"固定比例"改为"固定额度"。此种方法又分为等额递增还款法和等额递减还款法。对收入水平增加的客户，可采取增大累进额、缩短间隔期等办法，减少借款人的利息负担；对收入水平下降的客户，可采取减少累进额、扩大间隔期等办法，减轻借款人的还款压力。

5.【解析】ACD　等额本息还款法是每月以相等的额度偿还贷款本息，其中归还的本金和利息的配给比例是逐月变化的，利息逐月递减，本金逐月递增，B选项错误。组合还款法满足个性化需求，自身财务规划能力强的客户适用此种方法，E选项错误。

6.【解析】BC　内部环境分析包括银行内部资源分析和银行自身实力分析，其中内部资源分析的内容包括：人力资源、资讯资源、市场营销部门的能力、经营绩效、研究开发等。银行自身实力分析的内容包括：银行的业务能力、银行的市场地位、银行的市场声誉、银行的财务实力、政府对银行的特殊政策、银行领导人的能力等。

7.【解析】ABDE　在对市场细分后，要进行市场的选择。细分市场可能具备理想的规模和发展特征，然而从盈利角度看，它未必有吸引力，此时要就5种力量进行选择，即同行业竞争者、潜在的新竞争者、替代产品、客户选择能力和中央银行政策，它们决定整个市场或其中任何一个细分市场长期的内在吸引力。

8.【解析】ABC　差异性策略风险相对较小，能更充分地利用目标市场的各种经营要素，其缺点是成本费用较高，这种策略一般为大中型银行所采用。而集中性策略一般不能充分利用目标市场的各种经验要素，费用成本也较高。本题的最佳答案是ABC。

9.【解析】ABE　企业法人营业执照是企业进行合法经营的凭证，通过审查营业执照，可了解开发商或经纪公司的经营是否合法，掌握企业的经营期限和经营范围，了解企业注册资本和法人代表，确定项目开发、销售是否在企业的经营范围内。CD两项是通过税务登记证明和会计报表才能了解掌握的信息。

10.【解析】BD　任何人只要拥有必要的设备就可进入网上银行的服务场所，运行环境开放而不封闭；业务时空界限模糊；安全系统严密；业务实时处理；网上银行设立成本较低。

11.【解析】ACDE　AD选项应为当银行只有一种或很少几种产品，或者银行产品的营业方式大致相同，或者银行把业务职能当作市场营销的主要功能时，采取职能型营销组织形式最为有效；当产品的市场可加以划分，即每个不同分市场有不同偏好的消费群体，可以采用市场型营销组织结构；E选项在全国范围内的市场上开展业务的银行可采用区域型营销组织结构。

12.【解析】ABD　个人汽车消费贷款规定：①不接受仅以自然人进行保证的担保方式；②不接受仅以车辆作为抵押的担保方式申请商用车贷款和二手车贷款；③如借款人为港澳台居民及外国人，不接受仅以车辆作为抵押的担保方式；④不接受以公司的财产作抵押。

13.【解析】AE　个人教育贷款的业务特征：①社会公益性。个人教育贷款作为支持教育事业发展的政策性举措，对促进教育事业发展、提高国民素质具有重要作用。②高风险性。借款人多为在校学生，没有现成的资产可作为申请贷款的担保，其偿还主要依靠学生毕业后的工作收入，属于信用贷款，风险度相对较高。

14.【解析】ABCD　个人经营类贷款的特征：①贷款期限短。期限一般较短，通常为3～5年。②贷款用途多样。个人经营类贷款用于借款人购买商用房、设备或用于企业的生产经营，用途较多。③影响因素复杂。个人经营类贷款受宏观环境、行业景气程度、企业本身经营状况等不确定因素较多。④风险控制难度较大。个人经营类贷款除了对借款人自身情况加以了解外，银行还需对借款人经营企业的资金运作情况进行详细了解。其风险控制难度较大。

15.【解析】ABCE　申请有担保流动资金贷款，借款人必须提供一些担保措施，包括抵押、质押、保证、履约保证保险的4种方式。

16.【解析】BD　个人质押贷款特点：贷款风险较低，担保方式相对安全；时间短、周转快；操作流程短；质物范围广。

17.【解析】ABE　个人抵押授信贷款特点：①先授信，后用信。借款人向银行申请办理个人抵押授信贷款手续，取得授信额度后，然后借款人方可使用贷款。②一次授信，循环使用。借款人只需要一次性地向银行申请好办理个人抵押授信贷款手续，取得授信额度后，便可以在有效期间（一般为一年内）和贷款额度内循环使用。③贷款用途综合。个人抵押授信贷款没有明确指定使用用途，其使用用途比较综合，个人只要能够提供贷款使用用途证明即可。

18.【解析】BCD　分层营销是现代营销最基本的方法，它把客户分成不同的细分市场，提供不同的产品和不同的服务，但又不同于一对一的营销，研究的是某一层面所有的需求，介于大众营销和一对一营销之间，用相对少的资源满足这一批客户的需求。B 选项是单一营销的特点。D 选项是大众营销策略的特点。

19.【解析】AB　C 选项，风险因素类似，风险也相对集中，具有系统性特点；个人住房贷款具有贷款金额大、期限长，以抵押为前提建立的借贷关系，风险具有系统性，利率优惠等特点，但由于贷款手续更加复杂，因此交易成本价高，D 选项错误；此外，个人住房贷款一般采取分期还款，与其他中长期贷款所不同的是，其资金回笼较快，流动性更强，E 选项错误。本题正确答案为 AB 选项。

20.【解析】ABDE　C 选项应为个人住房贷款的计息、结息方式，由借贷双方协商确定。

21.【解析】ADE　B 项在一手房贷款中，在房屋办妥抵押登记前，一般由开发商承担阶段性保证责任，而在二手房贷款中，一般由中介机构或担保机构承担阶段性保证的责任；C 项在所抵押的住房取得房屋所有权证并办妥抵押登记后，根据合同约定，抵押加阶段性保证人不再履行保证责任。

22.【解析】ABE　等额本息还款法和等额本金还款法是最为常用的还款法，C 选项错误。借款人可以根据需要选择还款方法，但一笔借款合同只能选择一种还款方法，D 选项错误。

23.【解析】ABD　个人汽车贷款实行"设定担保，分类管理，特定用途"的原则。①"设定担保"指借款人申请个人汽车贷款需提供所购车抵押或其他有效担保；②"分类管理"指按照贷款所购车辆种类和用途的不同，设定不同的贷款条件；③"特定用途"指个人汽车贷款专项用于借款人购买汽车，不允许挪作他用。

24.【解析】ABDE　个人汽车贷款的调查方式有：①审查申请材料；②面谈申请人；③实地调查；④电话调查；⑤其他辅助调查。

25.【解析】ABE　采取抵押担保方式的，应调查：抵押物的合法性；抵押人对抵押物占有的合法性；抵押物价值与存续状况。采取质押担保方式的，应调查：质押权利的合法性；出质人对质押权利占有的合法性；质押权利条件。

26.【解析】BCE　①还款方法包括等额本金还款法、等额本息还款法两种；②但借款人须在"借款合同"中约定一种还款方法；③首次还款日应不迟于毕业后两年。

27.【解析】BCD　商业助学贷款对借款人进行贷后检查的主要内容包括：①借款人是否按期足额归还贷款；②借款人的住所、联系电话有无变动；③有无发生可能影响借款人还款能力或还款意愿的突发事件。

28.【解析】BCD　①商用房贷款期限在 1 年以内含 1 年的，借款人可采取一次还本付息法；②贷款期限在 1 年以上的，可采用等额本息还款法和等额本金还款法等；③借款人可根据需要选择还款方式。但一笔贷款只能选择一种还款方式，合同签订后，未经贷款银行同意不得更改；④借款人如想提前偿还全部或部分贷款本息，应提前 30 个工作日向银行提出申请。

29.【解析】BCE　设备贷款的额度最高不得超过借款人购买或租赁设备的所需资金总额的70%；最高贷款额度不得超过200万元；以第三方保证方式申请贷款的，银行根据保证人的信用等级确定贷款额度。

30.【解析】ACDE　个人信用贷款利率按照中国人民银行规定的同期同档次贷款基准利率执行。①浮动幅度按照中国人民银行的有关规定执行。展期前的利息按照原合同约定的利率计付。③展期后期限不足6个月的，自展期日起，按当日挂牌的6个月贷款利率计息；超过6个月的，自展期日起，按当日挂牌的1年期的贷款利率计息。

31.【解析】BE　《助学贷款管理办法》第4条规定，高等学校的在读学生申请助学贷款须具备以下基本条件：入学通知书或学生证，有效居民身份证；同时要有同班同学或老师共两名对其身份提供证明。

32.【解析】AD　B选项以第三方保证方式申请商业助学贷款的，保证人和贷款银行之间应签订"保证合同"，第三方提供的保证为不可撤销的连带责任保证。C选项对于采用保证方式的，保证人应具备品质良好、有合法稳定的收入来源及与借款人同城户籍等条件，原则上不允许同学之间互保。E选项如保险中断，贷款银行有权代为投保，费用由借款人负担。

33.【解析】ABD　C选项借款人按贷款银行要求重新落实抵押的，不构成违约；E选项属于有利于贷款安全的行为，一般不构成违约。

34.【解析】ACE　贷款期限在1年以内的，借款人可采取一次还本付息法。对于一笔贷款，借款人只能选择一种还款方式，合同签订后，未经贷款银行同意不得更改。借款人如想提前偿还全部或部分贷款本息，应提前30个工作日向贷款银行提出申请。

35.【解析】ABCDE　除了以上几项以外，还有影响因素复杂的特征。

36.【解析】ABCDE　为了防控信用风险，贷款银行需要加强对商用房出租情况的调查分析，要调查借款人所购商用房所在商业地段繁华程度以及其他商用房出租情况、租金收入情况，同时也要调查了解该地段的未来发展规划，是否会出现大的拆迁变动、经济发展重心转移等情况。

37.【解析】BCDE　贷前调查包括：①贷款银行要核实借款人所提供的资料是否齐全，是否具有真实性、合法性、有效性；要告知借款人须承担的义务与违约后果；要到借款人单位或居住地双人上门调查核实情况，与借款人进行见面谈话；②调查人要调查借款申请人是否具有当地户口、当地固定住所和固定联系方式；要调查申请人是否有正当职业，是否为贷款银行董事、监事、管理人员、信贷业务人员及其近亲属等关系人；③要通过查询人民银行个人信用信息基础数据库，调查和核实借款申请人是否有不良信用记录；④要调查贷款用途是否真实；⑤要核验收入证明。

38.【解析】ABDE　合伙经营项目申请小额担保贷款的，实行项目额度总量控制、贷款单户管理的原则。每个申请人均由同一担保机构进行独立的担保，项目总额度为各借款人额度之和且总额度最高不超过10万元（含10万元）。

39.【解析】ABDE　我国的全国个人信用信息基础数据库系统中，依法采集和保存的全国银行信贷信用信息主要包括个人在商业银行的借款、抵押、担保数据及身份验证信息，在此基础上，将逐步扩大到保险、证券、工商等领域，从而形成覆盖全国的基础信用信息服务网络。

40.【解析】CE　如果异议信息确实有误，但因技术原因暂时无法更正的，征信服务中心应对该异议信息作特殊标注，以有别于其他异议信息，并在书面答复中予以说明，待异议信息更正后，提供更正后的信用报告。

三、判断题

1.【解析】×　个人消费额度贷款是指银行向个人发放的用于消费的、可在一定期限和额度内循环使用的人民币贷款。个人消费额度贷款主要用于满足借款人的消费需求，可先向银行申请有效额度，必要时才使用，不使用贷款不收取利息。

2.【解析】×　由于银行个人贷款产品的同构性越来越强，在产品功能上，银行即使能通过金融创新发明一种产品来满足客户的某种需求，但是银行产品的易模仿性使其很难保持这种产品的功能优势。因此，银行要保持一种产品的竞争优势只能是通过该产品的附加价值来保持。

3.【解析】×　集中策略通常使用于资源不多的中小银行，差异性策略主要被大中型银行采用。

4.【解析】×　市场型营销组织结构由于是按照不同客户的需求安排的，因而有利于银行开拓市场，加强业务的开展。

5.【解析】√　在进行项目开发的合法性审查时，应注意土地使用权是否被抵押，防止处置抵押物时发生纠纷，避免贷款风险。一般来说，贷款银行不应再为已被抵押的项目提供商品房销售贷款。

6.【解析】×　以上为个人质押贷款，而不是个人抵押贷款的概念。

7.【解析】√　个人抵押授信贷款的借款人只需要一次性地向银行申请办理个人抵押授信贷款手续，取得授信额度后，便可以在有效期间和贷款额度内循环使用。

8.【解析】×　个人住房装修贷款需要提供借款人认可的财产作担保。保证人要承担连带责任。

9.【解析】√　国家助学贷款的申请人需具有完全民事行为能力，未成年人申请国家助学贷款须由其法定监护人书面同意。

10.【解析】×　有担保流动资金贷款的对象应该是持有工商行政管理机关核发的非法人营业执照的个体户、合伙人企业和个人独资企业或自然人，可见，该类贷款的贷款对象既可以是自然人，也可以是法人。

11.【解析】×　无担保流动资金贷款的利率通常比较高，但一旦贷款成功，利率即被锁定，未来市场利率的变化不会影响贷款利息。

12.【解析】√　本题的表述正确。

13.【解析】×　最高不超过 100 万元。

14.【解析】√　商业助学贷款每笔贷款只可以展期 1 次。

15.【解析】×　根据新国家助学贷款管理办法的规定，国家助学贷款的还款方法只有两种：等额本金还款法与等额本息还款法两种，借款人须在"借款合同"中选择其中一种作为约定还款方法。

▶2011 年银行业从业人员资格认证考试

《个人贷款》
押题预测试卷（五）

一、单项选择题（共 90 题，每题 0.5 分。在以下各小题所给出的 4 个选项中，只有 1 个选项符合题目要求，请将正确选项的代码填入括号内）

1. 关于个人贷款用途的说法，错误的是（　　　　）。
  A. 个人贷款可以满足客户的购房需求
  B. 个人贷款可以满足客户的购买土地需求
  C. 个人贷款可以满足客户旅游的需求
  D. 个人贷款可以满足客户解决临时性资金周转的需求

2. 中国建设银行率先于 1985 年在国内开办了属于个人贷款业务的（　　　　）。
  A. 住宅贷款　　　　　　　　　　B. 汽车贷款
  C. 消费贷款　　　　　　　　　　D. 教育贷款

3. 公积金个人住房贷款是一种政策性贷款，实行（　　　　）的利率政策。
  A. 低进高出　　　B. 高进高出　　　C. 低进低出　　　D. 高进低出

4. 个人住房贷款期限最长可达（　　　　）年，流动资金贷款期限最短仅为（　　　　）个月。
  A. 10；3　　　　　B. 20；6　　　　　C. 30；6　　　　　D. 40；12

5. 关于个人经营类贷款，正确的说法是（　　　　）。
  A. 流动资金贷款是商业银行向合法生产经营的事业单位法人发放的
  B. 流动资金贷款必须要有符合《担保法》的担保人作担保
  C. 专项贷款主要的还款来源来自个人积累的资产
  D. 商用房贷款可以用于租赁商用房

6. 根据《担保法》的规定，可以有资格成为保证人的是（　　　　）。
  A. 学校　　　　　　　　　　　　B. 中国人民银行
  C. 中国银行风险管理部门　　　　D. 自然人

7. 个人贷款在 1 年（含 1 年）通常采取（　　　）的还款方式比较好。

A. 等额本息还款　　　　　　　　　　B. 等额本金还款

C. 到期一次还本付息　　　　　　　　D. 组合还款

8. 下列关于等额本息还款法和等额本金还款法的说法，正确的是（　　　）。

A. 等额本金还款法优于等额本息还款法

B. 等额本息还款法优于等额本金还款法

C. 一般来说，经济尚未稳定而且是初次贷款购房的人更适合采用等额本金还款法

D. 银行更倾向于采取等额本息还款法

9. 根据《物权法》的规定，不能作为个人抵押贷款的抵押物有（　　　）。

A. 抵押人的机器、交通工具

B. 抵押人依法有权处理的国有土地使用权

C. 抵押人的专利权、著作权等知识产权

D. 抵押人依法承保并经发保人同意抵押的荒山、荒沟、荒丘等

10. （　　　）不能为个人贷款作保证担保。

A. 具有代位清偿债务能力的法人　　B. 获得企业法人授权的企业分支机构

C. 具有完全民事行为能力的自然人　　D. 以公益为目的的事业单位

11. 客户方先生 2009 年初向银行办理了一笔 20 万元的房贷，年利率 6%，贷款期限 20 年，约定按季度等额本金偿还，则方先生 2012 年 3 月底应偿还的贷款本息额为（　　　）元。

A. 1 432　　　　B. 1 683　　　　C. 5 050　　　　D. 12 000

12. 个人信贷市场宏观环境分析的内容不包括（　　　）。

A. 外汇汇率　　　　　　　　　　　　B. 银行同业竞争对手的实力与策略

C. 各级政府机构的运行程序　　　　　D. 信贷客户的分布与构成

13. 银行主要采用 SWOT 分析方法对其环境进行综合分析，其中，"O" 表示（　　　）。

A. 优势　　　　B. 威胁　　　　C. 劣势　　　　D. 机遇

14. 市场细分是银行营销战略的重要组成部分，其作用不包括（　　　）。

A. 有利于选择目标市场和制定营销策略

B. 有利于发掘市场机会，开拓新市场

C. 有利于规避风险

D. 有利于集中人力、物力投入目标市场，提高经济效益

15. 银行市场细分策略，即通过市场细分选择目标市场的具体对策，主要包括（　　）。

A. 集中策略和利益导向策略　　　　B. 集中策略和差异性策略

C. 客户导向和差异性策略　　　　　D. 客户导向策略和利益导向策略

16. 银行市场选择的标准不包括（　　）。

A. 符合银行的目标和能力　　　　　B. 有一定的规模和发展潜力

C. 市场具有较高的准入条件　　　　D. 细分市场结构的吸引力

17. 银行在进行市场定位时应考虑全局战略目标，并且银行的定位应该（　　）银行自身能力与市场需求的对称点。

A. 略低于

B. 略高于

C. 符合

D. 综合考虑市场环境来决定低于、高于或符合

18. 银行的下列做法不符合市场定位原则的是（　　）。

A. 确定与其他银行不同的定位

B. 定位从全局战略的角度出发

C. 某项业务不再支持银行的核心竞争力时，银行应及时退出

D. 银行设置分支机构时注重其统一性，不应各具特色

19. 在进行个人贷款市场定位时，适合采用追随式定位方式的银行，其特点不包括（　　）。

A. 资产规模很小

B. 分支机构不多

C. 可能刚刚进入市场

D. 没有能力向主导型银行进行强有力冲击

20. 采用补缺式定位方式的银行（　　）。

A. 刚刚开始经营或刚刚进入市场　　B. 资产规模很小，提供的信贷产品较少

C. 资产规模中等，分支机构不多　　D. 在市场上占有极大的份

21. 关于银行要求个人贷款客户满足的基本条件，说法正确的是（   ）。

A. 具有完全民事行为能力人，年龄在 18 周岁以上的

B. 虽然在个人征信系统中存在过违约记录，但没有违法行为

C. 具有稳定的收入来源和按时足额偿还贷款本息的能力

D. 贷款金额必须小于其当年工资的总收入

22. 商业性个人一手住房贷款中较为普遍的贷款营销方式是（   ）合作的方式。对于二手个人住房贷款，商业银行最主要的合作单位是对于二手个人住房贷款，商业银行最主要的合作单位是（   ）。

A. 房地产开发商与个人；金融公司   B. 银行与个人；房地产经纪公司

C. 银行与房地产经纪公司；金融公司   D. 银行与房地产开发商；房地产经纪公司

23. 有整合营销传播先驱之称的舒尔茨曾经说过，在同质化的市场竞争中，唯有（   ）能够创造出差异化的品牌竞争优势。

A. 质量   B. 个性   C. 定位   D. 传播

24. 当产品的市场可加以划分，即每个不同分市场有不同偏好的消费群体时，采取（   ）营销组织模式最为有效。

A. 职能型   B. 产品型   C. 市场型   D. 区域型

25. 依据客户拥有的产品类型，对客户的资产、负债、年龄组和职业等进行认真分析研究，推断他们可能需要的产品，然后分析判断他们购买每个产品的可能性，最后推算出客户购买后银行可能的盈利，属于（   ）。

A. 分层营销策略   B. 差异性策略   C. 产品差异策略   D. 交叉营销策略

26. 个人住房贷款的对象不包括（   ）。

A. 年满 18 周岁的，具有完全民事行为能力的中国公民

B. 具有完全民事行为能力的港、澳、台自然人

C. 在中国境内居住，具有完全民事行为能力的外国人

D. 未满 18 周岁，但与其监护人能共同提供偿还贷款能力证明的自然人

27. 2008 年 10 月 27 日，中国人民银行公布了新的个人住房贷款利率，其下限利率水平为相应期限档次贷款基准利率的（   ）倍。

A. 0.6   B. 0.7   C. 0.8   D. 0.9

28. 个人住房贷款在未实现抵押登记前，普遍采用的担保方式是（　　　）。

　　A. 抵押担保　　　　　　　　　　B. 质押担保

　　C. 保证担保　　　　　　　　　　D. 抵押加阶段性担保

29. 关于个人住房贷款质押担保方式，说法正确的是（　　　）。

　　A. 质押物可以是国家财政部发行的国库券、金融债券等，但不包括企业债券

　　B. 贷款额度最高不超过质押权利凭证票面价值的80%

　　C. 以凭证式国债为质押的，贷款期限最长不超过凭证式国债的到期日

　　D. 用不同期限的多张凭证式国债作质押时，以距离到期日最远者确定贷款期限

30. 个人住房贷款可实行抵押、质押和保证3种担保方式。一般来说，由住房置业担保公司提供保证的，其贷款期限放宽至（　　　）年，且贷款额度可以达到其购买房产价值的（　　　）。

　　A. 5；50%　　　　B. 10；70%　　　　C. 15；50%　　　　D. 15；70%

31. 有关个人住房贷款合同变更的借款期限调整，说法正确的是（　　　）。

　　A. 期限调整后，银行将重新为借款人计算分期还款额

　　B. 申请延长借款期限时，所延长的期限不得超过有关期限规定的要求

　　C. 原借款期限加上延长期达到新的利率期限档次时，应于下年年初开始使用新的利率计息方式

　　D. 对于一次还本付息类贷款，允许缩短借款期限

32. 关于个人住房贷款贷后档案管理，说法正确的是（　　　）。

　　A. 银行应设立专门的个人住房贷款档案管理人员

　　B. 贷款档案必须是原件

　　C. 对于借阅有关贷款的重要档案资料，必须经过有权人员的审批同意

　　D. 重要档案退回时，需要借款人本人办理，并出示身份证原件，不可代办

33. 关于贷款风险分类的说法，正确的是（　　　）。

　　A. 贷款风险分类按规定的标准和程序对贷款资产进行分类，遵循可拆分原则

　　B. 借款人未正常还款属偶然性因素，造成的贷款属于正常贷款

　　C. 如果借款人虽能还本付息，但已经存在影响贷款本息及时、全额偿还的因素时，称为次级贷款

　　D. 关注贷款、可疑贷款和损失贷款合称银行不良贷款

34. 下列不属于"假个贷"的防范措施是（　　　）。
A. 加强贷款准入门槛　　　　　　　　B. 降低对合作机构的依赖
C. 进一步完善个人住房贷款保证金制度　D. 积极利用法律手段

35. 为了防范合作机构风险，银行应对房屋进行估价，首要步骤是（　　　）。
A. 通过"网上房地产"进行询价
B. 建立自己的房地产交易信息库
C. 与专业的房地产估价公司合作进行联合估价
D. 参考贷款申请人提供的交易价格

36. 下列关于商业银行政策风险的说法，正确的是（　　　）。
A. 商业银行的政策风险指政府的金融政策或相关法律变化时引起市场波动，从而给商业银行带来的风险，属于非系统性风险
B. 政策性风险可能对购房人资格造成政策性限制
C. 抵押品不存在政策性风险
D. 通过银行业和房地产业的共同努力可以避免政策性风险

37. 在经济学中，由于事前的信息不对称，银行将优质客户拒之门外的现象是一种（　　　）。
A. 逆向选择　　　　B. 道德风险　　　　C. 信用风险　　　　D. 操作风险

38. 公积金个人住房贷款的单笔贷款额度不能超过当地住房公积金管理中心规定的最高贷款额度。一般购买二手房的，贷款额度最高不超过所购买住房总价款的（　　　）；建造、翻建大修住房的，贷款额度不超过所需费用的（　　　）。
A. 70%；50%　　　B. 80%；60%　　　C. 70%；60%　　　D. 80%；50%

39. 公积金个人住房贷款业务中风险承担主体为（　　　）。
A. 住房置业担保机构　　　　　　　　B. 贷款商业银行
C. 公积金管理中心　　　　　　　　　D. 房地产评估机构

40. 公积金个人住房贷款中，银行凭（　　　）与借款人签订借款合同和担保合同，办理抵押手续。
A. 委托贷款通知书　　　　　　　　　B. 委托放款通知书
C. 资金划转通知单　　　　　　　　　D. 以上都不对

41. 公积金个人住房贷款业务的操作模式有 3 种，其中不包括（　　　）。

A. "银行受理，公积金管理中心审核审批，银行操作"模式

B. "公积金管理中心受理、审核审批，银行操作"模式

C. "银行受理、审核审批，公积金管理中心操作"模式

D. "公积金管理中心和承办银行联动"模式

42. 中国人民银行批复开办汽车贷款业务的第一家商业银行是（　　　）。

A. 中国农业银行　　B. 中国工商银行　　C. 中国银行　　　　D. 中国建设银行

43. 下列各项中，申请人最可能获得个人汽车贷款的情况是（　　　）。

A. 小刘今年 15 岁，欲分期付款购买一辆跑车

B. 小冯有稳定的收入来源和良好的信用记录，欲分期付款购买汽车

C. 小赵被公司辞退已半年，现仍没找到工作，打算自己创业，想购买一辆汽车自营

D. 小李目前没有明确的购车意图，但因最近贷款利率下降，想先贷款，再择机购买

44. 下列关于个人汽车贷款模式的说法，正确的是（　　　）。

A. "直客式"运行模式在目前个人汽车贷款市场中占主导地位

B. "间客式"运行模式就是"先贷款，后买车"

C. "间客式"运行模式涉及的第三方包括保险公司、担保公司

D. "直客式"运行模式中，经销商或第三方往往收取一定比例的管理费或担保费

45. 关于个人汽车贷款的贷款期限，说法错误的是（　　　）。

A. 贷款展期不得超过 5 年，其中，二手车贷款的贷款展期不得超过 3 年

B. 借款人如果确实无法按照计划偿还贷款的，都可以申请展期

C. 每笔贷款只可以展期一次，展期期限不得超过 1 年

D. 借款人须在贷款全部到期之前，提前 30 天提出展期申请

46. 对于以所购车辆作抵押申请个人汽车消费贷款的，说法错误的是（　　　）。

A. 借款人须先到贷款经办行所在地的车辆管理部门办理车辆抵押登记手续，再办完购车手续

B. 如贷款发放在车辆抵押登记手续办妥之前，需由经销商或中介机构提供阶段性担保

C. 贷款期限内，借款人须按贷款银行要求为所购车辆购买指定险种的车辆保险，并在保险单中明确第 1 受益人为贷款银行

D. 借款人需将购车发票原件、各种缴费凭证原件、机动车登记证原件、行驶证复印件、保险单等交予贷款银行进行保存

47. 2010 年 3 月 1 日，小唐因购买一辆汽车作为商用而向银行申请个人汽车贷款，该车价值为 90 万元，则小唐可以获得的最高贷款额度为（　　　）万元。

　　A. 36　　　　　　B. 45　　　　　　C. 63　　　　　　D. 72

48. 汽车贷款额度不得超过所购汽车价格的一定比例，新车的价格是指（　　　）中两者的（　　　）。

　　A. 汽车实际成交价格与贷款银行认可的评估价格；低者

　　B. 汽车实际成交价格与汽车生产商公布价格；低者

　　C. 汽车实际成交价格与贷款银行认可的评估价格；高者

　　D. 汽车实际成交价格与汽车生产商公布价格；高者

49. 关于个人汽车贷款合同的变更和解除的说法，正确的是（　　　）。

　　A. 贷款方可以单方解除合同

　　B. 保证人破产时，借款人不需要重新提供担保

　　C. 办理抵押变更登记时，不需要到原抵押登记部门办理

　　D. 借款人在还款期限内死亡且没有财产继承人和受遗赠人时，贷款银行有权提前收回贷款

50. 个人汽车贷款审查和审批环节的主要风险点不包括（　　　）。

　　A. 出现内外勾结骗取银行信贷资金　　　B. 业务不合规

　　C. 贷款超授权发放　　　　　　　　　　D. 逾期贷款催收不力

51. 下列各项中，不属于个人汽车贷款可能面临信用风险的是（　　　）。

　　A. 外部欺诈　　　　　　　　　　　　　B. 借款人还款能力降低

　　C. 借款人还款意愿发生变化　　　　　　D. 借款人的信用欺诈和恶意逃债行为

52. 个人汽车贷款中，为防范信用风险，可对符合条件的、资金周转存在周期性的客户采用"按月计息、按计划还本"的还款方式，但借款人必须在贷款发放后的第（　　　）个月开始偿还首笔贷款本金。

　　A. 1　　　　　　B. 3　　　　　　C. 4　　　　　　D. 6

53. 下列关于个人教育贷款的说法，不正确的是（　　　）。

　　A. 个人教育贷款具有社会公益性，政策参与程度较高

　　B. 国家助学贷款实行"财政贴息、风险补偿、信用发放、专款专用和按期偿还"的原则

C. 商业助学贷款实行"部分自筹、有效担保、专款专用和按期偿还"的原则

D. 与其他个人贷款相比，个人教育贷款的风险度相对较低

54. 国家助学贷款的贷款对象不包括经济确实困难的（　　　　）。

A. 香港某普通高等学校中全日制本科生

B. 北京某普通高等学校中全日制研究生

C. 新疆某普通高等学校中全日制高职生

D. 海南某普通高等学校中全日制第二学士学位学生

55. 新国家助学贷款管理办法规定借款人必须在毕业后（　　　）年内还清，贷款期限最长不得超过（　　　）年。

A. 5；10　　　　　B. 6；10　　　　　C. 6；15　　　　　D. 5；15

56. 国家助学贷款的借款学生自取得毕业证书之日的下月1日开始归还贷款利息，并可以选择在毕业后的（　　　）个月内的任何一个月开始偿还贷款本息。

A. 6　　　　　　　B. 12　　　　　　C. 24　　　　　　D. 36

57. 学生小曹大二申请国家助学贷款，为完成四年的本科学业，则其可贷款的总额度最高不超过（　　　）元。

A. 6 000　　　　　B. 15 000　　　　　C. 18 000　　　　　D. 24 000

58. 商业助学贷款的借款人要求提前还款的，应提前（　　　）个工作日向贷款银行提出申请。

A. 10　　　　　　　B. 15　　　　　　C. 20　　　　　　D. 30

59. 下列关于商业助学贷款还款方式的说法，错误的是（　　　　）。

A. 归还贷款在借款人离校后的次年开始

B. 贷款可按月、按季或按年分次偿还，利随本清

C. 贷款银行可视情况给予借款人一定的宽限期，宽限期内不还本金

D. 也可视借款人困难程度对其在校期间发生的利息本金化

60. 申请商业助学贷款时，须提交的材料不包括（　　　　）。

A. 贷款银行需要的借款人与其法定代理人的关系证明

B. 证明借款人家庭经济困难的有关材料

C. 贷款银行认可的借款人或其家庭成员经济收入证明

D. 借款人就读学校开具的学费、住宿费和生活费总额等有关材料

61. 个人教育贷款签约和发放环节的操作风险点不包括（　　　）。

A. 审查不严导致内外勾结骗取银行信贷

B. 合同凭证预签无效

C. 在贷款审批手续不全的情况下发放贷款

D. 未按规定的贷款额度发放贷款

62. 办理个人教育贷款时，贷后与档案管理环节面临的操作风险不包括（　　　）。

A. 逾期催收贷款，造成贷款损失

B. 未按规定保管借款合同，造成合同损毁

C. 他项权利证书未按规定进行保管，造成他项权证遗失，他项权利灭失

D. 地震导致借款合同、担保合同等重要资料灭失

63. 加强对借款人的贷前审查有助于从源头上控制个人教育贷款的信用风险，下列关于其审查要点表述不恰当的是（　　　）。

A. 对以学生父母为借款人的，要审查其收入的真实性，对学生未来收入进行合理的预测

B. 对于借款人是学生本人的，要审查学生本人的基本情况，如学习成绩、在校表现等

C. 通过入学通知书等判断贷款申请的真实性和合法性

D. 对借款人目前家庭情况、居住地址、工作单位和通信方式等资料进行核实，并定期回访或联系

64. 商用房贷款的期限通常不超过（　　　）年。

A. 5　　　　　　　　B. 10　　　　　　　　C. 12　　　　　　　　D. 15

65. 关于商用房贷款的担保，说法错误的是（　　　）。

A. 采用抵押方式申请商用房贷款的，借款双方必须签订书面"抵押合同"

B. 采用质押方式申请商用房贷款的，借款人提供的质物必须符合《担保法》的规定

C. 采用第三方保证方式申请商用房贷款的，借款人应至少提供第三方一般责任担保

D. 采用履约保证保险申请商用房贷款的，在保险有效期内，借款人不得以任何理由中断保险

66. 2009 年 1 月 1 日，小刘打算以"商住两用房"的名义购买一套价值 200 万元的商用房。则其可获得的最大贷款额度为（　　　）万元。

A. 60　　　　　　　　B. 100　　　　　　　　C. 110　　　　　　　　D. 140

67. 当设备贷款的保证人为自然人时，下列有关保证人的说法，错误的是（　　　　）。

A. 具有当地常住户口和固定住址

B. 具有稳定的职业和经济收入

C. 有可靠的代偿能力，并且在贷款银行处存有一定数额的保证金

D. 保证人可以是借款人的家庭成员

68. 关于无担保流动资金贷款，说法错误的是（　　　　）。

A. 实行浮动利率

B. 贷款额度通常根据个人的收入和信用状况综合决定

C. 还款方式主要有等额本金还款法和每月还息到期一次还本法

D. 采用个人信用担保的方式

69. 商用房贷款发放时，如借款人未到银行直接办理开户放款手续，（　　　　）应及时将有关凭证邮寄给借款人或通知借款人来银行取回。

A. 信贷部门　　　　　　　　　　B. 会计部门

C. 风险管理部门　　　　　　　　D. 稽核内控部门

70. 下列关于商用房贷款期限调整的说法，错误的是（　　　　）。

A. 包括延长期限和缩短期限两种方式

B. 只能在贷款未到期时申请

C. 借款人缩短还款期限无须向银行提出申请

D. 每笔贷款只可以展期一次，展期期限不得超过一年

71. 在有担保流动资金贷款贷后与档案管理中，应特别关注的内容不包括（　　　　）。

A. 抵押物合法性

B. 日常走访企业，并及时检查借款人的借款资金及使用情况

C. 对企业财务经营状况进行检查

D. 对项目进展情况进行检查

72. 在商用房贷款的受理环节，银行所面临的操作风险不包括（　　　　）。

A. 贷款人不具备规定的主体资格

B. 借款申请人所提交的材料不真实

C. 借款申请人的担保措施不足额

D. 贷款人未按规定保管借款合同，造成合同损毁

73. 有担保流动资金贷款借款人以自有或第三人的财产进行抵押时，抵押物必须具有的特点不包括（　　　）。

A. 产权明晰　　　B. 价值稳定　　　C. 易于转移　　　D. 易于变现

74. 下列不属于商用房贷款信用风险主要内容的是（　　　）。

A. 借款人还款能力发生变化　　　B. 商用房出租情况发生变化

C. 保证人还款能力发生变化　　　D. 贷款人资金状况发生变化

75. 以（　　　）质押的贷款在贷款期限内如遇利率调整，贷款利率不变。

A. 汇票　　　　　　　　　　　B. 个人凭证式国债

C. 债券　　　　　　　　　　　D. 存款单

76. 下列关于个人信用贷款的说法，正确的是（　　　）。

A. 个人信用贷款期限最长为5年

B. 银行只在贷款发放前进行个人信用评级

C. 银行根据贷款额度确定个人信用贷款的展期

D. 贷款期限超过1年的，一般采取按月还本付息的还款方式

77. 对于个人信用贷款来说，展期后的利息，累计贷款期限不足6个月的，自展期日起，按当日挂牌（　　　）的贷款利率计息；超过6个月的，自展期日起，按当日挂牌（　　　）的贷款利率计息。

A. 实际日数；1年期　　　　　B. 6个月；1年期

C. 实际日数；6个月　　　　　D. 6个月；实际日数

78. 2007年1月1日，小范申请了一笔总贷款额度为200万元、期限为3年的个人抵押授信贷款，年利率5.76%。到2009年6月30日，他实际已使用150万元。同一天，小范向银行申请展期4年并获批准，从7月1日起开始调整。已知2009年7月1日5年期以上贷款的挂牌年利率为5.94%，则在贷款到期时，小范累计支付的利息总额为（　　　）万元。

A. 60.325　　　B. 61.695　　　C. 67.915　　　D. 69.125

79. 2009年1月1日，小冯申请了一笔金额为100万元、期限为1年的个人抵押贷款，截止2009年5月31日，小冯累计已使用60万元，并在2009年3月31日归还了30万元。则小冯自2009年6月1日至贷款到期，可以使用的贷款余额为（　　　）万元。

A. 70　　　　　B. 40　　　　　C. 30　　　　　D. 100

80. 下列关于个人抵押授信贷款期限的说法，不正确的是（　　　　）。

A. 有效期限最长为 30 年

B. 以新购住房作为抵押授信贷款的，有效期间起始日为"个人住房借款合同"签订日的次日

C. 将银行原住房抵押贷款转为个人抵押授信贷款的，有效期间起始日为原住房抵押贷款发放日的前 1 日

D. 抵押授信贷款下单笔贷款届满日不可超出抵押授信贷款有效期间届满日

81. 小王申请将原住房抵押贷款转为个人抵押授信贷款，在他办理住房抵押贷款时确定的房屋价值为 70 万元，原住房抵押贷款剩余本金为 32 万元，现经评估机构核定的抵押房产价值为 60 万元，对应的抵押率为 50%，则小王（　　　　）。

A. 可获得的抵押授信贷款最大额度为 60 万元

B. 可获得的抵押授信贷款最大额度为 30 万元

C. 可获得的抵押授信贷款最大额度为 32 万元

D. 不能获得抵押授信贷款

82. 2009 年 12 月 1 日，小刘欲将原住房抵押贷款的抵押住房转为第 2 顺序抵押授信贷款，经评估该房产价值为 500 万元，抵押率为 60%。截止申请日，小刘原申请的住房抵押贷款余额为 200 万元，尚有 40 万元未清偿贷款，则小刘的可用贷款额度为（　　　　）万元。

A. 300　　　　　　B. 100　　　　　　C. 60　　　　　　D. 40

83. 一般情况下，个人医疗贷款的期限最短为（　　　）年，最长可达（　　　）年。

A. 半；3　　　　　B. 1；3　　　　　C. 2；5　　　　　D. 3；5

84. 下列关于个人旅游消费贷款的说法，错误的是（　　　　）。

A. 借款人参加的旅行社须经银行认可

B. 贷款期限最长不超过 1 年（含 1 年）

C. 贷款最高限额原则上不超过 10 万元人民币

D. 通常要求借款人先支付一定比例的首期付款

85. 按照《担保法》规定，质押分为（　　　　）。

A. 一级质押和二级质押　　　　　　B. 动产质押和权利质押

C. 动产质押和不动产质押　　　　　D. 足额质押和非足额质押

86. 根据《合同法》规定，希望和他人订立合同的意图表示称为（　　　　）。
   A. 要约　　　　　B. 要约邀请　　　　C. 承诺　　　　　D. 合同成立

87. 根据《合同法》规定，合法代理行为的法律后果直接归属于（　　　　）。
   A. 被代理人　　　B. 代理人　　　　C. 第三人　　　　D. 当事人

88. 根据《汽车贷款管理办法》规定，汽车贷款利率按照（　　　　）、结息办法由（　　　　）。
   A. 借款人和贷款人协商确定；中国人民银行规定
   B. 借款人和贷款人协商确定；借款人和贷款人协商确定
   C. 中国人民银行公布的贷款利率规定；中国人民银行规定
   D. 中国人民银行公布的贷款利率规定；借款人和贷款人协商确定

89. 依据《关于开展个人消费信贷的指导意见》的规定，以下说法错误的是（　　　　）。
   A. 各国有商业银行具体贷款比例由中国人民银行按风险管理原则统一规定
   B. 要求各有关金融机构要把消费信贷业务作为新的业务增长点
   C. 要求逐步建立和完善消费信贷业务的制度和办法
   D. 1999 年起，允许所有中资商业银行开办消费信贷业务

90. 根据《助学贷款管理办法》规定，贷款人对高等学校的在读学生发放的助学贷款为（　　　　）助学贷款。
   A. 保证　　　　　B. 质押　　　　　C. 抵押　　　　　D. 无担保

二、多项选择题（共 40 题，每题 1 分。在以下各小题所给出的 5 个选项中，至少有 1 个选项符合题目要求，请将正确选项的代码填入括号内）

1. 商业银行从个人贷款中获取收入的说法，正确的是（　　　　）。
   A. 利息收入　　　　　　　　　　B. 违约金
   C. 保证金　　　　　　　　　　　D. 保险金
   E. 相关服务收入

2. 按产品用途的不同，个人贷款产品可分为（　　　　）。
   A. 个人住房贷款　　　　　　　　B. 个人消费贷款
   C. 个人抵押贷款　　　　　　　　D. 个人经营贷款
   E. 个人教育贷款

3. 根据《担保法》的规定，下列哪些财产可以抵押（　　　　）。
A. 依法有权处分的国有的土地使用权　　B. 依法承包的荒山的使用权
C. 应收账款　　　　　　　　　　　　　D. 著作权
E. 个人房屋

4. 个人贷款的担保方式包括（　　　　）。
A. 抵押担保　　　　　　　　　　　　　B. 质押担保
C. 政府担保　　　　　　　　　　　　　D. 私人担保
E. 保证担保

5. 关于等额累进还款法，错误的说法是（　　　　）。
A. 等额累进与等比累进还款法类似，不同之处在于"固定比例"与"固定额度"的区别
B. 对收入水平增加的客户，可采取增大累进额、缩短间隔期等办法，减轻借款人的还款压力
C. 对收入水平下降的客户，可采取减少累进额、扩大间隔期等办法，减少借款人的利息负担
D. 客户还可以根据自己的收入情况，与银行协商，转换不同的还款方法
E. 等额累进还款法又分为等额递增还款法和等额递减还款法

6. 银行市场环境分析的内容包括（　　　　）。
A. 分析购买行为　　　　　　　　　　　B. 进行市场细分
C. 选择目标市场　　　　　　　　　　　D. 实现市场定位
E. 分析销售能力

7. 市场细分的原则包括（　　　　）。
A. 可衡量性原则　　　　　　　　　　　B. 可进入性原则
C. 经济性原则　　　　　　　　　　　　D. 一致性原则
E. 差异性原则

8. 最常见的个人贷款营销渠道有（　　　　）。
A. 直接代理营销　　　　　　　　　　　B. 网点机构营销
C. 合作单位营销　　　　　　　　　　　D. 网上银行营销
E. 业务捆绑营销

9. 银行能否有效地选择目标市场，直接关系到营销的成败以及市场占有率。在选择目标市场时，银行必须从自身的特点和条件出发综合考虑以下因素（　　　）。

A. 是否符合银行的目标和能力
B. 是否有较多的竞争对手
C. 是否有一定的规模和发展潜力
D. 是否符合客户的利益
E. 是否有细分市场结构的吸引力

10. 按《贷款通则》的规定，属于借款人违约的风险形式有（　　　）。

A. 借款人不按期归还贷款本息
B. 借款人擅自改变贷款用途，挪用贷款
C. 借款人提供虚假文件或资料，已经或可能造成贷款损失
D. 借款人私自将抵押物出售、转让或赠与
E. 借款人私自将抵押物重复抵押

11. 贷后管理的资料主要包括（　　　）。

A. 借款人相关资料
B. 逾期贷款通知书
C. 所购房屋估价证明
D. 贷款制裁通知书
E. 贷款银行相关资料

12. 信用风险的主要表现形式有（　　　）。

A. 借款人由于经济情况严重恶化导致不能按期偿还贷款
B. 借款人因死亡、丧失行为能力而放弃购买房屋带来的违约风险
C. 借款人由于故意欺诈，产生还款意愿风险
D. 借款人的担保措施由于不足额，导致银行贷款出现风险
E. 借款人私自将抵押物出售、转让或赠与

13. 公积金个人住房贷款业务的主要操作模式有（　　　）。

A. "银行受理，公积金管理中心审核审批，银行操作"模式
B. "公积金管理中心受理、审核审批，银行操作"模式
C. "公积金管理中心受理，银行审核审批，银行操作"模式
D. "公积金管理中心和承办银行联动"模式
E. "公积金管理中心受理，银行审核审批，贷款人自行操作"模式

14. 根据著名管理学家迈克尔·波特的竞争战略理论，商业银行的营销策略有(　　　)。

A. 单一营销策略
B. 分层营销策略

C. 产品差异策略　　　　　　D. 专业化策略

E. 交叉营销策略

15. 银行一般要求个人贷款客户满足以下条件（　　　）。

A. 具有完全民事行为能力的自然人，年龄在18～60周岁

B. 具有还款意愿

C. 遵纪守法

D. 贷款具有真实的使用用途

E. 具有稳定的工作

16. 关于汽车贷款额度，下列说法正确的是（　　　）。

A. 所购车辆为自用车的，贷款额度不得超过所购汽车价格的80%

B. 所购车辆为商用车的，贷款额度不得超过所购汽车价格的70%

C. 所购车辆为一手车的，贷款额度不得超过借款人所购汽车价格的90%

D. 所购车辆为二手车的，贷款额度不得超过借款人所购汽车价格的50%

E. 所购车辆为商用车的，贷款额度不得超过所购汽车价格的50%

17. 在个人住房贷款业务中，项目信贷人员撰写的调查报告应包括的内容有（　　　）。

A. 开发商的企业概况、资信状况

B. 开发商要求合作的项目情况、资金到位情况

C. 开发商要求合作的项目工程进度情况、市场销售前景

D. 通过商品房销售贷款的合作可给银行带来的效益和风险分析

E. 项目合作的可行性结论以及可提供个人住房贷款的规模和建议

18. 下列关于个人住房贷款审批意见的说法，正确的是（　　　）。

A. 采用单人审批时，贷款审批人直接在"个人信贷业务申报审批表"上签署审批意见

B. 采用双人审批方式时，应由专职贷款审批人与贷款审批牵头人协商后根据合同意向签署审批意见

C. 采用双人审批方式时，只有当两名贷款审批人同时签署"同意"意见时，审批结论意见方为"同意"

D. 发表"否决"意见应说明具体理由

E. 提请复议的业务，对原申报业务报批材料中已提供的材料，应当重新报送

19. 贷款发放人员应根据审批意见确定应使用的合同文本并填写合同，下列关于个人住房贷款合同的填写和审核的说法，正确的是（　　　　）。

A. 贷款发放人员应根据审批意见确定应使用的合同文本并填写合同

B. 对单笔贷款有特殊要求的，应使用双方协商的特殊合同文本

C. 为提高效率，同笔贷款的合同填写人与合同复核人可以为同一人

D. 合同复核人员负责复核合同文本及附件填写的完整性、准确性、合规性

E. 需要填写空白栏，且空白栏后有备选项的，在横线上填好选定的内容后，对未选的内容应保留原状

20. 个人住房贷款发放前需要落实的发放条件主要包括（　　　　）。

A. 借款人首付款是否全额支付到位

B. 确认办理保险、公证手续等

C. 对于委托划扣还款，确认其已开立还本付息账户

D. 对保证人有保证金要求的，应要求保证人在银行存入一定期限还本付息额的保证金

E. 借款人所购房屋为新建房的，要确认项目工程进度符合规定的有关贷款条件

21. 2009 年 11 月，某楼盘火热开盘，开盘后发生如下购买现象，银行应警惕"假个贷"风险的是（　　　　）。

A. 由于该楼盘设计合理，品质良好，其售价与周围楼盘相比明显偏高

B. 该楼盘开发企业员工中有几人各购买该楼盘中的一套作为首套自用房

C. 借款人对所购房屋的基本情况不甚了解

D. 借款人收入证明与年龄、职业明显不相称

E. 多名借款人还款账户内存款很少，还款日前由同一人进行转账支付来还款

22. 在进行回访时，若发现已经准入的合作机构出现下列哪些情况的，银行应该暂停与相应机构的合作（　　　　）。

A. 经营出现明显问题

B. 企业治理结构出现问题

C. 与银行合作的存量业务出现严重不良贷款

D. 所进行的合作对银行业务拓展没有明显促进作用

E. 出现了信用不良记录

23. 公积金个人住房贷款与商业银行自营性个人住房贷款的区别主要是（　　　　）。

A. 承担风险主体不同　　　　　　　　　　B. 资金来源不同

C. 贷款对象不同　　　　　　　　D. 贷款期限不同

E. 贷款利率和审批主体不同

24. 个人汽车贷款的原则是（　　　　）。

A. 设定担保　　　　　　　　　　B. 分类管理

C. 专人负责　　　　　　　　　　D. 特定用途

E. 利随本清

25. 申请个人汽车贷款需提供的资料清单包括（　　　　）。

A. 合法有效的身份证件，借款人已婚的还需要提供配偶的身份证明材料

B. 贷款银行认可的借款人还款能力证明材料

C. 汽车经销商出具的购车意向证明（如为间客式办理，则不需要在申请贷款时提供此项）

D. 购车首付款证明材料

E. 涉及保证担保的，需保证人出具同意提供担保的书面承诺等

26. 关于个人汽车贷款贷前调查，对借款人个人资信状况的核实，下列说法正确的是（　　　　）。

A. 需要调查申请人提供收入的真实性，判断借款人还款资金来源是否稳定，是否能够按时偿还贷款本息

B. 提供个人工资性收入证明的，应由申请人本人签章确认

C. 提供经营性收入证明的，需提供营业执照、财务报表及纳税证明等

D. 提供租赁收入证明的，需提供租赁合同、租赁物所有权证明文件及租金入账证明等

E. 提供个人金融及非金融资产证明的，需提供相关权利凭证

27. 在汽车贷款的贷后检查中，对保证人及抵（质）押物进行检查的主要内容包括（　　　　）。

A. 保证人的经营状况和财务状况

B. 抵押物的存续状况、使用状况和价值变化情况等

C. 质押权利凭证的时效性和价值变化情况

D. 经销商及其他担保机构的保证金情况

E. 以车辆抵押的，对车辆的使用情况及其车辆保险有效性和车辆实际价值进行检查评估

28. 以下属于个人汽车贷款履约保证保险责任范围的是（　　　）。

A. 实现债权的费用
B. 贷款本金
C. 损失赔偿金
D. 违约金
E. 利息

29. 个人教育贷款与其他个人贷款相比，其具有的特点主要包括（　　　）。

A. 具有社会公益性
B. 政策参与度较高
C. 放贷的主体是政策性银行
D. 多为信用类贷款
E. 风险度相对较高

30. 下列关于国家助学贷款的说法，正确的是（　　　）。

A. 国家助学贷款是由教育部门设立"助学贷款专户资金"给予财政贴息的贷款
B. 国家助学贷款采取借款人一次申请、贷款银行一次审批、单户核算、分次发放的方式
C. 学生可使用国家助学贷款购买高级流行服饰、数码相机等产品
D. 学生办理国家助学贷款不需提供担保
E. 国家承担国家助学贷款的全部利息

31. 关于个人医疗贷款，说法正确的是（　　　）。

A. 个人医疗贷款的利率按中国人民银行公布的同期利率执行
B. 个人医疗贷款的期限最短为半年，最长可达 3 年
C. 个人医疗贷款必须由医院作为担保人
D. 个人医疗贷款的额度通常按照抵、质押物的一定抵、质押率确定
E. 个人医疗贷款可以为纯信用贷款

32. 申请个人抵押授信贷款的借款人必须满足以下条件（　　　）。

A. 具有完全民事行为能力、虽然没有当地常住户口或有效居留身份但是长期居住在中国境内的自然人
B. 借款申请人及其财产共有人同意以其自有住房抵押，或同意将原以住房抵押的个人住房贷款转为个人住房抵押授信贷款
C. 借款申请人虽有不良信用记录，但是具有按期偿还所有贷款本息的能力
D. 各商业银行自行规定的其他条件
E. 借款申请人必须年满 18 周岁

33. 下面关于个人征信系统的说法，正确的是（　　　）。

A. 个人征信系统的建立使得商业银行在贷款审批中将查询个人信用报告作为必须的依据，从制度上规避了信贷风险

B. 个人征信系统的建立有助于商业银行准确判断个人信贷客户的还款能力，同时也是为了保护消费者本身利益，提高透明度

C. 全国统一的个人征信系统可以为商业银行提供风险预警分析

D. 个人征信系统的建立，为规范金融秩序，防范金融风险提供了有力保障

E. 个人征信系统有助于识别和跟踪风险、激励借款人按时偿还债务

34. 如果个人对异议处理仍然有异议，可以通过以下途径处理（　　　）。

A. 向当地中国人民银行征信管理部门申请在个人信用报告上发表个人声明

B. 向中国人民银行征信管理部门反映

C. 向法院提起诉讼

D. 向检察机构提起诉讼

E. 向媒体揭露

35. 根据《担保法》的规定，下列单位不能担任保证人的是（　　　）。

A. 国家企事业单位

B. 国家机关

C. 学校、幼儿园、医院等以公益为目的的事业单位、社会团体

D. 企业法人的分支机构、职能部门

E. 自然人

36. 根据《民法》的规定，法人应具备以下条件（　　　）。

A. 依法成立　　　　　　　　　　B. 有必要的财产或者经费

C. 能够独立承担民事责任　　　　D. 企业法人的分支机构、职能部门

E. 有自己的名称、组织机构和场所

37. 根据《合同法》的规定，下列情形出现会使合同无效（　　　）。

A. 损害国家利益　　　　　　　　B. 违反法律的强制性规定

C. 损害集体利益　　　　　　　　D. 损害第三人利益

E. 违反行政法规的强制性规定

38. 根据《担保法》的规定，担保的方式有（　　　）。

A. 保证　　　　　　　　　　　　B. 抵押

C. 质押　　　　　　　　　　　　　　D. 保险

E. 定金

39.《物权法》规定，债务人或者第三人的（　　　　）等可以出质。

A. 汇票、支票、本票　　　　　　　　B. 债券、存款单

C. 交通运输工具　　　　　　　　　　D. 应付账款

E. 股票

40. 根据《助学贷款管理办法》规定，在读学生申请助学贷款须具备以下条件(　　　　)。

A. 入学通知书或学生证

B. 有效居民身份证

C. 同时要有同班同学或老师共两名对其身份提供证明

D. 成绩单

E. 毕业证

三、判断题（共 15 题，每题 1 分。请判断以下各小题的对错，正确的用√表示，错误的用×表示）

1. 质押与抵押的区别在于，质押要登记才生效，抵押则只需占有就可以。（　　　　）

2. 个人汽车贷款每笔贷款只可以展期一次，展期期限不可超过 1 年。（　　　　）

3. 对未按期还款的借款人，应采用电话催收、信函催收、上门催收、律师函和司法催收等方式督促借款人按期偿还贷款本息。

4. 集中策略通常用于大中型银行，而差异性策略则多用于中小银行。（　　　　）

5. 银行业务是一个要系统考察的对象，因此银行领导人的能力不影响银行的评判。（　　　　）

6. 在个人住房贷款中，如果担保情况发生不利于银行的变化，而借款人又拒绝或无法更换贷款银行认可的担保时，银行应提前收回已发放贷款的本息或解除合同。（　　　　）

7. 在个人住房贷款业务中，商业银行应当充分提示借款人注意免除或限制其责任的条款。（　　　）

8. 公积金个人住房贷款的利率在中国人民银行规定的基准利率基础上，由各经办行依据借款人的风险确定。（　　　）

9. 个人汽车贷款的贷款金额大、期限长。

10. 在个人汽车贷款贷前调查中，当借款人的居住地址与户口簿记录地址一致时，可不要求提供居住证明。（　　　）

11. 个人征信系统录入时，系统可自动生成征信数据的机构则无需人工录入。（　　　）

12. 商业助学贷款的借款人可申请利息本金化，即在校年限内的贷款利息按年次计入次年度借款本金。（　　　）

13. 设备贷款的期限由贷款银行根据贷款风险管理相关原则确定，一般3年，最多不超过10年。（　　　）

14. 信用风险防范中常常需要对借款人的工资收入、租金收入、投资收入和经营收入进行审核，确保第一、第二还款人收入来源的真实性。（　　　）

15. 贷款形态分为正常、关注、次级和损失4类。（　　　）

答案速查与精讲解析（五）

答案速查

一、单项选择题

1. B	2. A	3. C	4. C	5. D	6. D	7. C	8. D	9. C
10. D	11. C	12. B	13. D	14. C	15. B	16. C	17. B	18. D
19. A	20. B	21. C	22. D	23. D	24. C	25. D	26. B	27. B
28. D	29. C	30. D	31. A	32. C	33. B	34. B	35. A	36. B
37. A	38. C	39. A	40. B	41. C	42. D	43. B	44. C	45. A
46. A	47. C	48. B	49. D	50. D	51. A	52. C	53. D	54. A
55. B	56. C	57. C	58. D	59. A	60. B	61. A	62. D	63. A
64. B	65. C	66. C	67. D	68. A	69. B	70. C	71. A	72. D
73. C	74. D	75. B	76. D	77. B	78. B	79. A	80. B	81. D
82. C	83. A	84. B	85. B	86. A	87. A	88. D	89. A	90. D

二、多项选择题

1. AE	2. ABD	3. ABE	4. ABE	5. BC
6. ABCD	7. ABCE	8. BCD	9. ACE	10. ABCDE
11. ABCD	12. ABCE	13. ABD	14. ABCDE	15. ABCD
16. ABD	17. ABCDE	18. ACD	19. AD	20. ABCDE
21. CDE	22. ACD	23. ABCE	24. ABD	25. ABDE
26. ACDE	27. ABCDE	28. BE	29. ABDE	30. ABD
31. ABD	32. BDE	33. ABCDE	34. ABC	35. BCD
36. ABCE	37. ABCDE	38. ABCE	39. ABCE	40. ABC

三、判断题

1. ×	2. √	3. √	4. ×	5. ×	6. √	7. √	8. ×
9. ×	10. √	11. √	12. √	13. ×	14. ×	15. ×

精讲解析

一、单项选择题

1.【解析】B　个人贷款用途广泛，可以满足客户在购房、购车、旅游、购买消费用品和解决临时性资金周转、从事生产经营等诸多需求。但不能满足个人购买土地的需求。

2.【解析】A　为适应居民个人住房消费需求，中国建设银行率先于1985年在国内开办了住宅储蓄和住宅贷款业务。此后，各商业银行相继在全国范围内开办该业务。

3.【解析】C　公积金个人住房贷款属于不以营利为目的的政策性贷款，实行"低进低出"的利率政策。

4.【解析】C　目前，我国个人住房贷款的期限最长可达30年，流动资金贷款的期限最短仅为6个月。

5.【解析】D　流动资金贷款是商业银行向合法生产经营的个人借款人发放的；流动资金贷款可以不用担保；专项贷款主要的还款来源来自于经营产生的现金流。

6.【解析】D　保证人是指具有代为偿还债务能力的法人、其他经济组织或自然人。根据《担保法》的规定，下列单位或组织不能担任保证人：国家机关；学校、幼儿园、医院等以公益为目的的事业单位、社会团体；企业法人的分支机构、职能部门。

7.【解析】C　到期一次还本付息法是指借款人需在贷款到期日之时还清贷款本息，利随本清。此种方式一般适用于期限在1年以内（含1年）的贷款。

8.【解析】D　AB选项错误，等额本息还款法和等额本金还款法作为常用的个人住房贷款还款方法，分别适合不同情况的借款人，没有绝对的利弊之分。C选项，在最初贷款买房屋时，等额本金还款法的负担比等额本息还款法重，一般来说，对于经济尚未稳定而且是初次贷款购房的人来说是不利的。D选项正确，从银行的角度来讲，由于银行相信在贷款期间借款人的收入将增加，所抵押的房产价值将维持不变或增加，因此其倾向于采取等额本息还款法。

9.【解析】C　专利权、著作权等知识产权为权利，是质押物。不可以作为抵押物进行抵押。

10.【解析】D　下列单位或组织不能担任保证人：国家机关；学校、幼儿园、医院等以公益为目的的事业单位、社会团体；企业法人的分支机构、职能部门，但如有法人授权，其分支机构可在授权范围内提供保证。

11.【解析】C　采用等额本金还款法还款时，每月可还款额的计算公式为：

每月还款额＝贷款本金/还款期数＋（贷款本金－已归还贷款本金累计额）×月利率

本题为按季度偿还，则每季度可还款额的相应计算公式为：

每季度还款额＝贷款本金/还款期数＋（贷款本金－已归还贷款本金累计额）×季度利率

本题中，由于从2009年初至2012年3月经过了（3×4）期，因此，至2012年3月初，已归还贷款本金累计额＝20/（4×20）×（3×4）。故该期还款额＝20/（4×20）＋[20－

20/（4×20）×（3×4）]×6%/4＝0.5050（万元），即5 050元。

12.【解析】B　个人信贷市场环境分析的内容包括外部环境和内部环境，其中外部环境又包括宏观环境和微观环境，ACD 3项分别属于宏观环境中经济与技术环境、政治与法律环境以及社会与文化环境分析的内容。B项属于微观环境。

13.【解析】D　银行主要采用SWOT分析方法对其内外部环境进行综合分析。其中，"S"（Strength）表示优势，"W"（Weak）表示劣势，"O"（Opportunity）表示机遇，"T"（Threat）表示威胁。

14.【解析】C　市场细分的作用主要表现在3个方面：①有利于选择目标市场和制定营销策略；②有利于发掘市场机会，开拓新市场，更好地满足不同客户对金融产品的需求；③有利于集中人力、物力投入目标市场，提高银行的经济效益。但是，无论如何，对银行或企业来说，市场营销都只是一种开拓、挖掘市场的方法，不是一种规避风险的方法。

15.【解析】B　银行市场细分策略，即通过市场细分选择目标市场的具体对策，主要包括集中策略和差异性策略两种。

16.【解析】C　市场选择的标准包括：符合银行的目标和能力，有一定的规模和发展潜力和细分市场结构的吸引力。

17.【解析】B　银行在进行市场定位时应考虑全局战略目标，并且银行的定位应该略高于银行自身能力与市场需求的对称点。

18.【解析】D　市场定位的原则之一是发挥优势，银行进行市场定位的目的之一是提升优势，当某项业务不再支持其核心竞争力时，银行会毫不犹豫地将其剥离，及时退出，C选项符合该原则。银行在进行市场定位时，一方面要突出外部特色，即银行根据自己的资本实力、服务和产品质量等确定一个与其他银行不同的定位；另一方面要突出内部特色，在同一银行甚至同一城市中的一家银行，也可以根据所处地理位置或自身服务等特点，区分出不同的特色设置分支机构，D选项不符合市场定位原则。

19.【解析】A　某些银行可能由于某种原因，如刚刚开始经营或刚刚进入市场，资产规模中等，分支机构不多，没有能力向主导型的银行进行强有力的冲击和竞争。这类银行往往采用追随方式效仿主导银行的营销手段。而资产规模很小的商业银行可采取补缺式定位，集中于一个或数个细分市场进行营销。

20.【解析】B　处于补缺式定位的商业银行资产规模很小，提供的信贷产品较少，集中于一个或数个细分市场进行营销。AC选项适合追随式定位方式，D选项适合主导式定位方式。

21.【解析】C　银行要求个人贷款客户具有稳定的收入来源和按时足额偿还贷款本息的能力。A选项应为年龄在18（含）至65周岁（含）；B选项应为没有违法行为，具有良好的信用记录和还款意愿，在人民银行个人征信系统及其他相关个人信用系统中无任何违约记录；没有D选项的条件。

22.【解析】D　商业性个人一手住房贷款中较为普遍的贷款营销方式是银行与房地产开发商合作的方式。对于二手个人住房贷款，商业银行最主要的合作单位是房地产经纪公司。

23.【解析】D　有整合营销传播先驱之称的舒尔茨曾经说过：在同质化的市场竞争中，唯有传播能够创造出差异化的品牌竞争优势。

24.【解析】C　A选项，当银行只有一种或很少几种产品，或者银行产品的营业方式大致相同，或者银行把业务职能当作市场营销的主要功能时，采取职能型营销组织最为有效；B选项产品型营销组织适用于具有多种产品且产品差异很大的银行；C选项市场型营销组织适用于面临的产品市场可加以划分，即每个不同分市场有不同偏好的消费群体的银行；D选项区域型营销组织适用于在全国范围内的市场上开展业务的银行。

25.【解析】D　交叉营销策略步骤为：依据客户拥有的产品类型，对客户的资产、负债、年龄组和职业等进行认真分析研究，推断他们可能需要的产品，然后分析判断他们购买每个产品的可能性，最后推算出客户购买后银行可能的盈利。

26.【解析】B　《个人住房贷款管理办法》第4条规定，个人住房贷款对象为具有完全民事行为能力的自然人。银行不宜办理房屋唯一产权人为未成年人的住房贷款申请，而应该由未成年人和其法定监护人共同申请，故D正确。B选项中的港、澳、台人如果不在大陆居住，是不能申请个人住房贷款申请的，故B错误。

27.【解析】B　个人住房贷款的利率按商业性贷款利率执行，上限放开，实行下限管理。2008年10月27日，中国人民银行公布了新的个人住房贷款利率，规定个人住房贷款的下限利率水平为相应期限档次贷款基准利率的0.7倍，商业银行可根据具体情况自主确定利率水平和内部定价规则。

28.【解析】D　在个人住房贷款业务中，采取的担保方式以抵押担保为主，在未实现抵押登记前，普遍采取抵押加阶段性保证的方式。抵押加阶段性保证人必须是借款人所购住房的开发商或售房单位，且与银行签订"商品房销售贷款合作协议书"。

29.【解析】C　质押是指由借款人或者第三方提供权属证明进行抵押。A选项质物可以是国家财政部发行的凭证式国库券、国家重点建设债券、金融债券、符合贷款银行规定的企业债券、单位定期存单、个人定期储蓄存款存单等有价证券。B选项质押的最高贷款额度为质押物的市场价值的90%。D选项若用不同期限的多张凭证式国债作质押，以距离到期日最近者确定贷款期限。

30.【解析】D　一般来说，仅提供保证担保方式的，只适用于贷款期限不超过5年（含5年）的贷款，其贷款额度不得超过所购（建造、大修）住房价值的50%。而由住房置业担保公司提供保证的，其贷款期限放宽至15年，且贷款额度可以达到其购买房产价值的70%。

31.【解析】A　B选项，原借款期限与延长期限之和不得超过有关期限规定的要求；C选项，原借款期限加上延长期达到新的利率期限档次时，需要调整利率，自延长之日起，开始使用新的利率计息方式；D选项，对到期一次还本付息类个人贷款账户，不允许缩短借款期限。

32.【解析】C　A选项，银行可根据业务需要和人员配置情况，决定是否设立专门或兼职的个人住房贷款档案管理人员；B选项，贷款档案可以是原件，也可以是具有法律效力的复印件；D选项，重要档案退回时，应由借款人本人办理，并出示身份证原件；借款人也可以委托他人领取，需出示身份证复印件、受托人本人身份证原件、委托书原件、受托人身份证复印件。

33.【解析】B　贷款风险分类遵循不可拆分原则，即一笔贷款只能处于一种贷款形态，A选项错误；贷款形态分为正常、关注、次级、可疑和损失贷款5类，其中正常贷款指借款人一直能正常还本付息，不存在任何影响贷款本息及时、全额偿还的不良因素，或借款人未正常还款属偶然性因素造成的，B选项正确。如果借款人虽能还本付息，但已经存在影响贷款本息及时、全额偿还的因素时，称为关注贷款，C选项错误。不良个人住房贷款包括5级分类中的后3类贷款，即次级、可疑和损失类贷款，D选项错误。

34.【解析】B　"假个贷"是指借款人并不具有真实的购房目的，而采取各种手段套取银行个人住房贷款的行为。"假个贷"通常与房地产开发商等中介机构密切相关，"假个贷"的防控措施主要有：加强一线人员建设，严把贷款准入关；进一步完善个人住房贷款风险保证金制度；积极利用法律手段，追究当事人刑事责任，加大"假个贷"的实施成本。但现行制度下，无法降低个人住房贷款对房地产开发商的依赖。

35.【解析】A　为了防止部分贷款申请人通过抬高房价的方式骗贷，银行应该对房屋进行全面的估价。首先是通过"网上房地产"进行询价，以确定房价大致的合理范围，这是大多数银行目前采用的主要方式；其次是建立自己的房地产交易信息库，通过对相同或是类似房屋的查询，利用房地产估价中的比较法进行价格的确定；最后可以与专业的房地产估价公司合作，对某些估价难度大的房屋进行联合估价。

36.【解析】B　政策风险属于个人住房贷款的系统性风险之一，由于政策风险来自银行业外部，因此单一银行无法避免，属于个人住房贷款中的系统性风险之一。比较常见的政策风险有：对境外人士购房的限制；对购房人资格的政策性限制；抵押品执行的政策性限制。

37.【解析】A　办理个人住房贷款时，在当前的业务环境下，真实个人信息获取的成本和难度都比较大，往往造成工作中的信息不对称。事前的信息不对称使得一些优质客户被拒之门外，即经济学中的逆向选择；事后的信息不对称使得银行的贷款资金遭受风险，即道德风险。

38.【解析】C　一般购买普通商品住房、经济适用房的，贷款额度最高不超过所购买住房总价款的80%；购买集资建造住房（房改房）的，贷款额度最高不超过所购买住房总价款的90%；购买二手房的，贷款额度最高不超过所购买住房总价款的70%；用有价证券质押贷款的，贷款额度最高不超过有价证券票面额度的90%；建造、翻建大修住房的，贷款额度不超过所需费用的60%。

39.【解析】A　公积金个人住房贷款业务中提供担保的是政府成立的住房置业担保公司，它才是其风险承担的主体。公积金管理中心和商业银行均不直接承担风险。

40.【解析】B　借款人的申请通过公积金管理中心审批后，向受委托主办银行出具"委托贷款通知书"后，公积金管理中心将委托贷款基金划入银行的住房委托贷款基金账户；银行凭"委托放款通知书"与借款人签订借款合同和担保合同；公积金管理中心受理申请基金的申请和拨存住房委托贷款基金，承办银行根据公积金管理中心的"资金划转通知单"划拨资金。

41.【解析】C　审核审批权归于公积金管理中心。

42.【解析】D　1996年，中国建设银行在部分地区试点办理一汽大众轿车的汽车贷款业务，开始了国内商业银行个人汽车贷款业务的尝试。已有过试点经验的中国建设银行率先成为中国人民银行批复开办汽车贷款业务的第一家商业银行，于1998年10月正式推出。

43.【解析】B　本题考查贷款对象。根据有关规定，个人汽车贷款的申请人应具备一定的主体资格，即具有完全民事行为能力、还款能力和明确真实的购车意图等。

44.【解析】C　A选项，"间客式"运行模式在目前个人汽车贷款市场中占主导地位；"间客式"汽车贷款模式就是"先买车，后贷款"，而"直客式"运行模式是"先贷款，后买车"；D选项，"间客式"运行模式中，经销商或第三方在贷款过程中承担了一定风险并付出了一定的人力和物力，所以它们往往要收取一定比例的管理费或担保费。

45.【解析】A　个人汽车贷款的贷款期限（含展期）不得超过5年，其中，二手车贷款的贷款期限（含展期）不得超过3年。借款人应按合同约定的计划按时还款，如果确实无法按照计划偿还贷款，可以申请展期。借款人须在贷款全部到期之前，提前30天提出展期申请。每笔贷款只可以展期一次，展期期限不得超过1年，展期之后全部贷款期限不得超过贷款银行规定的最长期限，同时对展期的贷款应重新落实担保。

46.【解析】A　借款人须先办完购车手续，再到贷款经办行所在地的车辆管理部门办理车辆抵押登记手续。

47.【解析】C　所购车辆为自用车的，贷款额度不得超过所购汽车价格的80%；所购车辆为商用车的，贷款额度不得超过所购汽车价格的70%；所购车辆为二手车的，贷款额度不得超过借款人所购汽车价格的50%。本题中，小唐所购车辆为商用车，因此其可以获得的贷款额度最高为90×70% =63（万元）。

48.【解析】B　汽车价格，对于新车是指汽车实际成交价格与汽车生产商公布价格中两者的低者；对于二手车是指汽车实际成交价格与贷款银行认可的评估价格中两者的低者。

49.【解析】D　贷款方不可以单方解除合同；办理抵押变更登记时，需要到原抵押登记部门办理；保证人破产时，借款人需要重新提供担保。

50.【解析】D　个人汽车贷款审查和审批环节的主要风险点包括：①业务不合规，业务风险与效益不匹配；②不按权限审批贷款，使得贷款超授权发放；③审批人对应审查的内容审查不严，导致向不具备贷款发放条件的借款人发放贷款，贷款容易发生风险或出现内外勾结骗取银行信贷资金的情况。D项属于贷后和档案管理环节中的风险。

51.【解析】A　个人汽车贷款的信用风险主要表现为借款人还款能力的降低和还款意愿的变化。此外，借款人的信用欺诈和恶意逃债行为也是对贷款资金安全威胁很大的信用风险。内部欺诈和外部欺诈等均是巴塞尔委员会规定的操作风险，不属于信用风险。

52.【解析】C　对于符合贷款条件的客户，如其资金周转存在一定的周期性，在准确把握其还款能力的基础上，也可选择按月还息，按计划表还本的还款方式，但此种还款方式下的借款人必须在贷款发放后的第4个月开始偿还首笔贷款本金。

53.【解析】D　个人教育贷款多为信用类贷款，其借款人多为在校学生，其预期收入和信用水平带有很大不确定性，因此风险度相对较高。

54.【解析】A　国家助学贷款的贷款对象是中华人民共和国境内的（不含香港特别行政区和澳门特别行政区、台湾地区）普通高等学校中经济确实困难的全日制本专科生（含高职生）、研究生和第二学士学位学生。

55.【解析】B　根据新国家助学贷款管理办法的规定，借款人必须在毕业后6年内还清助学贷款，助学贷款的期限最长不得超过10年。贷款学生毕业后如继续攻读研究生及第二学位的，在读期间贷款期限相应延长，但须经贷款银行的许可。

56.【解析】C　借款学生自取得毕业证书之日（以毕业证书签发日期为准）起，下月1日（含1日）开始归还贷款利息，并可以选择在毕业后的24个月内的任何一个月开始偿还贷款本息，但原则上不得延长贷款期限。

57.【解析】C　新国家助学贷款管理办法的贷款额度为每人每学年最高不超过6 000元，总额度按正常完成学业所需年度乘以学年所需金额确定。

58.【解析】D　借款人要求提前还款的，应提前30个工作日向贷款银行提出申请。

59.【解析】A　归还贷款在借款人离校后的次月开始，而不是次年，A选项错误。

60.【解析】B　B项是申请国家助学贷款需要提交的材料。商业助学贷款面向的对象既包括贫困学生，也包括非贫困学生，因而无须提供证明借款人家庭经济贫困的有关材料。

61.【解析】A　A项是贷款审查和审批环节中需要考察的风险点。

62.【解析】D　D项属于难以预测的不可抗力因素所导致的贷款风险，不属于操作风险的范畴。

63.【解析】A　对以学生父母为借款人的，要审查其收入的真实性，要对借款人的基本情况进行分析，分析其所处行业的发展趋势等因素，判断其职业的稳定性和收入的可靠性等，并在此基础上制订合理的还款计划；对于借款人是学生本人的，要审查学生本人的基本情况，如学习成绩、在校表现等，对其所学专业的就业情况也要有一定的了解，对其未来收入进行合理的预测。

64. **【解析】** B　商用房贷款的期限通常不超过 10 年，具体贷款期限由贷款银行根据贷款风险管理相关原则自主确定。

65. **【解析】** C　采用第三方保证方式申请商用房贷款的，借款人应提供贷款银行认可的第三方连带责任保证。

66. **【解析】** C　根据规定，对以"商住两用房"名义申请贷款的，贷款额度不超过所购或所租商用房价值的 55%，则小刘可获得的最大贷款额度为：$200 \times 55\% = 110$（万元）。

67. **【解析】** D　当设备贷款的保证人为自然人时，保证人与借款人不得为夫妻关系或家庭成员。

68. **【解析】** A　无担保流动资金贷款的利率通常比较高，但一旦贷款成功，利率即被锁定，未来市场利率的变化不会影响贷款利息。

69. **【解析】** B　当开户放款完成后，银行应将放款通知书连同"个人贷款信息卡"等一并交借款人作回单。对于借款人未到银行直接办理开户放款手续的，会计部门应及时将有关凭证邮寄给借款人或通知借款人来银行取回。

70. **【解析】** C　借款人缩短还款期限属于提前还款，须提前向银行提出申请。

71. **【解析】** A　A 项是贷前调查需要关注的内容。

72. **【解析】** D　商用房贷款受理环节的风险点主要在以下几方面：①借款申请人的主体资格是否符合银行商用房贷款管理办法的相关规定；②借款申请人所提交的材料是否真实、合法；③借款申请人的担保措施是否足额、有效。对银行来说，银行（贷款人）未按规定保管借款合同，造成合同损毁为其带来的风险属于贷后与档案管理中的风险。

73. **【解析】** C　借款人以自有或第三人的财产进行抵押，抵押物须产权明晰、价值稳定、变现能力强、易于处置。满足上述条件的担保物即可进行抵押。由于抵押无须转移担保物的占有，因此对抵押物是否易于转移不要求。

74. **【解析】** D　商用房贷款面临的信用风险主要表现为借款人还款能力的降低和还款意愿的变化，ABC 3 项均会导致借款人的还款能力、还款意愿发生变化，使贷款行面临信用风险。D 项属于银行自身面临的风险。

75. **【解析】** B　个人质押贷款利率按中国人民银行规定的同期同档次期限贷款利率执行，各银行可在人民银行规定的范围内上下浮动。但以个人凭证式国债质押的，贷款期限内如遇利率调整，贷款利率不变。

76. **【解析】** D　个人信用贷款期限一般为 1 年（含 1 年），最长不超过 3 年。银行通常每年要进行个人信用评级，根据信用评级确定个人信用贷款的展期。个人信用贷款期限在 1 年（含 1 年）以内的采取按月付息，按月、按季或一次还本的还款方式；贷款期限超过 1 年的，采取按月还本付息的还款方式。

77. **【解析】** B　展期后的利息，累计贷款期限不足 6 个月的，自展期日起，按当日挂牌的6个月贷款利率计息；超过6个月的，自展期日起，按当日挂牌的1年期的贷款利率计息。

78.【解析】B　根据有关规定，在合同履行期间，如果借贷双方同意调整借款期限，若调整后累计的借款期限达到新的利率期限档次，从调整日起，贷款利率按新的期限档次利率执行，已计收的利息不再调整。本题贷款调整后的累计借款期限为：3 + 4 = 7（年）>5年，则从调整之日起，贷款利息应按5年以上的利率计息，即小范累计应付利息为150 × 5.76% × 2.5 + 150 × 5.94% × 4.5 = 61.695（万元）。

79.【解析】A　个人抵押授信贷款实行"一次授信，循环使用"，即借款人只需要一次性地向银行申请好办理个人抵押授信贷款手续，取得授信额度后，便可以在有效期间（一般为一年内）和贷款额度内循环使用。个人抵押授信贷款提供了一个有明确授信额度的循环信贷账户，借款人可使用部分或全部额度，一旦已经使用的余额得到偿还，该信用额度又可以恢复使用。因此本题小冯在剩余期限内可以使用的贷款余额为：100 - 60 + 30 = 70（万元）。

80.【解析】B　以新购住房作抵押授信贷款的，有效期间起始日为"个人住房借款合同"签订日的前1日。

81.【解析】D　根据规定，将原住房抵押贷款的抵押住房转为抵押授信贷款的，贷款额度 = 抵押房产价值 × 对应的抵押率，当经贷款银行核定的贷款额度小于原住房抵押贷款剩余本金时，不得转为抵押授信贷款。则本题的贷款额度为：60 × 50% = 30（万元）<32万元，因此不得转为抵押授信贷款。

82.【解析】C　有效期内某一时点借款人的可用贷款额度是核定的贷款额度与额度项下未清偿贷款余额之差。其中，以银行原住房抵押贷款的抵押住房设定第2顺序抵押授信贷款的，可用贷款余额是核定的贷款额度与原住房抵押贷款余额、额度项下未清偿贷款余额之差。则小刘可用贷款额度为：500 × 60% - 200 - 40 = 60（万元）。

83.【解析】A　一般情况下，个人医疗贷款的期限最短为半年，最长可达3年。

84.【解析】B　各银行对个人旅游消费贷款的贷款期限的规定有所区别，一般为1~3年，最长不超过5年（含5年），具体期限根据借款人性质分别确定。

85.【解析】B　按照《担保法》规定，质押分为动产质押和权利质押。

86.【解析】A　根据《合同法》规定，希望和他人订立合同的意图表示称为要约。

87.【解析】A　根据《合同法》规定，合法代理行为的法律后果直接归属于被代理人。

88.【解析】D　汽车贷款利率按照中国人民银行公布的贷款利率规定执行，计、结息办法由借款人和贷款人协商确定。

89.【解析】A　《关于开展个人消费信贷的指导意见》规定，在严格防范信贷风险的基础上，各行对购买住房、汽车的贷款的比例可以按不高于全部价款的80%掌握，具体贷款比例由各银行按风险管理原则自行掌握。

90.【解析】D　《助学贷款管理办法》规定，贷款人对高等学校的在读学生发放的助学贷款为无担保的助学贷款。

二、多项选择题

1.【解析】AE　个人贷款业务可以为商业银行带来新的收入来源。商业银行不仅能从个人贷款业务中获得正常的利息收入，还会得到一些相关服务收入。

2.【解析】ABD　按产品用途的不同，个人贷款产品可分为个人住房贷款、个人消费贷款和个人经营贷款3类。

3.【解析】ABE　根据《担保法》的规定，下列财产可以抵押：①抵押人所有的房屋和其他地上定着物；②抵押人所有的机器、交通运输工具和其他财产；③抵押人依法有权处分的国有的土地使用权、房屋和其他地上定着物；④抵押人依法有权处分的国有的机器、交通运输工具和其他财产；⑤抵押人依法承包并经发包方同意抵押的荒山、荒沟、荒丘、荒滩等荒地的使用权；⑥依法可以抵押的其他财产。

4.【解析】ABE　个人贷款有抵押担保、质押担保和保证担保3种担保方式。

5.【解析】BC　正确的说法应当是：对收入水平增加的客户，可采取增大累进额、缩短间隔期等办法，减少借款人的利息负担；对收入水平下降的客户，可采取减少累进额、扩大间隔期等办法，减轻借款人的还款压力。故BC选项错误，其余选项的说法皆正确。

6.【解析】ABCD　银行市场环境分析的四大任务：①分析购买行为；②进行市场细分；③选择目标市场；④实现市场定位。

7.【解析】ABCE　市场细分的原则为可衡量性原则、可进入性原则、差异性原则和经济性原则。

8.【解析】BCD　银行营销渠道是指提供银行服务和方便客户使用银行服务的各种手段。最常见的个人贷款营销渠道有合作单位营销、网点机构营销和网上银行营销3种。

9.【解析】ACE　在选择目标市场时，银行需要考虑下面几个因素：是否符合银行的目标和能力；是否有一定的规模和发展潜力；是否有细分市场结构的吸引力。

10.【解析】ABCDE　所有选项都属于借款人违约风险形式。

11.【解析】ABCD　ABCD都属于贷后管理的资料。

12.【解析】ABCE　借款人的担保措施由于担保措施不足额，属于担保风险，不属于信用风险，故D选项错误。

13.【解析】ABD　公积金个人住房贷款的风险承担主体为政府成立的住房置业担保公司，根据风险权利对等原则，因此不会存在银行审核模式，故CE选项错误。

14.【解析】ABCDE　根据美国著名管理学家迈克尔·波特的竞争战略理论，商业银行可通过以下8种策略来达到营销的目的：低成本策略、产品差异策略、专业化策略、大众营销策略、单一营销策略、分层营销策略、交叉营销策略、情感营销策略。

15.【解析】ABCD 银行一般要求个人贷款客户至少需要满足的条件：具有完全民事行为能力的自然人，年龄在18至60周岁；具有还款意愿；遵纪守法；贷款具有真实的使用用途。没有要求具有稳定的工作。

16.【解析】ABD 所购车辆为自用车的，贷款额度不得超过所购汽车价格的80%；所购车辆为商用车的，贷款额度不得超过所购汽车价格的70%；所购车辆为二手车的，贷款额度不得超过借款人所购汽车价格的50%。

17.【解析】ABCDE 项目调查报告应包括以下内容：①开发商的企业概况、资信状况；②开发商要求合作的项目情况、资金到位情况、工程进度情况、市场销售前景；③通过商品房销售贷款的合作可给银行带来的效益和风险分析；④项目合作的可行性结论以及可提供个人住房贷款的规模、相应年限及贷款成数提出建议。

18.【解析】ACD B选项应为采用双人审批方式时，先由专职贷款审批人签署审批意见，后送贷款审批牵头人签署审批意见。E选项应为对原申报业务报批材料中已提供的材料，可不重复报送。

19.【解析】AD B选项应为合同文本要使用统一格式的个人住房贷款的有关合同文本，对单笔贷款有特殊要求的，可以在合同中的其他约定事项中约定，B选项错误。C选项应为同笔贷款的合同填写人与合同复核人不得为同一人。E选项需要填写空白栏，且空白栏后有备选项的，在横线上填好选定的内容后，对未选的内容应加横线表示删除。

20.【解析】ABCDE AE是关于借款人贷款条件的落实，而其余各项则属于相关手续的落实，因此也是正确答案，故选ABCDE。

21.【解析】CDE "假个贷"行为具有若干共性特征，即：①没有特殊原因，滞销楼盘突然热销；②没有特殊原因，楼盘售价与周围楼盘相比明显偏高；③开发企业员工或关联方集中购买同一楼盘，或一人购买多套；④借款人收入证明与年龄、职业明显不相称，在一段时间内集中申请办理贷款；⑤借款人对所购房屋位置、朝向、楼层、户型、交房时间等与所购房屋密切相关的信息不甚了解；⑥借款人首付款非自己交付或实际没有交付；⑦多名借款人还款账户内存款很少，还款日前由同一人或同一单位进行转账或现金支付来还款；⑧借款人集体中断还款等等。CDE项均符合以上特征，银行对其应警惕"假个贷"风险。A选项售价高于周围楼盘有明显的原因，因此不能作为认定"假个贷"行为的依据。B选项并非集中购买，且用于首套自用房，不宜认为是"假个贷"。

22.【解析】ACD 对客户进行回访是银行贷后管理工作之一。对已经准入的合作机构，银行应进行实时关注，随时根据其业务发展情况调整合作策略，存在下列情况的，应暂停与相应机构的合作：①经营出现明显问题的；②有违法违规经营行为的；③与银行合作的存量业务出现严重不良贷款的；④所进行的合作对银行业务拓展没有明显促进作用的；⑤出现其他对银行业务发展不利的因素。

23.【解析】ABCE 公积金个人住房贷款和商业银行个人住房贷款最高期限都是30年，故D选项错误。

24.【解析】ABD　个人汽车贷款实行"设定担保，分类管理，特定用途"的原则。其中，"设定担保"指借款人申请个人汽车贷款需提供所购汽车抵押或其他有效担保；"分类管理"指按照贷款所购车辆种类和用途的不同，对个人汽车贷款设定不同的贷款条件；"特定用途"指个人汽车贷款专项用于借款人购买汽车，不允许挪作他用。

25.【解析】ABDE　C选项应为汽车经销商出具的购车意向证明（如为直客式办理，则不需要在申请贷款时提供此项）。

26.【解析】ACDE　B选项应为提供个人工资性收入证明的，应由申请人所在单位确认收入证明，并加盖公章。

27.【解析】ABCDE　对保证人及抵（质）押物进行检查的主要内容包括：①保证人的经营状况和财务状况；②抵押物的存续状况、使用状况和价值变化情况等；③质押权利凭证的时效性和价值变化情况；④经销商及其他担保机构的保证金情况；⑤对以车辆抵押的，对车辆的使用情况及其车辆保险有效性和车辆实际价值进行检查评估；⑥其他可能影响担保有效性的因素。

28.【解析】BE　只有贷款本金和利息属于个人汽车贷款履约保证保险责任范围。违约金、损失赔偿金和实现债权的费用均不属于个人汽车贷款履约保证保险责任范围。

29.【解析】ABDE　从各国发展情况来看，个人教育贷款具有与其他个人贷款所不同的一些特点，主要体现在以下两个方面：①具有社会公益性，政策参与程度较高；②多为信用类贷款，风险度相对较高。目前在我国个人教育贷款主要是商业银行发放的。

30.【解析】ABD　C项，国家助学贷款仅允许用于支付学费、住宿费和日常生活费用，不得用于其他方面；E项财政贴息是指国家以承担部分利息的方式，对学生办理国家助学贷款进行补贴，而不是承担全部利息。

31.【解析】ABD　个人医疗贷款的利率按中国人民银行公布的同期利率执行。一般情况下，个人医疗贷款的期限最短为半年，最长可达3年。个人医疗贷款的额度通常按照抵、质押物的一定抵、质押率确定。

32.【解析】BDE　个人抵押授信贷款的贷款对象需满足以下条件：①具有完全民事行为能力、年满18周岁的自然人；②借款申请人有当地常住户口或有效居留身份；③借款申请人有按期偿还所有贷款本息的能力；④借款申请人无不良信用和不良行为记录；⑤借款申请人及其财产共有人同意以其自有住房抵押，或同意将原以住房抵押的个人住房贷款（以下简称原住房抵押贷款）转为个人住房抵押授信贷款；⑥各行自行规定的其他条件。

33.【解析】ABCDE　所有选项都属于建立个人征信系统的意义和功能，这些说法均正确。

34.【解析】ABC　如果个人对异议处理结果仍然有异议，个人可以：①通过向当地中国人民银行征信管理部门申请在个人信用报告上发表个人声明；②向中国人民银行征信管理部门反映；③向法院提起诉讼。

35.【解析】BCD　保证担保是指保证人和银行的约定，当借款人不履行还款义务时，由保证人按照约定承担还款责任。保证人是指具有代为偿还债务能力的法人、其他经济组织或自然人。

36.【解析】ABCE　法人是具有民事权利能力和民事行为能力，依法独立享有民事权利和承担民事义务的组织。以法人活动的性质为标准分为：企业法人、机关法人、事业单位法人和社会团体法人。法人应当具备下列条件：①依法成立；②有必要的财产或者经费；③有自己的名称、组织机构和场所；④能够独立承担民事责任。

37.【解析】ABCDE　有下列情形之一的，合同无效：①一方以欺诈、胁迫的手段订立合同，损害国家利益。②恶意串通，损害国家、集体或者第三人利益。③以合法形式掩盖非法目的。④损害社会公共利益。⑤违反法律、行政法规的强制性规定。

38.【解析】ABCE　担保方式为保证、抵押、质押、留置和定金。

39.【解析】ABCE　交通运输工具，汇票、支票、本票和债券、存款单等为债务人或者第三人有权处分的可以出质。

40.【解析】ABC　在读学生申请助学贷款须具备以下条件：入学通知书或学生证；有效居民身份证；同时要有同班同学或老师共两名对其身份提供证明。但不需要提供学生的成绩单。显然，学生一旦获得毕业证，将失去学生资格，从而也就失去申请学生助学贷款的资格。

三、判断题

1.【解析】×　质押与抵押的区别在于，抵押要登记才生效，质押则只需占有就可以。

2.【解析】√　个人汽车贷款每笔贷款只可以展期一次，展期期限不可超过1年。

3.【解析】√　对未按期还款的借款人，应采用电话催收、信函催收、上门催收、律师函和司法催收等方式督促借款人按期偿还贷款本息。

4.【解析】×　集中策略通常使用于资源不多的中小银行，差异性策略主要被大中型银行采用。

5.【解析】×　领导人的能力强，可以赢得良好的对外形象和同业中应有的地位；反之，领导者的能力低或进取心不强，将导致银行业务的萎缩。

6.【解析】√　银行发现保证人出现下列情况的，应限期要求借款人更换贷款银行认可的新的担保，对于借款人拒绝或无法更换贷款银行认可的担保的，应提前收回已发放的贷款的本息，或解除合同：①保证人失去担保能力的；②作为保证人的法人，其经济组织发生承包、租赁、合并和兼并、合资、分立、联营、股份制改造、破产、撤销等行为，足以影响借款合同项下保证人承担连带保证责任的；③作为保证人的自然人发生死亡、宣告失踪或丧失民事行为能力的；④保证人拒绝贷款银行对其资金和财产状况进行监督的；⑤保证人向第三方提供超出其自身负担能力的担保的。

7.【解析】√　《合同法》第39条第1款的规定，商业银行作为格式条款的提供方，应当采取合理的方式提请借款人注意免除或限制其责任的条款，并按照对方提出的要求，对该条款予以说明。本题的说法正确。

8.【解析】×　公积金个人住房贷款的利率按人民银行规定的公积金个人住房贷款利率执行。

9.【解析】×　根据有关规定，个人汽车贷款的贷款期限（含展期）不得超过5年，其中，二手车贷款的贷款期限（含展期）不得超过3年，因而个人汽车贷款不属于长期贷款。

10.【解析】√　在贷前调查中，当借款人的居住地址与户口簿记录地址一致时，可不要求提供居住证明，但需予以注明。

11.【解析】√　个人征信系统录入时，系统可自动生成征信数据的机构则无需人工录入。

12.【解析】√　商业助学贷款的借款人可申请利息本金化，即在校年限内的贷款利息按年次计入次年度借款本金。

13.【解析】×　设备贷款的期限由贷款银行根据贷款风险管理相关原则确定，一般3年，最多不超过5年。

14.【解析】×　对4种收入的审核只能加强对第一还款人收入来源的真实性检查，第2还款人只通过担保有效性产生影响。

15.【解析】×　贷款形态分为正常、关注、次级、可疑和损失5类。